UNE FILLE NATURELLE,

PAR FÉLIX DAVIN,

AUTEUR

du *Crapaud*. — de *Ce que regrettent les Femmes*, *etc.*, *etc.*

I

LIBRAIRIE DE DUMONT,

PALAIS-ROYAL, 88, AU SALON LITTÉRAIRE.

1836.

UNE FILLE NATURELLE.

ROMANS DE FÉLIX DAVIN.

ROMANS HISTORIQUES.

LE CRAPAUD, ou l'Espagne en 1823, 2 vol. in-8, 15 fr.

UNE FILLE NATURELLE, (1556-1557, Règne de Henri II), 2 vol. in-8, 15 fr.

ROMANS INTIMES ET ANALYTIQUES.

LES DEUX LIGNES PARALLÈLES, ou le Frère et la Sœur, 1 vol. in-8, 7 50

UNE SÉDUCTION, 1 vol. in-8, 7 50

LA MAISON DE L'ANGE, ou le Mal du Siècle, 2 vol. in-8, 15 fr.

ROMANS DE MOEURS.

CE QUE REGRETTENT LES FEMMES, 2 vol. in-8, 15 fr.

HISTOIRE D'UN SUICIDE, 2 vol. in-8, 15 fr.

SOUS PRESSE.

DEUX AGES, poésie, 1 vol. in-18, 5 fr.

UN NOUVEAU ROMAN, 2 vol. in-8, 15 fr.

LAGNY. — Imprimerie d'A. LE BOYER et Cie.

UNE FILLE NATURELLE

RÈGNE DE HENRI II.

1556—1557.

PAR FÉLIX DAVIN.

AUTEUR DU CRAPAUD, DE CE QUE REGRETTENT LES FEMMES,
DE LA MAISON DE L'ANGE, ETC.

I.

Paris,

LIBRAIRIE DE DUMONT,
88, PALAIS-ROYAL, AU SALON LITTÉRAIRE.

—

1836.

DÉDICACE.

Bénis ce nouveau livre, ô ma sainte ! Et pourtant,
Là ce n'est point le ciel de *la Maison de l'Ange*,
Ce ciel grisâtre et calme, et qui jamais ne change,
A la fois sans splendeur, sans orage éclatant ;

Sous un rouge horizon, c'est un sol plein de fange,
Où mille passions dans l'ombre vont luttant :
Courtisanes, soldats, prêtres, mêlée étrange,
Que fustige un démon de son rire insultant.

A peine tu verras dans cette foule impure
Luire par intervalle une chaste figure,
Dont tous les traits encor sont empruntés à toi ;

Devant ces fronts hardis âme voilée et triste,
Comme toi, dans ce siècle incrédule, égoïste,
C'est toujours un symbole et d'amour et de foi.

PRÉFACE.

Depuis quelque temps le roman historique est en défaveur. D'une part, les gens graves le taxent de frivolité, lui reprochent de dénaturer l'histoire, et de détrôner les grands personnages connus pour mettre à leur place je ne sais quel ramas d'anonymes héros et d'héroïnes inédits, ou bien « ce sont des mannequins, » nous disent-ils, « que vous couvrez de panoplies et de pourpoints, et auxquels vous prêtez les idées de notre époque, avec quelques lambeaux de vieux langage. » D'autre part, il semble aux gens du monde que tout cet attirail de cottes de mailles et de scapulaires, de rapières et de chapelets, est déjà aussi usé que l'écharpe d'Iris, les roses de l'aurore et toute cette garde-robe mythologique, traînée partout et hideusement souillée. Ce que la majeure partie des lecteurs cherche dans un roman, ce sont des évènemens, du drâme, des développemens de passions, et ils s'ennuient d'être obligés de défaire pièce à pièce l'armure d'un chevalier, ou le costume empesé d'une châtelaine pour leur sentir battre le cœur.

Sans examiner jusqu'à quel point ces allégations sont justes, et sans renvoyer la critique à un assez grand nombre de beaux livres auxquels, certes, tous ces reproches ne sont point applicables, il faut convenir pourtant que, dans cette battue effrénée que nos romanciers ont faite à la suite de Walter-Scott à travers le moyen-âge et la renaissance, beaucoup se sont trop préoccupés de la forme, et qu'au lieu de poursuivre l'âme de l'histoire, ils n'en ont fait lever que le corps, ou, si l'on veut, le squelette.

Est-ce à dire, pour cela, qu'il faille proscrire un genre de littérature, si propre à populariser l'histoire et à accoutumer le public à des lectures substantielles et fortes ?

Les résultats des explorations historiques dont Walter-Scott a donné le goût sont immenses : combien d'idées, aujourd'hui en circulation, sont sorties de cette source féconde ; combien d'écrivains, depuis quinze ans, sont partis du roman pour arriver à l'histoire, à la philosophie ! Certes, une telle direction littéraire, quelques médiocrités qu'elle produise, mène plus loin un public de lecteurs que tous les chefs-d'œuvre d'Anne Radcliff, de Pigault-Lebrun et du vicomte d'Arlincourt ; et une nation a fait un grand pas vers l'avenir quand elle sait l'histoire du passé.

En ce sens, la critique est injuste, et ne remplit qu'à demi ses devoirs de sentinelle avancée de la presse. Sans doute les lieux-communs qu'on répète depuis Horace contre le servile troupeau des imitateurs seront toujours applicables littérairement parlant; mais aujourd'hui l'art n'est qu'une question secondaire, et l'écrivain est avant tout l'athlète de l'humanité. Parce qu'une grande individualité est morte, faudra-t-il donc laisser périr sa succession? Méprise-t-on les soldats d'une armée parce qu'ils n'ont pas le coup d'œil d'aigle des généraux? Notre grand chef, Walter-Scott, est tombé, et nul ne peut relever sa lourde épée ni endosser sa gigantesque cuirasse; n'en conservons pas moins, soldats littéraires et sociaux, les places qu'il a conquises et continuons à fertiliser les terres qu'il a découvertes.

Ainsi, lorsque l'illustre écossais sait colorer à la fois tous les horizons, vivifier tous les plans de sa vaste innovation littéraire; quand il associe toujours puissamment le drame à l'histoire, et qu'il se montre également versé dans la science du cœur humain et dans celle des vieux âges ; ces diverses qualités ne se retrouvent qu'isolément chez ceux de nos écrivains qui marchent à sa suite : on rencontre chez ceux-ci la partie anecdotique, chez ceux-là, la philosophie de l'histoire ; chez les uns, la physionomie de l'ensemble, chez les autres, celle des détails ; puis çà et là l'idée, le costume, la poésie, le drame. Ce sont, si vous voulez, des études de têtes, de torses, de pieds ou de mains, lorsque Walter-Scott crée des statues complètes ; la monnaie éparpillée de l'or qu'il nous donne compact ; mais, philosophiquement parlant, les résultats ne sont-ils pas les mêmes pour le public, qui rapproche les pièces éparses, qui en fait un tout, et dont l'intelligence, comme un matras infaillible, analyse les substances les plus diverses, et en tire dans un temps donné la quintessence ?

Tout en sachant fort bien ce que doit

être le roman historique, personne plus que l'auteur de ces réflexions, ne se sent impuissant à exécuter une telle œuvre. Il a voulu néanmoins apporter sa pierre au monument déjà si haut de la connaissance nationale.

S'il a choisi un règne peu connu et qui, du moins il le pense, n'a encore été exploité par aucun romancier, c'est que, outre l'utilité de porter quelque lumière dans une époque sombre aux yeux de beaucoup et incomplètement appréciée, il a espéré offrir à l'expérience publique quelques enseignemens de plus.

Du reste, ce dédain que l'on a fait jusqu'aujourd'hui du règne de Henri II s'explique naturellement : placé sous forme de transition entre le règne éclatant de François Ier et les règnes tempétueux de Charles IX et de Henri III, il est resté inaperçu, comme un soir nébuleux, précédé d'une journée splendide et suivi d'une nuit d'orage.

L'auteur de cette œuvre a donc voulu

ajouter une page à l'histoire si vieille et toujours nouvelle de l'incapacité, de l'égoïsme des rois et de la corruption de leurs ministres ; conduire le lecteur dans les coulisses et le vestiaire où les grands tragédiens de l'époque, après avoir gesticulé pompeusement devant la foule, reprennent les proportions humaines et leur langage familier ; le faire causer avec le machiniste et le souffleur ; lui montrer les petites causes des grands évènemens ; mettre à nu à ses yeux les rouages les plus secrets de cette machine que l'histoire fait presque toujours fonctionner solennellement devant nous. En un mot, et puisque le peuple ne compte pour rien dans cette période, il a voulu que les acteurs royaux, dont les noms seuls nous ont été transmis, servissent du moins à l'instruction du peuple ; car, on le comprend aujourd'hui, l'histoire, ce n'est pas le récit exact des marches et contre-marches des armées, des faits et gestes des princes et monarques, ni une aride chronologie, ni une généalogie fastidieuse ; l'histoire, c'est le jugement du passé, le guide des nations dans le présent, la base morale de l'avenir.

Puis il a voulu, d'une part, flétrir les intrigues ambitieuses de deux maisons rivales qui, pour s'élever, amassèrent de toutes parts des matériaux, sans s'inquiéter si les pierres qu'elles s'arrachaient furieusement l'une à l'autre, laissaient à découvert les fondations de l'état ; d'autre part, célébrer le dévoûment obscur d'une cité, qu'ont à peine enregistré les historiens, et que Coligny a sacrifié en quelques lignes à sa réputation militaire.

Il avait encore à constater le mouvement inégal, mais toujours ascensionnel, de la réforme, passant mutilée sous les épées croisées de Henri de France et de Philippe d'Espagne, pour aller tomber sous les arquebusades de Charles IX et le san-benito de l'inquisition, en léguant sa succession à la philosophie.

Enfin, il fallait tenir compte à la fois des idées nouvelles et souvent excessives que cette insurrection intellectuelle avait jetées parmi les populations, et de cette impatience aventureuse que les découvertes du Nouveau-Monde avaient éveillée dans un grand nombre d'esprits dégagés des vieux langes; car il n'est aucune idée de progrès qui n'ait germé dans le seizième siècle, l'une des époques les plus remarquables peut-être de la régénération humaine.

Cela posé, l'auteur de ce livre dira aux gens graves que, sans prétendre élever des statues de marbre ou de bronze, comme en érige l'histoire, il a essayé de rendre momentanément à ses personnages quelque chose de la vie et des idées qui les animèrent; que, choisissant des figures connues et un évènement pour lequel les documens authentiques abondent, il n'a pu employer l'élément romanesque qu'avec une extrême réserve, dût l'intérêt de son œuvre en souffrir;

que parfois des combinaisons dramatiques se sont présentées à son imagination, mais qu'il a hésité à placer ses acteurs dans des situations où il doutait qu'ils eussent pu se trouver ; que partant cet ouvrage est moins un roman qu'une chronique.

Aux gens du monde, à leur tour, il dira qu'il a dégagé sa composition le plus qu'il a pu de tous les détails souvent oiseux de ce que l'on appelle la couleur locale, en demandant toutefois qu'on ne lui fasse point un mérite de cette économie, car il a naturellement peu d'aptitude et de goût pour le travail de la loupe, et il se lasse bientôt d'examiner la contexture d'un meuble, la coupe d'une robe, l'ordre d'une cérémonie, surtout quand il n'y trouve rien de caractéristique ; et que s'il n'est point parvenu à rendre attachante la peinture du règne qu'il a fait poser devant lui, il ne faut point s'en prendre au modèle, mais à l'incapacité du peintre.

LIVRE PREMIER.

L'HOTELLERIE.

I.

Les Voyageurs.

Les poètes ont bien vanté les soirs de Naples et de Madrid, de Séville et de Venise; leur splendide soleil, se couchant, ici, dans une mer étincelante et sillonnée de gondoles richement pavoisées, là, devant les antiques merveilles des Maures, au front desquelles il jette un dernier rayon de gloire; les chants du Tasse répétés par les mariniers, l'angélus exhalant au loin sa lente et religieuse harmonie, et faisant tomber à genoux les contrebandiers sur les monts lointains; les barcarolles et les sérénades, les mandolines et les castagnettes.

Mais la France aussi a de beaux soirs; non pas seulement la France de Niort et de Marseille, mais celle de Compiègne et de Villers-Cotterets. Là pourtant vous ne trouvez ni golfes pittoresques, ni volcans empanachés; ni escaliers de marbre, ni colonnades mauresques; ce sont des plaines monotones, des bois sombres, des rivières silencieuses; mais tout y respire un calme, une mélancolie qui valent bien le scintillement et l'agitation des soirs méridionaux.

C'était sur la route de Paris à Villers-Cotterets, résidence royale où séjournaient en ce moment Henri II et sa cour. Le mois de juillet de l'année 1556 venait de s'ouvrir.

Et cette mystérieuse poésie des soirs du nord prodiguait ses doux enchantemens à trois voyageurs qui, la tête penchée et laissant tomber la bride sur le cou de leurs paresseuses montures, avançaient en silence vers la petite ville, et semblaient trop préoccupés pour sentir les suaves harmonies qui les environnaient. En vain le soleil, affaissé comme une prunelle assoupie qui se voile de longs cils, nuançait les nuages de demi-teintes infinies; en vain ses derniers rayons s'attachaient en points brillans aux clochers des villages, semés çà et là comme un vivant archipel; le front des trois rêveurs demeurait penché. La clochette des chèvres et le cornet du pâtre, résonnant au-dessus des bruissemens sourds de la forêt, n'apportaient pas à ces oreilles indifférentes leur mélodie naïve; les molles ondulations des blés et des luzernes, dont les nappes recevaient quelquefois l'ombre capricieuse des nuages, n'appelaient pas un seul de ces regards abstraits. Entraînés sur la pente d'une idée fixe et probablement pénible, les trois voyageurs avaient perdu la perception des choses physiques pour se livrer plus activement à la poursuite des choses intellectuelles.

C'était d'abord un jeune seigneur d'une haute et noble taille; le front couvert d'une toque sans panache, et enveloppé d'un manteau d'étoffe brune qui ne laissait voir de tout son costume que des bottes de cuir souple et le fourreau d'une épée. Sa tête était remarquablement belle et son front large et pur; ses yeux noirs étincelaient d'intrépidité et de franchise, et sa bouche, habituellement épanouie, révélait les émotions les plus vivaces, le cœur le plus jeune, la loyauté la plus sincère.

Il y avait quelque chose de l'austère et pieuse sollicitude d'un père dans les regards qu'il abaissait sur une jeune femme en costume également sévère et sombre, et cheminant à côté de lui.

Comme la toque de son compagnon, le chaperon de l'amazone était sans ornemens, et un voile noir, descendant du sommet de la coiffure, et ramené sur les épaules, cachait plus qu'à demi une figure douce et pâle, des cheveux blonds, nuancés d'admirables reflets, et de grands yeux bleus qui se relevaient de temps en temps vers le ciel.

Le troisième cavalier, qui suivait à une légère distance, avait l'apparence d'un écuyer; ses cheveux d'un noir de jais, son teint brun et pâle, ses yeux noirs et doux et fendus en amande, sa bouche sinueuse et mince, et je ne sais quoi de particulier dans l'ensemble de la physionomie, annonçait une origine italienne. Il regardait fréquemment la jeune femme avec tristesse et timidité, et en même temps avec cette ardeur respectueuse et cette religieuse tendresse que dans le siècle antérieur les dames inspiraient encore à leurs servans, à leurs pages, et qui tenait quelque chose de l'adoration d'une madone.

Cependant la magie des dernières lueurs du couchant commençait à s'éteindre, l'horizon, envahi par l'ombre, allait toujours se rétrécissant autour des voyageurs; tous les bruits du soir s'affaiblissaient graduellement, plus de gazouillemens d'oiseaux, plus de chansons de moissonneurs; de loin en loin seulement, sur une route de traverse, l'essieu d'un chariot attardé criait; le silence et l'ombre enveloppaient la terre et le ciel. C'était cette heure inquiète et furtive qui précède immédiatement la nuit, et où toute la nature semble un chasseur à l'affût ou un voleur qui épie; cette heure où le voyageur, involontairement ému, interroge d'un œil soupçonneux le voile grisâtre qui s'épaissit d'instant en instant, et se resserre autour de lui comme un filet.

Sans doute ce fut une impression de ce genre qui fit tourner les yeux au jeune écuyer, dont l'attention avait déjà été occupée par la vue d'un homme à pied, obstiné à suivre les trois voyageurs depuis plusieurs lieues, et qui savait toujours maintenir la même distance entre eux et lui, bien que leurs chevaux changeassent souvent d'allure. L'écuyer ne put retenir une exclamation en apercevant le même homme à dix pas de lui sur un rideau de la route; et bien qu'il n'éprouvât aucun sentiment de peur, il fut contraint de baisser les yeux devant le regard singulièrement fixe de cet étrange personnage.

C'était un homme de petite taille; mais ses grègues de tricot dessinaient des jambes musculeuses, et sous son pourpoint serré saillaient de larges épaules et des bras d'Hercule; pourtant cette forte nature d'homme n'était pas dépourvue d'une certaine grâce; et bien qu'il portât le costume des villageois et que ses traits bruns et ses lèvres épaisses eussent de la dureté; ses yeux perçans et sa physionomie animée annonçaient une intelligence vive et peut-être supérieure, mais aussi une hardiesse aventureuse et un instinct de ruse qui vous saisissaient malgré vous. Une toque de laine, surmontée d'une belle plume de coq, couvrait à demi ses cheveux crêpus comme ceux d'un Africain; et ses pieds agiles, emprisonnés dans des bottines grossières, franchissaient avec souplesse tous les obstacles de la route, et s'égalaient sans effort au trot même le plus rapide des chevaux.

—Monseigneur, dit le page en s'approchant du premier cavalier et en se découvrant, voici un manant qui nous suit de bien près depuis une heure ou deux.

— Eh bien! que crains-tu? répondit le cavalier en levant à peine la tête.

— Je ne sais, mais cet homme m'inquiète: quelque pas que prennent nos chevaux, il est toujours à nos trousses.

— C'est quelque artisan qui se rend comme nous à la ville, et qui de peur des voleurs s'assure la protection de notre compagnie; laisse-le.

— Si vous m'en croyez, monseigneur, j'irai le prier de se tenir à l'écart, » reprit le jeune homme en serrant une élégante houssine dans sa main délicate et potelée.

— Florimond, ajouta la jeune dame, de sa voix douce et triste et avec un léger accent de reproche, ne faites point de mal à ce paysan ; vous voyez bien que nous allons entrer à Villers-Cotterets; et d'ailleurs que pourrait ce pauvre homme contre mon frère? En disant cela, la belle amazone se rapprochait de son compagnon, et relevait vers lui des yeux pleins de sécurité et de tendresse.

— Ma bonne maîtresse, reprit l'écuyer avec une chaleur comprimée, on vous a déjà tant fait souffrir, et l'on a usé contre vous de tant de perfidies que nous ne saurions prendre trop de précautions.

— Au fait, reprit la jeune dame en se retournant vers celui qu'elle appelait son frère, si cet homme nous connaissait ? s'il était envoyé pour nous épier? si vous couriez un danger, mon frère ?...

— C'est à vous plutôt, ma pauvre Jeanne, qu'il faudrait penser; on sait que j'ai une épée, moi, et que je change assez souvent la défense en attaque, et Florimond a raison, la déloyauté et la ruse, ce sont les armes dont on se sert contre vous. Eh bien, piquons des deux et mettons un intervalle convenable entre nous et ce manant.

— Mon frère, reprit l'amazone en posant vivement la main sur le bras du cavalier, il ne fait pas encore assez sombre pour que nous entrions dans la ville, je ne voudrais pas être vue... hélas! j'ai tant à rougir maintenant...

— Par le saint nom du Christ! vous avez le droit de porter la tête haute, ma sœur! ce sont eux qui ont à rougir, les lâches!...

— Arrêtons-nous quelques instans, mon frère, laissons à cet homme le temps de nous dépasser; et s'il nous connaît, qu'il ne sache pas au moins dans quelle hôtellerie nous allons descendre.

Les trois cavaliers s'arrêtèrent, l'écuyer descendit de cheval et feignit de s'occuper de la selle de l'amazone; en voyant ce manège, l'homme à la plume de coq ralentit d'abord sa marche; mais comme l'investigation de la selle se prolongeait, et qu'il ne pouvait s'arrêter à son tour sans trahir quelque dessein mystérieux, il prit son parti, devança les voyageurs et descendit vers la ville sans se retourner une seule fois, puis disparut.

II.

La Fleur-de-Lis.

Peu après, la nuit étant devenue complète, la petite troupe se remit en chemin. Pour entrer dans la ville elle fit un détour ; tout à coup, au coin d'une rue, le jeune écuyer crut voir glisser rapidement la plume de coq. Irrité d'un espionnage aussi tenace, il lança son cheval dans la direction où il crut que le limier s'était jeté, mais la porte d'où s'était échappé le rayon lumineux qui lui avait montré la maudite toque, s'étant refermée par hasard, il fut forcé d'abandonner sa poursuite, et revint en grondant près de son maître.

— Décidément, monseigneur, celui que nous avons pris pour un manant est un espion; c'est, pour sûr, un émissaire des Montmorency et de la duchesse.

— Laisse faire, Florimond, je ne les crains pas, ni leurs espions; j'irai demain les attaquer en face et au grand jour, et demander justice au roi.

— Vous songerez, n'est-ce pas, mon frère, reprit la jeune femme d'une voix émue, que votre mission est une mission de paix et de conciliation, et que ceux que vous appelez nos ennemis me sont unis par les liens les plus sacrés, les plus chers.

— Vous êtes un ange, ma sœur, une douce martyre; et, comme les martyrs, vous aimez jusqu'à vos bourreaux.

— Oh! madame, ajouta l'écuyer avec exaltation, ils comprendront votre résignation, votre fidélité, votre pureté!

— Espérons en Dieu, mes amis, et dans

le cœur de François ; s'il est faible, du moins il est bon.

— Lâche... murmura sourdement le cavalier.

— Voici, je crois, le logis qui nous a été indiqué, dit le page qui avait pris les devans, et en s'arrêtant près d'une maison dont la façade boisée et à large auvent était éclairée par une lanterne pendue à une énorme fleur de lis de cuivre ; holà, quelqu'un ! reprit-il en frappant du pommeau de sa houssine à un vitrage.

Un homme à épaisse corpulence entre-bâilla la partie supérieure de la porte, dirigea la clarté d'une grosse lampe de fer vers les trois voyageurs qui s'étaient groupés à quelques pas, et ne voyant en eux rien qui n'annonçât des gens paisibles et de condition : — Me voilà, me voilà, messeigneurs, dit-il en achevant d'ouvrir sa porte. Puis il appela le vieux Médard, son valet, qui, un moment après, fit tourner sur ses gonds la porte extérieure de l'écurie. Le cavalier et la jeune dame descendirent de leurs chevaux et en donnèrent la bride à leur écuyer ; l'amazone ayant ramené tout-à-fait son voile sur son visage, entra dans l'hôtellerie en s'appuyant sur le poing de son frère, dont les égards pour elle tenaient à la fois quelque chose d'un empressement affectueux et d'une respectueuse étiquette.

— Maître, dit le cavalier à son hôte, vous plairait-il de nous donner à l'instant plusieurs chambres ?

— Il nous reste bien peu de place, monseigneur, répondit une petite femme brune et vive qui, une casserole à la main, rôdait autour de la jeune dame dont ses yeux curieux tâchaient de percer le voile ; les officiers de la cour ont pris nos meilleurs logemens, n'importe, nous trouverons toujours bien une chambre.

— Il nous en faut trois, ou nous irons loger ailleurs.

— Trois ! mais, sainte Vierge ! nous ne le pourrions quand nous vous donnerions la nôtre... à moins pourtant que nous ne fassions déloger le mire pour le mettre dans la mansarde.

— Mais sans doute, Yolande ; avec ça

qu'il ne nous a encore payés qu'en consultations, et que la tisane qu'il donne à ta vieille mère ne vaut pas le vin qu'il nous lampe.

— Mais ça ne fait encore que deux chambres.

— Eh bien ! pouvez-vous ou non nous loger? reprit le cavalier en frappant du pied avec impatience.

— Monseigneur, ajouta précipitamment l'hôtesse, se contenterait-il, pour troisième chambre, d'un petit cabinet noir?

— Ce cabinet me suffira, répondit l'écuyer en entrant.

— Madame et monseigneur daigneront-ils s'asseoir un moment, répliqua l'hôtesse en avançant une vieille chaire grossièrement sculptée et un ou deux escabeaux, en attendant qu'on prépare leurs chambres? En disant cela, l'indiscrète s'approchait encore plus près de la jeune dame, dont le voile restait baissé.

— Non, conduisez-nous à l'instant, reprit le cavalier d'une voix brève.

L'hôtesse obéit; et, bien qu'elle prolongeât ses apprêts le plus possible dans la chambre où elle avait introduit la jeune femme et son frère, celle-ci garda constamment son voile, et semblait attendre, pour le quitter, que la curieuse importune eût achevé sa besogne.

— Croirais-tu, Eustache, dit Yolande en redescendant dans la pièce qui servait de salle de réception et de cuisine, croirais-tu que cette belle dame est restée encapuchonnée comme une abbesse tout le temps que j'ai mis à disposer son lit, à vider le bahut, à renouveler l'eau bénite, et le reste?

— Tu es trop curieuse, ma mie, tu nous feras tort; ce sont les écus des gens que nous logeons qu'il importe de voir, et non leur visage.

—Je gage que c'est une rivale qu'on amène à madame Diane.

— Veux-tu te taire, bavarde! ta maudite langue nous fera mettre à l'amende et en prison.

— C'est que, vois-tu, madame Diane commence à se faire vieille, et que notre sire le roi est amateur de friands morceaux et de chair fraîche et jeunette...

— Songez-vous à notre souper? demanda

l'écuyer en quittant un siège sur lequel il était resté, caché par l'ombre.

L'hôte et sa femme tressaillirent et regardèrent le jeune homme avec effroi.

— Occupez-vous de vos casseroles, vous dis-je, et laissez le roi et sa maîtresse tranquilles ; ayez soin surtout de ne point bavarder sur monseigneur mon maître et madame sa sœur.

— Dans une demi-heure ce sera prêt, répondit Eustache en courant attiser le feu devant lequel rôtissaient une oie, une sarcelle et un quartier de mouton ; du reste, croyez-bien, mon jeune maître, que nous ne nous mêlons que de ce qui nous regarde ; c'est ma femme seulement, qui est une Picarde, et qui a le cœur et la langue sur la main.

Les voyageurs se firent apporter leur repas dans leur chambre, et ce fut l'écuyer qui les servit.

Cependant Yolande renouvelait ses conjectures sous toutes les formes, et quand son mari lui imposait silence, elle s'adressait à Bertille, sa servante, et à Médard, son valet. Eustache, qui se désolait de ne pouvoir mettre de frein à ce flux de dangereuses paroles, et qui tremblait comme la feuille à chaque secousse que le vent donnait aux vitrages et à la porte, sortit enfin pour aller fermer les contrevens, dans l'espoir que ce serait un obstacle de plus à ce que la voix perçante de sa femme ne parvînt au dehors. Comme il décrochait le contrevent, une lourde main s'appuya sur son épaule, et une voix menaçante, quoique basse, lui jeta dans l'oreille ce mot : Silence! L'hôtelier se retourna tout pâle, et, à la lueur qui se projetait de la fenêtre, il vit un petit homme trapu, aux traits durs et irrités, et le bonnet garni d'une plume de coq. — Silence! reprit l'homme, et suis-moi sans résistance, ou il t'arrivera malheur!

— Mais je vous jure, messire, que vous vous méprenez; je suis un honnête hôtelier servant bien ses pratiques et payant exactement ses impôts; je n'ai, de plus, jamais eu rien à démêler avec messieurs les gens du roi; c'est ma femme.....

— Suis-moi, te dis-je, et sans mot dire.

— Elle a la langue près du bonnet, mais elle estime fort et autant que moi monseigneur le roi, madame la reine et madame de Valentinois...

Le petit homme ne répéta point son injonction, mais d'un poignet vigoureux il saisit le colossal aubergiste, l'entraîna avec vitesse loin de sa maison, et même hors de la ville; et lorsqu'ils furent arrivés un peu avant dans la campagne :

— Maintenant, écoute, reprit l'homme à la plume de coq; et son langage était élégant, facile, et son accent méridional très prononcé : ce soir, ou demain matin, tu chasseras ton valet, et c'est moi qui le remplacerai.

— Vous! répondit Eustache en fixant des yeux effarés sur le sombre visage que la lune lui montrait encore plus terrible.

— Moi; et tu ne souffleras mot à personne, pas même à ta femme, de la manière dont je m'engage chez toi.

— Mais, mon cher sire, dans quel but?

— Cela ne te regarde pas. Si tu refuses, bien mieux, si tu répètes à âme qui vive une des paroles de cette entrevue, tu es mort. Nous avons ici les gardes suisses et les justiciers secrets du roi, ainsi sois prudent.

— Je ne demande pas mieux, messire, que de faire tout ce que vous voulez; mais c'est une rude besogne que celle de la maison, et puis comment oserai-je vous dire : Fais ci, fais ça?

— Puisque c'est moi qui le veux, tu pourras l'oser.

— Je ne donne pas de gros gages à mon vieux Bernard, vous conviendra-t-il?...

— Au contraire, je te paierai mon écot. Avant que nous nous quittions, écoute encore une fois mes instructions, et retiens-les. Demain, au point du jour, je me présenterai chez toi; tu ne me reconnaîtras peut-être pas, car j'aurai changé de costume et de visage; je suis brun, je serai roux; en tout cas, j'aurai un bonnet de laine jaune et des hardes dans une besace. Ton valet sera dehors. Je prendrai place à table; tu parleras tout haut du renvoi de ton valet; je m'offrirai pour le remplacer; tu hésiteras quelques instans, puis tu m'accepteras, et je me mettrai sur-le-champ à l'ouvrage. Tu comprends? Donc à demain. Mais encore une fois, bouche cousue, sinon je te prouverai que, tout petit que je suis, j'ai le bras long. Au revoir.

Eustache reprit tout frissonnant le chemin de son hôtellerie, et aux questions de sa femme sur sa longue absence il répondit par un prétexte en l'air, se coucha tout transi et ne put fermer l'œil de la nuit, tant son aventure l'épouvantait, lui qui ne redoutait rien tant que d'avoir affaire aux gens du roi, et qui se voyait engagé dans une intrigue dont le début sinistre n'annonçait pas une issue prochaine et favorable.

III.

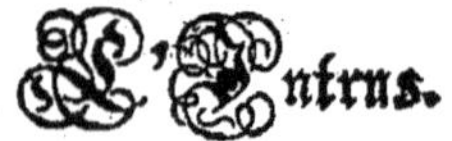

Le lendemain, au premier rayon de l'aube, l'hôtellier se leva sans bruit, pour ne point éveiller sa femme, dont l'autorité habituelle aurait pu gêner l'exécution qu'il allait faire. En quittant le lit si matin, il espérait devancer Médard au travail, et, le trouvant ainsi en faute, avoir le droit de lui chercher querelle et de lui donner congé ; mais le pauvre serviteur, encore plus matineux que de coutume, comme s'il eût pressenti quelque chose du complot, balayait la cuisine, frottait les tables, remettait tout en place avec une activité qui désespéra Eustache, en lui ôtant tout prétexte de se mettre en colère. Contraint de renoncer à son plan d'attaque, il changea son front de bataille, fit une volte et prit l'ennemi en queue.

— Auras-tu bientôt fini ton vacarme? dit-il à Médard, qui, tout fier de sa vigilance, attendait sans doute un compliment, et qui, à ce reproche incompréhensible, s'appuya sur son balai et regarda son maître, tout ébahi.

— Oui, reprit l'aubergiste, en cherchant à s'animer, tu réveilles toute la maison, et nous avons des voyageurs fatigués qui peut-être tantôt vont déguerpir; tu me ruines; Médard, cela ne peut pas durer.

— Mais, mon cher maître, depuis une heure que je travaille, je vous assure que je ne fais pas plus de bruit qu'une araignée; la preuve, c'est qu'au moment où vous êtes entré les souris continuaient à trotter comme si de rien n'était.

— Et pourquoi donc me serais-je levé, moi, si tu n'avais pas fait un tintamarre à réveiller un mort?

— Mon bon maître, c'est que probablement vous aviez la puce à l'oreille.

— Il ne s'agit pas de plaisanter, Médard, entends-tu?

— Mais, mon cher maître...

— Tais-toi, tu es un insolent... et des souris, pourquoi y a-t-il ici des souris?

— Mais, mon bon maître...

— C'est ta faute; elles me mangent tout; tu me ruines, te dis-je; il faut que ça finisse.

— C'est ce que j'espère, car je leur fais une chasse...

— Médard, continua l'aubergiste en se promenant avec agitation, et en regardant de tous côtés autour de lui pour trouver de nouveaux motifs de plainte contre son valet, pourquoi ce plat est-il écorné?

— C'est apparemment quelque voyageur...

— C'est ça, rejette tes sottises sur les voyageurs; tu me ruines, te dis-je, tu veux me réduire à l'aumône.

— Mais, mon cher maître...

— Mais veux-tu bien me laisser parler; je ne suis pas libre ici, peut-être; tes manières ne me conviennent pas, Médard, et un jour ou l'autre...

— Par saint Médard, mon patron, je suis innocent, mon bon maître!

— Et puis tu encourages ma femme à bavarder sur le roi, la reine, la duchesse, et tous les gens de la cour; tu veux me faire mettre en prison, tu t'entends avec mes ennemis.

— Hélas! vous savez bien qu'hier je n'ai pas répondu une parole aux propos de madame Yolande.

— Qu'est-ce ça me fait, si tu as l'air de l'écouter et si tu l'excites du geste? Par tous ces motifs, Médard, il est nécessaire que... j'ai trop long-temps patienté, oui, il le faut, Médard, il faut que nous nous quittions.

— Qu'est-ce que vous dites, mon cher maître! s'écria le vieux valet, en tombant sans force sur un escabeau.

— Je dis, répliqua Eustache, en faisant une grosse voix pour déguiser l'émotion qui le gagnait, je dis que j'ai assez de tes services et que je... te renvoie.

— Vous me renvoyez, moi? reprit Médard en pleurant, moi qui suis dans l'hôtellerie depuis quarante-deux ans, moi qui ai servi vos vieux parens, et qui vous ai tenu tout petit dans mes bras, moi qui demandais grâce pour vous quand votre père voulait vous battre, moi qui vous faisais des frondes et des arbalètes, et qui en refais à présent pour vos petits enfans? Oh! mon cher maître, vous n'aurez pas ce cœur-là. Hélas! où irais-je à mon âge? Qu'est-ce que je ferais? personne ne voudrait de moi; il me faudrait mendier ou mourir de faim... On vous a trompé, pour sûr; personne n'est plus attaché que moi à vos intérêts, témoin ce jour où je me suis fait plus qu'à demi tuer par des soudards ivres qui vous insultaient...

— Je sais bien tout cela, mon pauvre Médard, répondit l'aubergiste, cédant à son attendrissement, et prêt à avouer à son vieux serviteur la nécessité qui le contraignait lui-même; mais les menaces énergiques de l'homme à la plume de coq lui revinrent tout à coup en mémoire, et reprenant d'un ton dur : Oui, je sais tout cela, dit-il, mais il le faut, il faut que tu partes, je pourvoirai à tes besoins, tu iras loger dans ma petite maison du faubourg... allons, vite, fais ton paquet.

— Ah! mon Dieu, mon Dieu... s'écria en sanglotant le vieillard, j'en mourrai de chagrin...

Cependant le bruit de cette discussion était arrivé aux oreilles d'Yolande, qui, inquiète et curieuse, descendit en hâte.

— Eh bien! qu'est-ce que c'est? dit-elle en regardant alternativement son mari qui se promenait de long en large, rouge et haletant d'émotion, et le vieux Médard qui, tombé sur ses genoux, continuait à pleurer.

— Ah! ma bonne maîtresse, dit ce dernier en se traînant aux pieds d'Yolande, intercédez pour moi, votre mari veut me renvoyer...

— Qu'est-ce cela signifie? répliqua vivement l'hôtelière en courant vers Eustache et en lui saisissant le bras.

— Cela signifie, répondit ce dernier,

irrité de cette intervention inattendue, qui peut-être allait faire échouer l'acte de vigueur dont le succès était certain au moment de l'arrivée malencontreuse de sa femme, cela signifie qu'il le faut et que je le veux !

— Et tu crois que j'y consentirai, Eustache ? c'est une action mauvaise, ingrate, folle, Médard restera. Je t'ordonne de rester, Médard ; ton maître a perdu le sens, il a marché ce matin sur une mauvaise herbe ; cela se passera.

— Ainsi je ne suis rien dans ma maison ? reprit l'hôtelier ébranlé.

— Non, tu n'es rien pour y faire le mal.

En ce moment, on frappa à la porte ; Médard, saisissant cette occasion de se rendre utile, et de se réintégrer dans ses fonctions, courut ouvrir ; un homme de petite taille, portant un bonnet de laine jaune sur une épaisse chevelure rousse, et muni d'un bâton ainsi que d'un havresac, entra en saluant à la manière villageoise, et alla s'asseoir à une table où des gobelets étaient proprement disposés.

L'hôtelier tressaillit en reconnaissant l'homme

à la plume de coq, non pas à son visage, car ce n'était plus le même, mais au signalement que celui-ci lui avait détaillé la veille; cette vue rendit au bonhomme sa première résolution, et voyant Médard se démenant le plus qu'il pouvait autour de l'étranger : — Je t'ai dit, répéta-t-il, que tu n'es plus à mon service; va-t-en. Et il reprit des mains du vieux serviteur le pot d'hydromel dont celui-ci s'était emparé.

— Et moi je veux qu'il reste! s'écria Yolande d'une voix impérieuse.

Eustache se retourna vers l'étranger comme pour protester de sa bonne volonté et lui faire comprendre que la résistance ne venait pas de son fait; mais l'homme à la toque jaune n'eut pas l'air d'accepter cette excuse, car son visage se rembrunit d'une façon menaçante. Alors l'aubergiste, s'armant du courage de la peur : — J'ai dit qu'il s'en irait, et il s'en ira! prends garde à toi, Médard, si tu me désobéis plus long-temps, il pourra t'en souvenir? En achevant ces paroles, Eustache frappa violemment la table de son poing. Yolande, stupéfaite de ce témoignage inaccoutumé d'énergie, se pencha vers l'oreille de Médard : Fais semblant de t'en aller, lui dit-elle, mon mari a quelque chose; je le calmerai, et tu rentreras... ce soir, ou dans quelques jours.

Le vieux serviteur remercia sa maîtresse d'un coup d'œil de reconnaissance, monta à son grenier, fit son petit paquet et se retira en baissant la tête.

Lorsqu'il fut parti : — Êtes-vous content ? demanda Eustache à l'étranger en lui versant un second verre d'hydromel.

Celui-ci fit un signe d'assentiment, et prenant pour la première fois la parole : « Il paraît, mon maître, dit-il, que vous n'étiez pas content de ce vieux bonhomme; cela se conçoit, il ne devait plus guère être âpre à la besogne; je suis jeune, moi, et vigoureux, je venais ici demander du service dans les écuries du roi, ou auprès de quelque seigneur ou homme d'armes, mais si ma figure vous revient, prenez-moi; pour ma part je suis tout prêt; vous aussi bien qu'un autre et autant ici qu'ailleurs.

— Merci, merci, répondit Yolande d'une voix aigre, nous ne sommes pas si pressés de valet pour accepter le premier vagabond venu.

— Mais, ma femme, avec le surcroît de besogne que me donne le séjour de la cour dans notre ville, je n'y pourrai jamais suffire, et ce gaillard me convient; il a l'air robuste, je l'arrête.

— Il ne me convient pas, à moi; et puisque tu juges à propos de te passer de Médard, personne ne le remplacera ici; je ferai moi-même son service.

En cet endroit, Eustache regarda l'étranger d'un air piteux comme pour lui demander ce qu'il fallait faire.

— Dans le pays d'où je sors, répondit celui-ci, les quenouilles des femmes n'ont pas voix délibérative dans le conseil des hommes.

— Avalez votre hydromel, payez votre écot et décampez au plus vite, vous! répliqua l'hôtesse d'un ton vert.

— Le maître de céans m'a agréé pour son valet, j'accepte et je reste. Et l'étranger, débouclant son havresac, le déposa à côté de lui sur un escabeau.

Irritée de ce sang-froid insolent, l'hôtesse fit rouler le havresac par terre, en ajoutant : — Sors d'ici, manant, et au plus vite, ou j'appelle les gens du guet.

— Si vous m'ordonnez de mettre votre femme à la raison, maître, je l'y mettrai, car maintenant je suis votre valet et vous obéirai en tout.

Eustache qui jusque là avait laissé le débat se poursuivre entre les deux adversaires, comme s'il n'y fût pas lui-même intéressé, jugea enfin à propos d'intervenir : — Yolande, dit-il, va préparer le déjeuner de nos hôtes; et vous... et toi... comment t'appelles-tu ?

— Cosme.

— Et toi, Cosme, va étriller les chevaux, et garnir leur ratelier. Passe par là, c'est la cour, tu y trouveras les écuries.

L'homme à la toque jaune attacha son havresac à un clou, prenant ainsi possession de son emploi, et sortit.

— Laisse-moi faire et tais-toi, bavarde ! dit aussitôt l'aubergiste d'un ton mystérieux à sa femme, qui était suffoquée d'étonnement et de colère.

— Mais...

— Tais-toi, te dis-je! veux-tu donc me faire pendre, et toi avec ?

Soupçonnant alors quelque chose d'étrange, qu'elle se promit bien de pénétrer, l'hôtesse alla rejoindre en rêvant sa servante Bertille, avec qui elle s'occupa du déjeuner des voyageurs.

IV.

Une demi-heure après ces petits débats de ménage, l'étranger, que nous désignerons provisoirement par le nom de Cosme, se fit indiquer par l'hôtelier l'appartement des trois voyageurs arrivés la veille, et alla frapper à l'huis de la chambre du jeune seigneur.

— Que veux-tu ? qui es-tu? demanda l'écuyer en ouvrant.

— Je suis Cosme, valet de céans; maître Eustache m'envoie demander les ordres de monseigneur.

— Quand on aura besoin de toi, on t'appellera, répliqua l'écuyer, en fermant la porte au nez du faux valet.

— Un instant; fais-le entrer, Robertet, j'ai besoin de quelques renseignemens, objecta le cavalier du fond de la chambre où il achevait sa toilette.

Cosme fut introduit; il s'avança d'un air lourd et en tourmentant son bonnet entre ses doigts; puis il se redressa, comme frappé de l'air imposant et de la bonne mine du personnage en face de qui il se trouvait.

En effet, celui dont un épais costume de voyage et un ample manteau cachaient hier les formes, paraissait en ce moment avec tous ses avantages, et peu d'hommes, dans toute l'élégante cour de Henri, en possédaient autant; sa taille haute, svelte, gracieuse, se développait admirablement sous le riche costume de l'époque. Le sien était de satin et de velours violet, avec fourreau d'épée, toque et souliers de même couleur; le collier de l'ordre de Saint-Michel décorait sa poitrine. La noblesse de sa pose et de ses gestes, ses yeux graves et doux, sa physionomie ouverte et martiale, que relevaient encore des moustaches et une courte barbe noire, la beauté expressive de tous ses traits, et de son corps qu'on eût pu comparer sans exagération à celui de l'Apollon du Belvéder, tout faisait de ce jeune seigneur une célébrité, dans une cour où l'intrépidité, la grâce, l'adresse et tous les agrémens physiques étaient fort appréciés. Aussi ce cavalier y était-il généralement connu sous le nom du beau Bonnivet.

Pourtant une qualité qui, un siècle plus tôt, en eût fait un des hommes les plus en faveur de son temps, nuisait un peu à ses succès sous le règne actuel, et jetait même sur cette noble individualité une légère teinte de ridicule : il conservait un respect profond pour ces antiques et saintes traditions d'honneur que la chevalerie avait semées çà et là dans la barbarie des siècles précédens; fidèle à la religion du serment, dévoué aux dames et aux faibles, il était dans son époque ce qu'on appelle aujourd'hui une anomalie vivante; et quand les jeunes seigneurs, ses rivaux, se moquaient tout bas de sa discrétion, les dames riaient tout haut de sa réserve.

Premier colonel-général des bandes françaises de Piémont, grade qui correspond à peu près à celui des maréchaux de nos jours, il s'était fait distinguer par plus d'une action d'éclat, et avait joui long-temps des bonnes grâces et de la familiarité du roi.

Bonnivet adressa quelques questions à Cosme sur les personnes logées actuellement dans l'hôtellerie, sur leurs habitudes et leurs allures. Le faux valet, soit qu'antérieurement il se fût procuré des renseignemens à cet égard, soit qu'il imaginât sur-le-champ des faits et des circonstances, fort vraisemblables du reste, répondit au jeune seigneur de manière à lui garantir la sécurité du séjour de sa sœur dans ce logis; car tel était le but secret des questions que celui-ci venait de lui faire. Interrogé ensuite sur quelques particularités des fêtes et des exercices de la cour dans cette résidence momentanée, Cosme répondit en véritable curieux de province, et s'étendit prolixement sur des détails oiseux qui intéressèrent pourtant Bonnivet, parce que certains noms et certaines choses qui l'occupaient alors y étaient mêlées.

Cependant l'écuyer considérait le valet supposé avec un sentiment inexplicable d'incertitude et peut-être de soupçon; il trouvait de vagues rapports entre ce teint blafard, ces sourcils roux, cette physionomie épaisse, et celle de l'homme qu'il avait entrevu la veille à travers les demi-teintes vaporeuses du soir; mais peut-être que le prétendu Cosme devina la pensée qui l'épiait, car ses traits semblèrent se modifier encore et prirent progressivement un caractère plus trivial et plus grossier; peut-être aussi l'écuyer renonça-t-il volontairement à des suppositions que tout semblait détruire, car il acheva d'un air fort tranquille la toilette de son maître, et sans plus s'inquiéter de Cosme, qui poursuivait intrépidement son récit bavard.

Tout à coup un bruit de chevaux et de fanfares se fit entendre dans la rue sur laquelle donnaient les fenêtres de la chambre de Bonnivet; celui-ci releva rapidement dans sa coulisse la fenêtre près de laquelle il se trouvait, et se pencha dehors, mais en ayant soin de rester à demi caché par un épais rideau de serge. Un brillant cortége descendait du haut de la rue; il était composé de dames en élégant costume de cheval, de jeunes seigneurs qui caracolaient autour d'elles, de fauconniers, de pages et de valets de toutes sortes. En tête s'avançait une dame d'une taille à la fois imposante et gracieuse qui, non moins qu'un éblouissant costume et des manières de reine, annonçait une princesse du plus haut rang. C'était en effet Diane de France, fille naturelle de Henri II et d'une demoiselle de Coni, piémontaise; légitimée et richement apanagée par son père, qui, après l'avoir dotée de la duché de Chatellerault, lui avait accordé celle d'Angoulême, elle marchait l'égale des filles de France, dont elle portait le titre, et jouissait non seulement des priviléges qui y étaient attachés, mais encore de la faveur toute particulière du roi, dans le cabinet duquel elle entrait familièrement. Une des causes de cette vive affection de Henri pour elle, c'était l'étonnante ressemblance qu'elle avait avec lui, les goûts chevaleresques qu'il retrouvait en elle, son adresse à manier des chevaux et même des armes, à conduire une chasse à l'oiseau et au cerf; c'était sa danse tour à tour grave ou légère, sa voix mélodieuse et pure qu'elle accompagnait des savans accords du luth; c'était enfin son goût pour les carrousels, où elle eût jouté elle-même, si cela eût été permis aux femmes et aux princesses. Mariée d'abord à Horace Farnèse, duc de Castro, et restée veuve de bonne heure par la mort de ce prince, tué au siège de Hesdin, elle était alors le but de bien des intrigues; et, en attendant qu'on réglât de nouveau ses destinées, elle continuait à se complaire dans les triomphes de sa beauté, et à diriger les plaisirs de la cour de son père, dont elle était l'âme et la reine. Elle montait en ce moment un magnifique cheval noir, dont le maréchal de Damville, son beau-frère, lui avait fait présent, et qu'on nommait le *Dottor* (le docteur), parce qu'un habile écuyer lui avait appris à marcher d'un pas grave et solennel.

Les habitans de Villers-Cotterets étaient accourus en foule sur le passage de la princesse, qui répondait gracieusement d'un salut de la main à leurs acclamations enthousiastes. En passant devant l'hôtellerie de la Fleur-de-Lis, Diane leva par hasard les yeux vers la fenêtre d'où le beau colonel la contemplait d'un air agité; elle ne l'eut pas plus tôt aperçu qu'une vive rougeur lui colora les joues, et sembla se refléter au même instant sur celles de Bonnivet; mais elle se remit promptement, releva la tête avec aisance et adressa au cavalier troublé le même geste élégant dont elle payait l'admiration de la foule.

Cet incident fut à peine remarqué de quelques membres du cortège, mais Cosme, qui depuis quelques instans épiait attentivement la physionomie de Bonnivet, ne perdit aucune des émotions qui venaient de la traverser; et, quand la cavalcade eut disparu, il vit le jeune seigneur dans la même posture, l'œil fixe et le front rêveur.

— Monseigneur, dit le faux valet, je vous parlais tout à l'heure des dames de la cour, en voilà une belle et galante; grâce à elle, depuis une semaine ce n'est que joutes, festins, chasses, cavalçades; mais ce n'est rien, et nous aurons dans peu des fêtes bien plus belles encore ; il est vrai qu'il ne se fait pas beaucoup de mariages comme ceux-là dans l'année.....

— De quel mariage parles-tu? reprit Bonnivet avec vivacité.

— De celui de madame Diane.

— De madame de Castro? s'écria le colonel en pâlissant.

— De madame Diane..: non pas la vieille, l'autre... Enfin la duchesse d'Angoulême, la fille du roi.

— Et... avec qui se marie-t-elle? ajouta le colonel en balbutiant.

— Comment! vous ne savez pas ça? mais tout Villers-Cotterets en parle... Il est vrai que ça ne date pas de loin et que vous n'êtes arrivé que d'hier... Eh bien! c'est avec monseigneur François de Montmorency qu'elle se marie.

— François de Montmorency! répéta Bonnivet d'une voix rauque de stupeur et de colère. Puis, bondissant comme un insensé : Les infâmes! s'écria-t-il, voilà donc le coup qu'ils tramaient!... Elle aussi!... Ah! je me vengerai... je vengerai ma sœur... non, ce mariage ne s'accomplira pas... ni lui ni elle ne l'oseront.... Fais seller mon cheval, Florimond, je cours rejoindre Diane... Non, je vais chez les Montmorency... chez le roi plutôt..... Mais si cette nouvelle n'était pas exacte... Ne m'as-tu pas fait un mensonge, misérable?.....

Mais, dès les premières paroles échappées à l'emportement de son maître, le jeune écuyer avait fait sortir le valet.

— Cette nouvelle n'est que trop probable, reprit Bonnivet; n'est-ce pas, Florimond, que cette odieuse intrigue est vraie?

— C'est une chose qui bouleverse toutes mes idées, monseigneur...

— Tu y crois donc, Florimond? Quoi! tu penses que cela est possible? Mais sais-tu que ce serait une chose infâme, et qu'on ne connaîtrait plus dans cette cour aucune idée d'honneur, aucune foi du serment, aucun respect pour ce qu'il y a de saint, de vénérable au monde! Oh! il n'y aurait plus qu'à briser son épée, à se jeter dans un cloître, à y pleurer jusqu'à son dernier jour sur un pays livré à de tels hommes... Encore si tu savais tout,

Robertet... et ma sœur, ma pauvre sœur, voilà comme on veut la déshonorer!... Oh! j'empêcherai qu'on ne réussisse ou j'y laisserai la vie... Mais que faire, Robertet, que faire? et Bonnivet tomba accablé sur un siège.

— Ne vous désespérez pas, mon cher maître, les choses n'en peuvent être au point où vous les imaginez; ce n'est qu'un bruit de ville que ce rustre a entendu parmi tous les sots propos qu'il vous a répétés; et vous savez que, même à la cour, il se débite une foule de nouvelles qui n'ont pas le moindre fondement.

— Ne cherche point à me tromper, Robertet, celle-ci n'est que trop vraisemblable, et la trahison de François ne peut s'expliquer autrement; c'est à des calculs d'ambition qu'il veut sacrifier ma sœur... Et Diane, Diane jusque là si généreuse, si noble, tremperait dans cette odieuse intrigue!... Cela n'est pas, Florimond, cela ne peut pas être.

— Non, sans doute, monseigneur; quand je vous dis que ce sont des propos de bourgeois, des commérages de caillettes.

— Mais alors comment interpréter l'outrage

que les Montmorency veulent faire à ma sœur?

L'écuyer prononça quelques paroles confuses et baissa tristement les yeux.

— Tu vois bien, Florimond, que la nouvelle est vraie, que le complot existe. Il n'y a plus rien à ménager! ajouta le colonel d'une voix éclatante et en se levant avec impétuosité. François se rétractera ou j'aurai sa vie; tu vas lui porter mon cartel.

— De grâce, monseigneur, soyez prudent; vos paroles peuvent être entendues; ne rendez pas inutiles toutes les précautions que nous avons prises. Si ce que vous appréhendez est réel, n'avez-vous pas tout à craindre de la puissance et de la perfidie de nos ennemis? Rappelez-vous l'espion qui s'est attaché hier à nos traces; j'espère encore que j'ai pu me tromper, mais si nos ennemis vous savent dans cette ville, ne leur fournissez pas des armes contre vous, ne donnez pas au connétable le droit de vous faire arrêter; les intérêts de votre sœur vous le commandent.

— Tu as raison, Florimond; ma vue est troublée et ne distingue rien de ce qu'il faut faire; eh bien! ami, donne-moi un conseil.

— Il me semble, monseigneur, qu'avant tout vous devez vous assurer de l'exacte situation des choses. Madame Diane d'Angoulême (pardonnez-moi d'avoir deviné le mystère des liens qui vous unissent à elle, je ne l'ai pénétré que pour le défendre), madame Diane est peut-être la seule personne de la cour à laquelle vous puissiez vous adresser sans danger.

— Tu dis vrai, c'est un noble cœur, une loyale nature; je vais m'ouvrir franchement à elle; jamais elle n'a fait un mensonge, si le bruit qui court est vrai, elle m'avouera, elle m'expliquera tout... Je vais lui écrire, lui demander une entrevue... tiens, Florimond, voici mon billet, tu vas épier le retour de la duchesse...

— Pardon, monseigneur, mais quoiqu'il y ait peu de temps que je suis à votre service, quelques seigneurs de cette cour ont pu me voir en Piémont avec vous; peut-être vaudrait-il mieux se servir d'un autre messager... Mais quel est ce bruit de chevaux? comment! déjà la chasse qui revient? reprit l'écuyer qui était retourné vers la fenêtre restée ouverte.

En effet, la cavalcade revenait, effrayée

par l'apparition de quelques gros nuages et la chute de quelques gouttes d'eau.

— Retire-toi, Florimond, qu'on n'aperçoive personne à cette fenêtre, reprit Bonnivet ressaisi tout à coup d'une vive émotion; et cependant, écartant lui-même un pli du rideau, il attendit, tout pâle et le cœur palpitant, le retour de la princesse, la contempla long-temps avec ravissement, et ses yeux ne se détachèrent de la brillante amazone que lorsque l'éloignement l'empêcha de la distinguer à travers le groupe confus qui l'entourait.

— Tu vois, Florimond, comme je suis faible et comme elle me maîtrise encore, malgré l'étrange inculpation qu'on fait peser sur elle; mais rassure-toi, je me souviendrai de ma sœur, je ne songerai qu'à elle, à elle qui souffrait sans se plaindre et que je suis venu défendre et sauver. Appelle le valet de la maison.

Cosme reparut.

Voici, lui dit le colonel, une lettre pour madame la duchesse d'Angoulême, est-tu sûr de pouvoir la lui remettre?

— Oh! madame Diane se laisse aborder; comme la Vierge, elle écoute les prières des plus petits. D'ailleurs je connais un de ses palefreniers, je lui dirai que ça vient d'un beau seigneur logé à la Fleur de Lis, que c'est très pressé, et il donnera la lettre à un page, qui la remettra tout de suite à madame Diane.

— Va donc faire cette commission; il y aura une réponse, tu attendras; au retour, tu seras bien payé; allons, hâte-toi.

— Je cours, monseigneur.

Charles de Lorraine.

Cosme se dirigea vers la résidence royale ; mais, arrivé devant le corps-de-logis qu'habitait Diane de France, il passa outre, et marcha vers une autre aile où demeurait le cardinal de Lorraine. Quand il se présenta à la grille, un garde-suisse croisa devant lui sa hallebarde.

— Appelez votre chef, dit le valet supposé à la sentinelle, je suis envoyé vers monseigneur le cardinal-duc.

Le soldat fit résonner sa hallebarde sur les dalles; à ce bruit, une espèce de majordome en robe noire sortit d'une galerie voisine, et toisant Cosme d'un air insolent : — A qui en veut ce manant? demanda-t-il.

— Approchez-vous, messire, vous le saurez, répliqua le valet d'une voix brève, et hâtez-vous, car monseigneur n'aime pas à attendre.

Le majordome surpris se pencha vers Cosme avec une expression subite de condescendance.

— Guise et Lorraine, lui dit celui-ci à demi-voix.

— Laissez passer, reprit vivement l'homme en robe, en s'adressant à la sentinelle et en saluant profondément le prétendu valet d'auberge.

Celui-ci entra fièrement et sans même porter la main à son bonnet, marcha droit vers un escalier particulier, répéta le mot de passe à un garde posté sur les premiers degrés, puis à un page assis contre une petite porte, et fut bientôt après introduit dans un cabinet décoré avec un luxe royal et une coquetterie érotique. Un homme aux traits singulièrement fins et rusés, et enveloppé de la robe rouge des cardinaux, y travaillait, nonchalamment étendu dans une chaire à coussins de velours. C'était Charles de Guise, cardinal de Lorraine et ministre d'état, un des hommes les plus remarquables de son temps, — bien que sa poltronnerie et son astuce donnassent une seconde fois raison à Rabelais, qui peignit dans son admirable satire un autre cardinal de Lorraine sous le nom de Panurge, — et celui qui contribua le plus, avec son frère, le célèbre François, père du Balafré, à élever si haut la fortune des Guise.

En apercevant Cosme, il tressaillit : — Mais qui es-tu? dit-il, en saisissant vivement un poignard caché sous ses papiers, il y a erreur, on m'a annoncé maître Martin...

— On ne vous a pas trompé, monseigneur, répondit l'envoyé de Bonnivet en souriant, mais comme j'ai encore besoin de la figure que vous me voyez, pardonnez-moi de ne pas l'avoir laissée à la porte.

— Comment, c'est toi, maître Martin? reprit le cardinal en se remettant; en vérité, tu es un drôle inconcevable, et je crois, Dieu me pardonne, que tu as fait un pacte avec Satan.

— J'en ai fait un avec vous, monseigneur, répliqua maître Martin d'un ton de voix équivoque.

— Prends garde qu'on ne t'entende, maître fripon, on voudrait nous exorciser tous les deux. Mais trève de badinages, qu'as-tu appris?

— Monseigneur, je suis fatigué, ajouta maître Martin en s'enfonçant dans une chaire voisine de celle du cardinal, car j'ai arpenté bien du terrain pour vous; permettez que je me mette à mon aise pour vous raconter mon expédition.

— Au moins, prends la précaution de pousser ce verrou pour qu'on ne te surprenne pas dans cette position incongrue.

— Voilà qui est fait, monseigneur. Maintenant si vous êtes prêt à m'entendre, je vais commencer.

— Auparavant bois ce verre de vin épicé; cela achevera de te rendre des forces.

— Mais, monseigneur, êtes-vous sûr que ce

ne sont pas des épices d'Italie? Prenez garde au cuisinier de madame Catherine.

— Modère ta langue, maître ribaud, et prends garde en jetant tes plaisanteries si haut, qu'elles ne te retombent sur la tête et ne t'écrasent.

— Je ne crains rien, monseigneur, votre chapeau de cardinal est large, je m'abriterai dessous. Donc, je bois à la fortune des Guise.

— Dieu et le pape t'entendent!

— Voilà d'excellent vin d'Espagne; mais pourquoi préférez-vous le rouge au blanc? Le rouge est la couleur de la guerre, monseigneur?...

— Maître Martin, ce vin vous monte à la tête, à ce qu'il paraît... Si vous savez quelque chose, racontez-le moi, je vous écoute.

— Eh bien! monseigneur, le colonel Bonnivet vient de quitter ses compagnies et le Piémont; il a fait sortir sa sœur du couvent des Filles-Dieu de Paris, et il est arrivé ici hier soir avec elle; ils sont logés en ce moment à la Fleur de Lis, et leur intention est de venir se jeter ce matin même aux pieds du roi.

— Que m'apprends-tu là, maître! es-tu sûr de ton fait? fit le cardinal avec un étonnement bien joué qui cachait une vive satisfaction.

— Je n'ai jamais douté de l'efficacité de vos bénédictions, monseigneur, ne doutez pas de l'exactitude de mes rapports.

— Mais voilà qui m'embarrasse beaucoup, reprit le cardinal en ayant l'air de se parler à lui-même, les Caraffa vont m'accuser de félonie, et ce soudard de connétable va jeter feu et flammes contre moi. L'ordre de surveiller Bonnivet était pourtant bien positif... Encore une fois, maître Martin, es-tu bien sûr?...

— Voici une preuve qui ne vous laissera aucune incertitude, reprit l'espion en présentant au cardinal la lettre que le colonel adressait à la duchesse d'Angoulême; vous plairait-il de la faire ouvrir par messieurs vos secrétaires?

— Oui, sans doute, répondit le cardinal en frappant sur sa table avec un petit maillet d'ivoire dont le manche représentait un objet trop indécent pour qu'on puisse le décrire. Mais lève-toi donc, tu entends bien qu'on va entrer.

Maître Martin se leva assez lentement et prit toutefois une pose respectueuse.

Un secrétaire entra.

Ouvrez cette lettre sans en altérer le scel, et rapportez-la moi vite.

Le secrétaire s'inclina, prit la lettre et sortit.

Maître Martin se replongea dans la chaire.

— Ce n'est pas tout, monseigneur, reprit-il, le sire de Bonnivet a ramené avec lui de Piémont un bel écuyer de noble famille, qui joue déjà auprès de madame Jeanne le rôle de consolateur.

— Ah! fort bien, cela ; et puis?

— Et puis si la lettre que je viens de vous apporter ne vous en apprend pas assez, je vous préviendrai qu'il faut vous attendre à ce que madame Diane de France passe un jour ou l'autre à l'ennemi.

— Qu'entends tu par là ?

— J'entends que madame Diane, la divine chasseresse, a déjà donné ou donnera bientôt droit de chasse sur ses terres au beau Bonnivet.

— Je te le répète, maître Martin, ta langue n'épargne rien, et quelque jour tu ne seras pas épargné ; ma protection elle-même n'y fera rien, sois-en sûr.

— Quand tous les autres me manqueront, monseigneur, je me resterai à moi-même.

— Tudieu! maître paillard, vous parlez en roi.

— Il le faut bien, quand les rois agissent en paillards.

— Bien répliqué; mais c'est assez discourir; maître Martin, avant que tu me quittes il est un bon avis qu'il faut que je te donne : la qualité d'agent secret de mon cabinet autorise bien des licences, mais point celle d'être homicide: comprends-tu ?

— Votre éminence est bien instruite ! répondit l'espion avec un mouvement de surprise habilement jouée, si elle n'était naturelle; puis, reprenant avec un calme parfait : — Alors, monseigneur, je n'ai rien à répondre, car si vous savez tout, vous devez m'excuser.

— Ah çà, parlons net, je n'ai point de temps à perdre en rébus ou énigmes; je te dis qu'il y a quatre jours, tu as assassiné un homme dans la forêt de Senlis.

— Assassiné ? à ce compte, monseigneur, vous et moi, nous sommes deux assassins, car ce que j'en ai fait c'est pour votre compte...

mais oui, monseigneur ; cet homme était un espion ; envoyé par qui ? je ne sais ; mais il me suivait depuis long-temps ; peut-être avait-il surpris quelques-uns de nos secrets ; n'était-ce point une nécessité d'état que de m'en défaire?

— Tu trouves des raisons à tout, je le sais bien, répliqua le cardinal avec une expression de dépit; mais quelle preuve as-tu que cet homme était un espion ?

— C'est que, voyez-vous, monseigneur, quand je l'ai eu tué, je l'ai fouillé.

— Et qu'as-tu trouvé sur lui ? ajouta le ministre, dont le visage se colora d'une légère rougeur.

— Quelques lignes de votre écriture, reprit l'espion avec simplicité, et sans avoir l'air de remarquer l'embarras du cardinal ; mais probablement il les avait volées à quelqu'autre, car quelle apparence que monseigneur fasse espionner son fidèle serviteur? Un espion qui en espionne un autre, ne serait-ce pas double emploi, et n'ai-je pas donné trop de garanties à votre éminence pour qu'elle songeât à me faire un pareil affront? Donc, c'était quelqu'un de nos ennemis qui avait enlevé sa passe à un de mes confrères, et j'ai rendu service à monseigneur en le débarrassant de cet indiscret. N'en faudra-t-il point faire autant toutes les fois que je trouverai de pareils limiers sur ma piste, et aurais-je tort de compter sur le trésor d'absolutions que monseigneur tient en réserve à cet égard?

— Tu as agi pour le mieux de mes intérêts, je te pardonne pour cette fois, maître Martin; mais prends garde de ne point récidiver, car alors la justice du roi suivrait son cours. Allons, debout, voici mon secrétaire.

Le scribe particulier du ministre rentra en effet, et présenta à son maître le billet de Bonnivet sortant à demi de son enveloppe; le cardinal parcourut lentement le message, tandis que maître Martin épiait du coin de l'œil l'impression de sa physionomie; et rendant la lettre au secrétaire : — Refermez cela soigneusement, dit le ministre.

Quand le scribe eut achevé l'opération et qu'il se fut retiré : — Maître, reprit le cardinal en présentant le billet recacheté à l'espion, garde le secret le plus profond sur tout ceci, et va porter cette lettre sans tarder à madame la duchesse d'Angoulême... Un instant, je ne t'ai point encore payé tes services ; tends tes deux mains, que j'y vide cette cassette.

— Gardez votre or, monseigneur, les belles dames de cette cour en sont friandes, et chacun de leurs baisers doit vous coûter plus cher que dix de mes paroles ; laissez-moi prendre seulement de quoi fournir à mes déguisemens, et payer mon écot et les souliers que j'use, c'est tout ce qu'il me faut.

— Prends, te dis-je, les Guise sont riches.

— Mais le roi est pauvre, et son coffre a plus besoin de cette somme que mon escarcelle.

— Tu ne veux pas recevoir d'argent pour mieux te payer en insolences ; c'est trop cher ; accepte, ou notre marché est rompu.

— Vous ne le romprez pas, monseigneur, car vous avez encore besoin de moi, et vous savez que ce que j'ai une fois entrepris, je le mène à trop bonne fin pour que vous me congédiiez au beau milieu d'une affaire assez sérieuse, j'imagine.

— Mais quel es-tu donc, maître Martin, et par quel point touches-tu à l'humanité, puisque, pour prix de ton rude et difficile emploi, tu ne veux rien de ce qui flatte les désirs ordinaires des hommes : ni des orgies, ni des chevaux, ni des femmes; ni l'or que l'un amasse et que l'autre gaspille, l'or qui assouvit une manie et l'entretient, et le jeu qui absorbe toutes les passions; ni le besoin d'être vanté, puisque ton élément c'est le mystère?

— C'est vrai, monseigneur, je ne suis point un espion comme un autre, un de ces misérables qu'on paie et qu'on méprise; je veux, moi, traiter d'égal à égal avec ceux qui m'emploient, car le talent est frère du talent, et si monseigneur de Lorraine est un fin renard, maître Martin sait aussi plus d'un bon tour.

— Eh bien! fais comme tu voudras, prends cet or ou laisse-le; mais va vite remplir ton message; puis tu observeras attentivement toutes les allées et venues du colonel et de sa sœur, et aussi de cet écuyer, qui se nomme?...

— Florimond Robertet, seigneur d'Alluye.

— Je sais... mais c'est un bien petit gentilhomme, ajouta le cardinal en s'adressant cette observation à lui-même.

— Mais il a de beaux yeux noirs, et bien tendres, monseigneur.

— Tu as raison, l'amour est démocrate; observe donc le seigneur Robertet, et tiens-moi au courant de tout. Mais encore une fois sois discret; au revoir.

— Je serai discret, monseigneur, et ma voix restera dans votre oreille, pourvu qu'il ne se rencontre pas ici des échos autour de moi, comme dans la forêt de Senlis.

A cette réponse ambigue, qui ressemblait quelque peu à une menace, le cardinal détourna un regard de chat sur l'espion, répliqua avec une physionomie équivoque par cette sentence semi-évangélique : « Celui qui sème dans la fidélité recueillera dans la confiance, » et le congédia du geste.

Maître Martin reprit l'escalier dérobé par où il était venu, regagna la partie du château qu'habitait la duchesse d'Angoulême, donna le billet de Bonnivet à un page, reçut la réponse un quart d'heure après, la porta à l'hôtellerie, et, l'ayant remise à l'écuyer, sortit de nouveau, et se dirigea avec précaution et par des rues détournées vers le logement des Montmorency.

— Ah! ah! monseigneur de Lorraine, se disait-il en chemin, vous vous défiez de moi, vous envoyez des espions à mes trousses, et me prenez pour votre dupe. Ah! vous croyez m'en faire accroire avec la comédie du visage et de la parole; mais comme vous, je suis de ceux qui tiennent les ficelles et qui conduisent la pièce. Allez, allez, malgré vos appréhensions apparentes, je devine que vous êtes fort aise de l'arrivée de mademoiselle de Pienne et de monsieur de Bonnivet, son frère; car, tout en négociant à visage découvert le mariage de madame Diane de France avec monseigneur François de Montmorency, vous travaillez sous main à en empêcher la réussite. Je crois bien que vous y avez intérêt, et que ce mariage royal, dont la fortune des Montmorency se verrait haussée au préjudice de la vôtre, ne vous sourit guère; mais, puisque vous agissez de ruse avec moi, il me plaît maintenant qu'il s'accomplisse; et il s'accomplira.

VI.

Anne de Montmorency.

L'espion trouva le connétable dans ses écuries, donnant un coup d'œil à ses chevaux et harnais. C'était un vieillard de haute taille, aux traits durs et menaçans, à la voix forte et rauque, au geste brutal; couvert d'une armure presque complète, la tête nue et les jambes garnies de grandes bottes de cuir flexible, costume qu'il affectionnait même en temps de paix. Il se préparait à partir pour le château royal, et frappait à coups de houssine les hommes et les chevaux dont il croyait avoir à se plaindre ; aux corrections qu'il infligeait aux uns et aux autres il entremêlait des jurons sonores, mais presque tous marqués d'un cachet de dévotion, car il tenait fort à cette qualité de baron chrétien que les premiers Montmorency avaient transmise à leurs descendans d'une manière assez équivoque. Aussi toutes ses actions, quelque peu importantes qu'elles fussent, mais surtout celles où il entrait de la violence et du châtiment, étaient-elles invariablement précédées de *pater* murmurés sourdement, ce qui faisait dire à tous ceux qui avaient affaire à lui : — Dieu nous garde des patenôtres de M. le connétable.

— Que veut ce courtaud ? cria Montmorency du fond de l'écurie, en voyant venir l'espion avec un palefrenier.

— Monseigneur, répondit celui-ci en se découvrant à la hâte, c'est un homme qui veut vous parler en particulier.

— Lui ? ah ! ah ! une audience particulière à ce rustaud ?... As-tu réfléchi, manant, à quoi tu t'exposes, et ne sais-tu pas en quelle monnaie je paie les balivernes qu'on vient me conter ?

— Si je voulais faire un marché avec vous, monseigneur, je vous demanderais d'abord de me laisser choisir parmi tous ces chevaux celui qui serait à ma guise; après cela je parlerais, et vous me donneriez encore autre chose; mais je n'ai pas besoin de vos présens.

— Et si, au lieu du cheval et du reste, je te faisais donner trente coups d'étrivières ?

— Alors tant pis pour vous, monseigneur, car vous ne sauriez rien et je me vengerais.

— Par la croix de notre Seigneur, voilà un basset bien audacieux ! répondit le connétable, stupéfait d'entendre un langage si ferme sortir d'une pareille bouche.

— Si j'avais peur devant vous, monseigneur, que ferais-je au jugement dernier devant Dieu le père ?

— Par ma foi, tu as raison. Eh bien ! mon gars, pour ce bon mot, je t'octroie le droit de me parler autant que tu voudras; seulement dépêche-toi, car j'ai besoin au château.

— Avant tout, monseigneur, il faut que vous fassiez retirer vos gens.

— Il faut?... mais, par la mort-Dieu! où as-tu donc appris à parler?

— Dans une écurie, monseigneur.

— Compère, tes répliques sentent le bâton. Allons, arrière, vous autres.

— Monseigneur, tenez-vous au mariage de votre fils avec madame Diane de France?

— Pasques-Dieu! si j'y tiens? tout autant que cette épée tient à mon flanc, et à mon poing quand je la fais tomber sur le dos de ces moricauds d'Espagnols. Mais encore une fois, manant, songe que si tu es dans une écurie, ce n'est pas à un cheval que tu parles.

— Eh! eh! monseigneur, il y en a d'aucuns qui prétendent qu'il ne fait pas bon vous approcher quand vous vous mettez à ruer.

— Tu dis vrai, compagnon, répliqua le connétable, involontairement charmé de la fermeté de cet homme; j'ai le talon dur, et plus d'un corselet a gardé les marques des coups de botte que j'ai donnés, sans compter les haut-de-chausses que j'ai endommagés de la pointe du pied. Mais venons au fait, je t'ai déjà dit que je suis pressé.

— Eh bien, sachez, monseigneur, que monsieur le colonel Bonnivet et mademoiselle de Pienne, sa sœur, sont en cette ville depuis hier soir.

— Sang-Dieu! que me dis-tu là? mais tu en as menti par la gorge! Ecoute, manant, si tu ne me donnes tout de suite la preuve de ce que tu viens de dire, je jure par le saint-sépulcre que tu ne sortiras pas d'ici avec tes oreilles.

— Je vois, monseigneur, que vous avez une épine dans le pied, mais le lion n'a rien fait à l'homme qui était entré dans sa tanière, et moi aussi, je puis vous ôter votre épine.

— Bien, bien, je te laisserai tes deux oreilles, mais, par la mort-Dieu! parle vite.

— Lesdits personnages sont descendus mystérieusement à l'hôtellerie de la Fleur-de-Lis, et, ce matin même, si vous ne les devancez auprès du roi, monseigneur votre fils, qui a déjà donné la main gauche, court grand risque de donner la droite.

— Tu as raison, je cours au château; mais achève... Corps-Dieu! ce singe de cardinal me le paiera; car c'est lui et son frère qui ont permis à Bonnivet de quitter son poste; parle donc ; tu dis que c'est à l'hôtellerie de la Fleur-de-Lis qu'ils sont descendus ; que sais-tu encore ?

— Je sais que la dame est accompagnée d'un bel écuyer, qui a nom Florimond Robertet, seigneur d'Alluye, ce qui devra vous apprendre, si vous ne le savez, que les femmes ont toujours deux cordes à leur arc.

— Bien, mort-Dieu ! et après ?

— Ce que je vous ai dit ne suffit-il pas, monseigneur ?

— Par le saint nom du Christ ! dis ce que tu sais, maraud, et ne te fais pas juge de ce qu'il faut taire.

— Monseigneur, contentez-vous de ce que je vous ai appris, le reste vous ferait peut-être faire la grimace.

— Prends garde, suppôt de Satan, que je ne te la fasse faire, à toi !

— Sachez donc, monseigneur, que monsieur le colonel Bonnivet et madame Diane d'Angoulême ont déjà échangé depuis ce matin deux billets doux, ce qui peut vous porter à croire qu'ils échangent encore autre chose.

— Oui, corps-Dieu ! je sais bien qu'il y a dans cette cour plus de catins et de paillards que de dévotes et de bons chrétiens ; mais tiens ta langue là-dessus et songe que si madame Diane se laisse appeler maintenant la galante, nul ne pourra douter sans péril de sa chasteté quand elle sera dame de Montmorency.

— Et puis après canonisée, ce que je lui souhaite, monseigneur, comme à feu Madeleine la repentie.

— Tu m'as furieusement l'air d'un de ces sournois de la religion, reprit le connétable en regardant maître Martin d'un œil de travers; et, comme les leurs, on ne sait si tes paroles sentent l'eau bénite ou le fagot. Retiens encore cette parole : qu'il faudra bientôt se décider, dans ce royaume, pour la messe ou le prêche, si l'on ne veut aller, dans l'autre, élire entre le bois de charme et le bois de bouleau.

— Mais alors, monseigneur, pour éviter l'embarras du choix, je répondrais : ni l'un ni l'autre.

— Oui, je le vois, tu es bon diable, mais encore une fois ne frotte tes cornes ni aux saints ni aux grands seigneurs.

— Je vous l'ai dit, entre deux maux mieux vaut n'en choisir aucun.

— Par les clous et les épines de notre Seigneur, te tairas-tu, maraud! s'écria Montmorency en levant sa houssine avec colère.

L'espion évita le coup par un bond subtil. — Monseigneur, reprit-il en riant, je vous ai dit que je ne voulais pas de vos présens.

— Au fait, je te dois quelque chose, reprit le connétable désarmé, que veux-tu? Si c'est un cheval, dépêche-toi, et choisis dans tous ceux-ci, excepté le Brutal, qui est le mien.

— Tel maître, tel cheval, murmura à demi-voix le caustique épilogueur. Monseigneur, ajouta-t-il, gardez-moi votre bon vouloir jusqu'à ce que je vienne le réclamer.

— Tu es fier comme ton patron, diabloteau paillard, tu refuses un pois pour avoir plus tard une fève; mais prends garde d'amasser un trop gros fardeau d'hérésies et de mauvaisetés, car, tout solide que soit encore ce vieux bras, il ne le serait peut-être point assez pour t'alléger.

— Laissez faire, monseigneur, je mesurerai mes méfaits à votre pouvoir, et j'ai de la marge.

— Pas autant que tu crois; crains un mécompte, maître fripon, répondit le connétable, chatouillé de cette flatterie de l'espion.

— Donnez-moi carte blanche, monseigneur, et je vous garantis le mariage de monsieur François avec madame Diane.

— Tudieu! mon maître, le roi m'en promettrait autant, que j'hésiterais à le croire; sais-tu bien que pour cela il faut être plus puissant que tous les Guise et notre saint-père le pape?

— Les Guise ne vous font guère peur, j'imagine; quant au pape, je sais bien qu'il remuera ciel et terre, et enfer, pour empêcher ledit mariage; n'importe, voulez-vous accepter mon marché?

— Corps-Dieu! répliqua Montmorency en faisant un pas en arrière, tu es Satan en personne ou le diable m'emporte!

— Si j'étais Satan, monseigneur, je vous aurais déjà pris au mot. Mais voyez, je n'ai ni griffes, ni écritoire, ni parchemin couleur de feu; et au lieu d'exiger de vous une signature de votre sang et un serment de baron chrétien, je ne vous demande qu'une parole de gentilhomme.

— Arrive que pourra, je te la donne, ajouta le connétable en se signant; mais, je te le répète, point de sortilèges ni diableries, ou il n'y a rien de fait.

— Allez, monseigneur, je ne suis qu'un pauvre diable et point dangereux; comme l'hirondelle, je m'attache aux vieux troncs et aux plus robustes, et c'est toute ma force; et si quelquefois je fais faire aux Jupiters de ce bas monde le contraire de ce qu'ils voulaient, c'est comme l'escarbot de la fable.

— Fi le vilain! au moins ne fais pas d'ordures sur la robe de notre saint-père, pas plus que sur les chausses du roi de France; hors ces deux personnages, je t'abandonne tout le reste; et encore, à condition que tes armes ne seront autres que ta malice et subtilité.

— Soyez tranquille, monseigneur, c'est aux Italiens que je laisse l'*aqua tofana* et le stylet, et si quelquefois je me sers du bâton ou du couteau, c'est uniquement pour ma bonne, loyale et légitime défense.

— Donc en route, fin limier, et tâche de nous faire la chasse belle.

— Peut-elle manquer de l'être, monseigneur, avec le connétable de France pour grand-veneur, madame Diane pour reine de la chasse, et monseigneur François pour grand cerf.

— Insolent coquin, satané ribaud! s'écria Montmorency en relevant sa houssine; puis il tourna rapidement sur ses talons pour cacher à l'espion un éclat de rire involontaire.

— Monseigneur, avant que je vous quitte, reprit maître Martin, vous plairait-il me donner un mot d'ordre pour me faire reconnaître de vous, sous quelque forme que je vous apparaisse, sans toutefois être diable ni magicien?

— Le roi et Montmorency... Au revoir.

Et le connétable rappela ses gens, tandis que l'espion s'éloignait en affectant le pas lourd d'un villageois.

VII.

Un Scrupule.

« Non, colonel, je ne vous refuserai point
« une audience, de quelle nature que soient
« les explications que vous avez à me deman-
« der. Venez, ce n'est point les gens tels que
« vous que l'on fait attendre; je vous recevrai
« dans le kiosque du parc. »

« DIANE D'ANGOULÊME. »

En lisant cette réponse à son billet, Bonnivet fut repris d'une vive émotion : à travers les formes un peu officielles de ce message, il retrouvait toute la bienveillance, toute la grâce ordinaires de la princesse. Puis cette facilité à lui accorder un rendez-vous, en même temps qu'elle remuait dans son cœur de doux et intimes souvenirs, le portait à douter de la réalité d'un projet de mariage qui déshonorait Jeanne. Agité par ce double sentiment : la courageuse protection qu'il devait à sa sœur, et la mystérieuse tendresse qu'il gardait à Diane, il y puisait l'espérance d'une double impossibilité pour ce fatal mariage; et les preuves d'amour et de noblesse que la princesse lui avaient données plus d'une fois se retraçaient trop évidentes à son esprit pour qu'il la crût capable de tremper dans une basse trahison.

Mais tout à coup il lui vint un de ces généreux scrupules qui faisaient autrefois l'essence de la chevalerie, et qui, précieusement recueillis par l'enthousiaste colonel, formaient, comme nous l'avons déjà indiqué, un des traits caractéristiques de cette loyale individualité : il se demanda si dans l'irritation que lui cau-

causait la pensée de ce prétendu mariage, il n'entrait pas autant de jalousie et de vanité blessée que d'affection pour Jeanne de Pienne. Cette pensée ne se fût pas plus tôt fait jour à travers la joie et le trouble où l'avait jeté la la lettre de Diane, qu'elle lui pénétra au cœur comme un aiguillon douloureux ; une de ces nobles rougeurs qui souvent dans la solitude vous montent subitement au front empourpra au même instant son noble et franc visage.

— Lâche et hypocrite que je suis ! se dit-il, je prétends accuser d'autres hommes de mensonge et de félonie, et me constituer vengeur des opprimés et redresseur de torts, et moi-même je ne suis qu'un charlatan, mû par des passions égoïstes ! Purifions mon cœur avant de juger celui des autres. Mais comment séparer mes intérêts personnels de ceux de ma sœur ; car, quoi que je fasse, toujours mon misérable dépit percera dans la juste indignation du saint rôle que je veux jouer. Ah ! pourquoi Diane m'a-t-elle permis de l'aimer, ou pourquoi est-elle la femme que le connétable destine à son fils ? Eh bien ! je lutterai contre mon cœur, je le vaincrai ; je ferai sortir tout alliage impur de la cause sacrée que je défends ; et, bien qu'il doive m'en coûter, et dussé-je m'attirer la haine de celle dont l'amour est ma vie, après l'honneur, — je saurai susciter contre cette odieuse union des obstacles tels que nul ne pourra les briser, Diane elle-même, quand elle serait la première à désirer ce honteux marché... Mais cela n'est pas, cela ne sera jamais ; encore une fois Diane a le cœur trop haut pour descendre à cette lâche intrigue ; je cours le savoir de sa bouche même...

Et appelant son écuyer : — Robertet, lui dit-il, je vais chez la duchesse d'Angoulême ; je te confie ma sœur ; que personne ne puisse parvenir jusqu'à elle, sous quelque prétexte que ce soit ; tu sais les dangers qui nous environnent : peut-être si l'on savait Jeanne en cette ville, profiterait-on de mon absence pour l'enlever et la rejeter dans quelque couvent inconnu.

— Comptez sur moi, maître ; avant qu'on arrive jusqu'à madame la comtesse, il faudra qu'on me passe sur le corps ; mais nous ne serons pas réduits à cette extrémité, et, en supposant même que notre arrivée en cette ville soit connue de nos ennemis, il est probable qu'au lieu d'enlever secrètement madame votre sœur, ils attendront que nous ayons signalé notre présence par quelque acte public.

— Tu supposes vrai, Florimond; et peut-être à l'heure qu'il est songent-ils à exploiter l'absence de Jeanne du couvent des Filles-Dieu; mais je vais me montrer et j'imposerai silence aux calomniateurs et aux lâches.

Puis le colonel alla frapper à la porte de la chambre de Jeanne; Bertille, la servante, que celle-ci avait admise seule à la servir, sans doute parce que son air simple lui inspirait, pour l'incognito qu'il fallait garder, moins de crainte que les regards curieux et perçans de l'hôtesse, Bertille, disons-nous, ouvrit sur l'ordre de la jeune dame; et Bonnivet s'étant discrètement assuré qu'il pouvait être reçu avec Florimond, entra accompagné de celui-ci, et, après avoir baisé respectueusement la main de sa sœur, s'informa avec tendresse de sa situation de corps et d'esprit, lui apprit qu'il allait tenter une première démarche et la pria d'accepter jusqu'à son retour la compagnie du jeune écuyer.

— Surtout, mon frère, dit Jeanne en relevant les yeux avec expression vers le colonel, ne vous exposez pas pour moi; j'aimerais mieux retourner aux Filles-Dieu et y rester toute ma vie que de vous voir tomber en quelque disgrâce pour avoir pris ma défense.

— Une seule chose pourrait m'être préjudiciable, ma sœur, ce serait de ne point tout exposer pour vous, ma condition présente et future, et ma vie elle-même; mon honneur, Jeanne, dépend du maintien du vôtre, et le coup qui vous frapperait ferait de nous deux victimes. Mais ayez espoir, Dieu et le roi aidant, la bonne cause triomphera. Bientôt je serai de retour, et j'aurai sans doute des nouvelles favorables à vous apprendre. Au revoir donc, acheva Bonnivet en baisant de nouveau la main de sa sœur.

Et il sortit en laissant Robertet ému, les yeux baissés et restant debout assez loin de la comtesse, et comme embarrassé du bonheur imprévu qui lui arrivait : presque seul avec elle et chargé de la protéger! cette situation qu'il osait à peine envisager faisait battre violemment son cœur, et lui aussi se défendait de la joie qui frémissait en lui comme d'un abus de confiance et d'une action mauvaise.

VIII.

Jeanne de Pienne.

— Ne venez-vous point vous asseoir près de moi, Florimond, pour m'assurer que mon frère ne court aucun danger? dit alors mademoiselle de Pienne au jeune écuyer, en lui montrant un siège près de celui qu'elle occupait; et sa voix était calme et sa physionomie sereine, et dans son accent et dans l'expression de son regard il y avait quelque chose d'expansif et de doux, une naïveté et une aisance qu'elle ne trouvait pas au même degré devant son frère ; soit que la différence de leurs âges l'eût accoutumée à voir un père en lui, soit que la tendresse noble, sévère et parfois cérémonieuse qu'il lui témoignait gênât un peu les élans de cette âme tendre. En effet, le caractère et l'âge de Robertet se rapprochaient davantage du sien ; et, confiante, familière avec lui comme avec une compagne ou un frère plus jeune qu'elle, elle sentait le besoin de lui dire des choses qu'elle n'eût jamais osé exprimer devant le colonel, comme trop peu dignes de sa tendresse réfléchie et de sa gravité.

A cette bienveillante invitation, Robertet releva vivement les yeux sur Jeanne, et sa timidité inquiète, et ses scrupules exagérés s'évanouirent devant le sourire fraternel épanoui sur les lèvres de la jeune femme. Comme un tourbillon d'oiseaux auxquels un bruit soudain fait prendre la volée, l'admiration et le dévoûment passionnés, et peut-être des sentimens plus tendres que le cœur de l'écuyer recelait à son insu, prirent tout à coup l'essor, et il se laissa aller à contempler sa belle et touchante maîtresse avec ravissement.

Belle et touchante en effet, car les éclatans

malheurs qui menaçaient cette jeune et pure existence relevaient éloquemment la beauté mélancolique de la comtesse, et sa pieuse résignation lui prêtait un caractère presque sublime; il n'y avait pas jusqu'à son costume semi-monastique qui ne complétât cet angélique ensemble.

Cependant Bertille, avertie par un signe de Jeanne, s'était retirée sur un balcon assez avancé, d'où elle ne pouvait entendre ce qui se disait dans la chambre, et continuait quelque ouvrage à l'aiguille que la comtesse lui avait donné.

— Eh bien! Florimond, reprit Jeanne en se rapprochant encore du jeune écuyer qui venait de s'asseoir près d'elle, dites-moi tout ce que vous savez, tout ce que mon frère me cache par tendresse pour moi; voyons, chez qui va-t-il en ce moment, et ne prépare-t-il point quelque acte de hardiesse qui peut le compromettre?

— Ne craignez rien, madame, reprit Florimond avec un léger embarras, et indécis entre la crainte d'un mensonge et celle d'une révélation indiscrète, pour ne pas dire impossible; ne craignez rien, continua-t-il en choisissant un moyen-terme entre ces deux difficultés, M. le colonel, qui ne veut point croire à une trahison préméditée, est allé s'informer avant tout de la réalité des faits, pour pouvoir agir ensuite avec plus de certitude et de succès.

— Quoi qu'il apprenne, il sera modéré, n'est-ce pas, Florimond? Il vous l'a promis?

— Soyez-en sûre, madame; d'ailleurs il n'aura point d'indignation à comprimer; espérons que ceux qui ont déjà eu tant de torts envers vous ne les agraveront point par de nouvelles injustices; espérons surtout en l'intervention toute puissante de votre généreux frère.

— De l'espoir, Florimond, il m'en reste bien peu: le caractère du connétable est si inflexible et celui de François si faible!

— Qu'il soit faible, je l'admets; je comprends encore que les violences de son père le retiennent loin de vous et l'empêchent de se déclarer en votre faveur, mais trahir les engagemens sacrés qu'il a pris avec vous, et consentir à une rupture sacrilège, ce serait une lâcheté, une infamie, monseigneur François en est incapable; l'homme qui vous connue une fois ne peut s'avilir à ce point, il reste désormais grand à ses propres yeux ; et puis, madame et noble maîtresse, auriez-vous pu choisir un cœur qui ne fût pas à la hauteur du vôtre?

— Continuez, Florimond, donnez-moi la confiance que vous avez ; hélas! je serais si heureuse de la partager.

— Vous en avez le droit, madame. Non, l'œuvre d'iniquité qu'a cru entrevoir monseigneur votre frère ne s'accomplira pas ; le connétable comprendra que si votre famille, tout illustre qu'elle soit, ne s'égale pas à la sienne, vous au moins, madame, vous êtes digne de la couronne ducale ; son fils finira par vaincre les résistances qu'il lui oppose ; l'influence personnelle de M. le colonel agira d'un autre côté ; la reine aussi vous défendra ; les yeux du roi s'ouvriront ; vous-même, quand il en sera temps, vous paraîtrez, et votre vue achèvera ce que tous auront commencé.

Le jeune écuyer, en exprimant ces vœux avec chaleur, s'oubliait complètement lui-même ; il souhaitait sincèrement le succès d'une lutte qui devait rendre un époux à Jeanne ; son amour, si toutefois il est permis de donner ce nom à la mystique et religieuse affection qu'il avait vouée à la sœur de Bonnivet, se bornait aux pures jouissances d'un culte intime, et, en souhaitant, en servant le bonheur de la jeune femme, il ne demandait et ne rêvait rien pour lui, satisfait de rétablir son idole sur l'autel qu'elle méritait.

— En vérité, Robertet, vous me rendez courage, reprit Jeanne, dont un rayon de joie traversa le pâle visage; oui, peut-être les efforts de mes amis réussiront, si Dieu, à qui je le demande tous les jours, daigne me ramener, me conserver le cœur de mon époux.

Et dans ce souhait de la jeune femme, il y avait assurément plus de respect pour l'inviolabilité du mariage chrétien, que d'amour pour François de Montmorency lui-même; c'était au devoir plus encore qu'à l'homme qu'elle était attachée, et elle appréhendait la rupture de son mariage, plutôt comme un sacrilège que comme un abandon, une humiliation devant les hommes.

— Hélas! continua-t-elle, dans les six mois de mon séjour aux Filles-Dieu, je n'ai reçu qu'une lettre de François, et quelle lettre! mais elle lui avait sans doute été dictée, car jamais il ne m'eût écrit de lui-même des choses aussi froides, aussi dures.

— Croyez-le bien, c'était une nouvelle contrainte de son père, et si d'autres lettres ne vous sont point parvenues, c'est que la supérieure du couvent avait des ordres. Mais ce connétable, qu'on dit si dévot, n'est donc au fond qu'un mauvais chrétien et un impie, car il sait que votre union, bien que secrète, a été bénie et consacrée par un prêtre ?

— C'est lui au contraire qui m'accuse d'impiété ; il dit que j'ai voulu soustraire un fils à l'autorité de son père, que je l'ai poussé à la rébellion, et que la religion ne légitimera jamais ce qu'il appelle une subornation, une surprise. Mais Dieu voit mon innocence, et il ne me refusera pas son secours.

— Oui, je le sais, voilà les odieuses imputations qu'on fait peser sur vous, mais il n'y a que vos accusateurs qui y croient, et ils seront confondus ; monseigneur Bonnivet vous fera rendre justice, et mon épée, tout obscure qu'elle soit, pourra peut-être aussi quelque chose pour la bonne cause. De grâce, madame, acceptez mon dévouement, permettez-moi d'être votre avocat, en France, devant le roi, à Rome, devant le pape; je me sens le cœur si plein, j'ai tant de choses à dire pour votre défense! oh! madame et noble maîtresse, qui ne serait éloquent en parlant de vous et pour vous? Je le serai! oui, racontez-moi votre chaste et belle vie, les injustices qu'on vous a fait souffrir, les tourmens dont on vous a abreuvée; confiez-vous à moi, douce et courageuse victime, je sens que je le mérite, je sens que je ferai quelque chose pour vous!

— Oui, mon ami, je vous dirai tout, répondit Jeanne en s'attendrissant, mais sans se troubler de l'exaltation du jeune homme; mon pauvre cœur est fermé depuis trop long-temps, les chagrins qui le gonflent depuis six mois, et dont je n'ai pu avouer qu'une partie à mon frère, tant ils excitaient sa colère et l'animaient contre les Montmorency, oui, mes chagrins m'oppressent; mes pleurs, que tant d'êtres indifférens ou hostiles ont comprimés, ont besoin de couler. Vous avez pour moi une affection sincère, Florimond, et, quoique plus jeune, vous êtes plus prudent que mon frère; eh bien! je ne vous cacherai rien, à vous, j'épancherai tout mon cœur dans le vôtre.

On vous l'a dit, je suis restée orpheline

bien jeune, et sans la protection du généreux Bonnivet, mon frère par le cœur plutôt que par le sang, puisque nous devons le jour à des pères différens, j'eusse été abandonnée, pauvre enfant sans famille, à la merci de tous les vents d'orage. Le colonel fut donc pour moi un père, et, au sortir du couvent, me plaça près de la reine qui, elle aussi, m'adopta pour sa fille, et qui, sans me confier un seul de ses chagrins, magnanime et fière comme elle est, me les laissa deviner tous; elle me permit aussi de la consoler, non pas en la plaignant, mais en l'aimant.

Près d'elle, et partageant sa solitude, par choix et par goût, car je me plaisais peu dans les jeux bruyans et les causeries indiscrètes d'une cour galante, j'avais la surveillance particulière de l'oratoire de Catherine, et j'étais plus heureuse d'en revêtir la madone d'étoffes brillantes que de me parer moi-même. Je vous l'assure, Florimond, les deux années que j'ai passées ainsi sont, avec celles de mon enfance, les plus heureuses de ma vie.

Plusieurs seigneurs me demandèrent en mariage, mais mon existence était si calme et si douce que les moindres changemens qui pouvaient la remuer me faisaient peur. Et puis tous ces jeunes hommes si élégans, si frivoles et quelquefois si désordonnés, ne m'inspiraient, vous le dirai-je, que de la terreur et de la répugnance.

Pourtant, parmi eux, il y en avait un qui, non moins intrépide et non moins adroit dans les joutes, ne se montrait que dans les occasions solennelles, comme si, ne trouvant aucun plaisir dans ces divertissemens mondains, il n'y paraissait que pour s'acquitter d'un devoir. Habituellement pensif et triste, il restait solitaire au milieu de la foule qui le flattait en vain; les dames mêmes, il les fuyait, lui qu'elles sollicitaient toutes de leurs sourires, car ce jeune homme était François de Montmorency, héritier de la première maison de France, après la famille royale, et l'égale, en faveur, de la maison des Guise.

Le contraste de tant de tristesse au milieu de tant de grandeurs me fit remarquer le jeune duc; cette charité ardente, cette tendre pitié que le christianisme nous inspire pour les infortunes de nos frères, m'émut tout entière pour les souffrances mystérieuses que j'entrevoyais; déjà instruite à deviner les plaies du cœur sous leur enveloppe froide ou souriante, car toute la fermeté de la superbe Médicis n'avait pu me tromper sur l'amer ennui que lui causait l'abandon du roi son époux; je compris que le fils du puissant connétable était malheureux, et je l'aimai.

Ce fut ma première faute. Mais, hélas! lorsque cette parole touchante de Jésus-Christ: « Consolez les affligés, » remplissait mon cœur, je ne songeais pas au rang de François, j'ignorais que cette religieuse inspiration pouvait être interprétée en calcul, en vanité, en captation.

Lui aussi, me remarqua pensive et attendrie dans le cortège sérieux de la reine; ses regards devinèrent les miens et m'exprimèrent une vive reconnaissance. Dès lors une sympathie pénétrante s'établit entre nous. Quand il m'apercevait, un rayon de joie illuminait si rapidement son visage d'ordinaire pâle et soucieux; et, pour m'en remercier, il se précipitait si ardemment dans le carrousel, et emportait sous mes yeux tant d'applaudissemens et de fanfares, que je me serais crue ingrate à mon tour de refuser ma part de ses triomphes.

Néanmoins, à mesure que la tristesse disparaissait de son front, les sentimens de tendresse et de pitié qu'il m'avait inspirés s'affaiblissaient en moi, comme si, le voyant enfin heureux, je sentais que ma mission était finie.

Alors aussi, un retour sur moi-même m'avait permis d'examiner le danger de cette situation; et, en constatant les droits secrets que j'avais donnés au jeune duc, et l'espèce d'alliance qui s'était établie entre nous, une vague inquiétude me saisit; pourtant l'idée d'un mariage avec l'héritier des Montmorency était loin de ma pensée, je n'envisageais que le péril d'une liaison trop intime avec François et l'engagement d'une partie de cette liberté qui m'était si chère. Pourquoi, dès ce moment, les scrupules de ma raison ne furent-ils pas les plus forts? mais, hélas! j'ai appris depuis à mes dépens que la femme vit surtout par le cœur.

Le refroidisssement que François sentit dans mes manières, dans mes regards, dans mon accent, lui causa un désespoir profond, et je le vis tomber bientôt dans un abattement plus morne encore que celui dont je l'avais tiré. Je ne pus résister à sa douleur muette, et, tout en sachant bien que j'allais compromettre mon avenir, je repris envers lui le rôle de consolatrice et d'amie; je me dévouai à son bonheur.

Assurément si mon frère se fût trouvé alors près de moi, il m'eût armée contre cette tendresse de cœur qui livrait toute mon existence à un homme qui ne pouvait me donner que quelques jours de la sienne; en voyant l'assiduité, l'empressement dont François m'entourait au cercle de la reine, à la chasse du roi et des princes, il m'eût arrêtée sur la pente où je me laissais entraîner. Mais je manquais de conseils, d'expérience, dans une cour, dans un monde où les femmes doivent consulter les convenances avant d'être bonnes, aimantes, et je restai sans résistance devant les tristesses de François.

C'était par son père surtout qu'il était malheureux; le connétable ne lui épargnait pas plus sa rudesse et sa violence qu'au dernier de ses valets; c'étaient des persécutions de détail chaque jour renouvelées, et qui rendaient le foyer de la famille insupportable à François; heureux encore s'il eût pu s'y soustraire en le désertant; mais, loin de le laisser jouir de la liberté ordinaire de son âge, le connétable, qui seul, comme bien des pères, n'avait pas vu l'enfant devenir un homme, continuait à lui imposer une chaîne étroite et ridicule. Bien plus, son intolérable parcimonie obligeait le riche héritier à fuir la compagnie des jeunes seigneurs, ses inférieurs et ses collègues, parce que sa libéralité n'aurait pu s'égaler à celle du dernier d'entre eux.

Cette tyrannie mesquine et irritante avait jeté dans l'ame du jeune duc un dégoût précoce de la vie; et, dans cette disposition pénible, il avait jugé les mœurs légères de notre cour avec la sévérité d'un vieillard.

Si je fus cause qu'il retrouva sa jeunesse de cœur, c'est, du moins il me l'a dit souvent depuis, c'est qu'il pressentit en moi quelque chose de primitif et de vrai, qui manquait, ajoutait-il, aux dames de la cour, et même aux plus jeunes de mes compagnes; ou plutôt, c'est que, comme lui, j'étais habituellement mélancolique, et que cette parité de situations dut nous rapprocher, dans une cour où nous étions peut-être seuls ainsi.

Pourtant cette disposition de nos âmes avait des principes bien différens.

C'est ici, mon ami, que je vais vous donner une grande preuve de confiance. Peut-être ce qu'on appelle les convenances, et même la délicatesse me commanderaient-elles de me taire sur certains chagrins de cœur qui doivent rester un secret entre l'époux et l'épouse; mais, hélas! tant de faits cruels ont remis en question la réalité du lien que, moi du moins, j'avais formé avec bonne foi, et tant de pressentimens sinistres reviennent m'assaillir en dépit des assurances de mon frère, et des vôtres, ô mon cher Robertet, que souvent je considère en moi-même ce lien comme tout-à-fait rompu.

O vous, François, ne m'accusez pas, je ne suis point la première coupable; jamais, si vous l'aviez voulu, personne ne se fût interposé entre nous, mais j'en ai peur, et c'est en vain que je cherche parfois à me le cacher, je ne suis plus désormais pour vous qu'une étrangère... et pourtant si vous le vouliez encore, avec quelle joie je resserrerais les nœuds qu'on veut briser; et que vous pourriez me faire une heureuse épouse!

« Ainsi, Robertet, je vous l'ai dit, la mélancolie du duc et la mienne avaient des principes différens; chez lui, elle prenait sa source dans la contrariété d'une situation fâcheuse, dans l'aigreur causée par les mauvais traitemens du connétable, l'humiliation de sa dépendance et l'affaissement moral résultant de toutes ces choses. Chez moi, elle était l'expression vague de la pitié que m'inspirait le malheur de la noble Catherine, c'était aussi la religieuse tristesse que je puisais dans l'examen de tout ce qui se passait autour de moi. Donc, le duc et moi, nous nous trompions en croyant à la sympathie de nos âmes, à la fraternité de nos tristesses; il nous suffit, pour en acquérir la preuve, d'une courte expérience.

Ne voyant long-temps au fond de notre liaison qu'une amitié tendre et ne répondant moi-même aux témoignages de François que par une affection de sœur, je n'appréhendais pour lui ni pour moi aucune crise éclatante, bien que le caractère du connétable me fût connu; je vous l'ai dit, l'idée d'un mariage avec le duc ne m'était pas venue un seul instant. Je savais seulement que l'amitié d'un homme pour une jeune femme compromettait toujours celle-ci, mais encore une fois je m'y étais résignée.

Je fus donc grandement surprise un jour qu'après la confidence habituelle de ses ennuis, François me fit part du projet qu'il avait conçu depuis long-temps d'unir sa destinée à la mienne. Mon premier mouvement fut de me récrier contre la folie, l'imprudence, l'impossibilité d'une pareille union, et je mis à mes objections tant de conviction et de force que le duc ébranlé resta quelque temps sans me reparler de cette idée; moi-même j'évitai les occasions de me rencontrer avec lui dans l'espoir qu'elle finirait par lui sortir de l'esprit. Mais il redevint si plaintif, si malheureux, que je dus consentir à le revoir, à l'entendre. Puis, à force de me voir représenter toujours la même image, je m'accoutumai à la trouver moins étrange; puis l'habitude de consoler un cœur souffrant, de le relever, de recevoir le dépôt de ses moindres pensées, de ses peines les plus légères, modifia à la longue mes propres sentimens. Me voyant si indispensable et si aimée, je me laissai aller à aimer à mon tour; ou plutôt la nature toute particulière de notre situation, et notre intimité nous entraînèrent; et, déjà unis par nos habitudes et nos confidences, nous n'eûmes plus qu'un degré à franchir pour nous unir réellement.

Au moment de consentir au mariage secret que me proposait le duc, la pensée de mon frère me revint, et l'entraînement rapide qui m'emportait se suspendit subitement. Mais les circonstances qui m'avaient amenée au point où le duc et moi nous étions arrivés, étaient si compliquées, il s'y trouvait tant de choses que je ne m'expliquais pas à moi-même, que désespérant de me faire comprendre de mon frère, et trop fatiguée d'ailleurs d'une longue lutte pour la recommencer, je me déterminai à passer outre.

Je me laissai conduire par François devant un prêtre, étourdie, brisée, résignée ; et cette cérémonie, qui remue dans le cœur des fiancées tant d'émotions et d'espérances, me vit triste et craintive, et fut réellement la cérémonie funèbre qui ensevelissait mon bonheur. Ma tristesse ne m'appartint même plus, car elle eût ressemblé à un reproche, et ma qualité d'épouse me défendait de causer la moindre peine à celui à qui je m'étais donnée, et de troubler sa tranquillité par le spectacle de mes chagrins.

François, lui, fut heureux ; mais, hélas, à

travers les vives expressions de sa reconnaissance, je démêlai moins de tendresse que la joie de l'acte d'indépendance qui venait de le faire homme, et l'orgueil d'une révolte secrète contre son père. Les biens dont je pouvais personnellement disposer lui procurèrent une autre liberté, qui lui fut bien nouvelle et bien douce après les privations humiliantes que lui avait imposées le connétable ; mais elle lui apprit aussi des plaisirs que je ne partageais pas, et l'habitua par degrés à se plaire loin de moi.

Ne croyez point, Robertet, que ceci soit une accusation contre le duc ; loin de là, et si quelqu'un est coupable, c'est moi sans doute, car ce n'est pas assez que de ne pas se plaindre, il faut encore qu'il ne s'exhale de nous rien de notre tristesse ; sans me voir malheureuse, François respirait autour de moi je ne sais quoi d'inquiet, de nébuleux, d'attristant, et il me quittait pour secouer cette influence pénible, il me délaissait sans se croire, sans être ingrat.

Donc le duc suivait la loi de son âge et des circonstances : après avoir été esclave, il était libre, ou du moins la liberté furtive dont il jouissait le dédommageait de son esclavage apparent; après avoir été privé de tout, il était maître de satisfaire tous ses caprices; et sa mélancolie disparut, et le jeune homme triste et pâle devint un des élégans de la cour.

Et seule je demeurai fidèle à ma tristesse. Vous le voyez, Robertet, notre sympathie était trompeuse.

Et j'étais à moins de dix-huit ans veuve du nom et peut-être du cœur de mon époux.

Cependant le connétable, qui n'avait vu qu'avec impatience la sombre humeur de son fils, sans comprendre que lui-même en était la cause, s'était montré heureux et fier du changement opéré tout à coup dans le caractère de François; quelque temps après, il lui déclara que son intention était de le marier. Le duc rejeta vivement cette proposition en alléguant sa grande jeunesse et son peu de goût pour le mariage; le connétable répliqua en disant qu'il ne s'agissait pas de savoir si François avait ou non du goût pour le mariage, mais que lui, son père, songeait à le marier; et là-dessus il consigna le duc dans son appartement. Ce ne fut que plusieurs jour après qu'il fut permis à François de venir calmer l'inquiétude qui m'agitait. Il m'apprit le projet de son père et me supplia de me tranquilliser, en me jurant que notre union était indissoluble et qu'aucun pouvoir ne le ferait consentir à un divorce. Ce que je vais vous dire, Florimond, vous paraîtra peut-être singulier, mais tout ce que fit le duc pour me rassurer fut cela même qui me troubla; jamais jusque là je n'avais songé à la possibilité d'une rupture, et dès ce moment l'idée m'en entra aiguë dans le cœur, soit que les efforts même de François me fussent une preuve de ses propres inquiétudes, soit qu'antérieurement il m'eût donné assez de témoignages de la faiblesse de son caractère, pour me faire craindre les résultats d'une lutte avec son père.

D'ailleurs, ajouta-t-il, nous avons du temps, et le projet du connétable n'est encore qu'une chose vague, car il ne m'a point désigné de femme, et son ambition pour moi et ses rêves de haute alliance le feront hésiter long-temps dans son choix.

Vous le voyez, Robertet, chaque parole du duc devait ajouter à mes appréhensions.

Puis, tous les jours, de nouvelles circonstances venaient les accroître : dans nos relations devenues toujours plus rares, François ne m'apportait plus que la contrariété que lui causaient les obsessions de son père; il ne regrettait pas ouvertement l'engagement qu'il avait pris avec moi, mais il me montrait tant de fatigue de la tyrannie du connétable et tant de peur des scènes violentes qu'il devait retrouver au foyer paternel, que si cela eût été possible, je lui eusse dit : abandonnez-moi, sacrifiez-moi, épousez-en une autre.

Ne croyez pas pourtant que j'aie soupconné un seul instant la loyauté de Francois, non, Robertet; je ne l'ai vu que faible; jamais de lui-même il ne signerait notre divorce, le poignet de fer du connétable pourrait seul l'y contraindre.

Mais Dieu ne permettra pas cette violation du plus saint des sacremens; le duc et moi, d'ailleurs, nous en serions responsables dans l'autre vie, et le soin de l'âme de mon époux et de la mienne me fera supporter courageusement toutes les persécutions qu'on nous prépare encore. Que le connétable s'irrite, qu'il éclate en menaces, en imprécations, je ne signerai jamais, pour ma part, un acte qui serait celui de ma damnation et de celle de mon époux.

Mais je dois achever le récit des évènemens qui amenèrent le retour de mon frère à Paris, et ma sortie des Filles-Dieu.

J'appris un jour par un billet de François, qu'une dernière lutte avec le connétable avait nécessité l'aveu de notre mariage secret, qu'une scène d'épouvantable colère s'en était suivie, qu'un ordre de son père l'exilait en ce moment loin de Paris, et qu'il avait été forcé de partir sans me faire ses adieux. Il ajoutait que cette violence n'affaiblirait en rien la fidélité qu'il m'avait jurée, et que si l'on avait pu nous séparer, on ne pourrait du moins jamais nous désunir.

Cette nouvelle, qui devait m'accabler, n'ajouta que médiocrement à mes peines; depuis plusieurs mois mes pressentimens m'y avaient préparée.

Huit jours après, je fus arrêtée sur un ordre signé du roi, et conduite, malgré les protestations de la reine, au couvent des Filles-Dieu. Je souffris ma captivité sans me plaindre et en la considérant comme une expiation de la faiblesse qui m'avait fait céder au voeu de

François. Mais une seconde lettre de celui-ci, hélas! bien différente de la première, vint m'apprendre que j'avais eu raison de craindre sa faiblesse; en effet, il me parlait de l'impossibilité d'une lutte prolongée plus long-temps contre son père, de notre imprudence commune, de l'autorité sainte qu'il avait méconnue; il finissait en me proposant de consentir à un divorce devenu indispensable. Je vous l'avoue, cette lettre déplorable souleva en moi autant d'indignation que de mépris, et ma première pensée fut de rendre à l'instant même une parole qui m'était redemandée si lâchement; mais ce fut l'empressement même qu'un agent du connétable, envoyé exprès dans le couvent, mit à profiter de ce mouvement d'irritation, qui me rendit le calme et la présence d'esprit que j'avais toujours su garder jusque là. L'idée que la lettre que je venais de lire avait été imposée à François me frappa d'un trait de lumière : je ne signerai pas! répliquai-je d'un air résolu et en écartant le papier que me présentait l'agent officieux. Le dépit dont cet homme ne put se défendre acheva de me convaincre, et tout ce qu'il ajouta pour me ramener à ma première détermination ne servit qu'à m'affermir dans mon refus. Les suggestions de la supérieure, qui, plus tard, vinrent en aide à cette perfidie, furent pour moi de nouvelles preuves du complot qui s'ourdissait; et craignant de ne pouvoir suffire à la résistance, ce fut alors et seulement que je réclamai l'appui de mon frère. Mon enlèvement s'était fait trop secrètement, et on avait donné à mon absence de la cour des motifs trop plausibles pour que le colonel, toujours retenu en Piémont, soupçonnât quelque chose. A peine eut-il reçu ma lettre..... mais vous qui étiez avec lui, vous à qui il confia tout, comme à son ami le plus dévoué, vous savez le reste; il vous a dit les persécutions de détail qu'on m'a fait subir pendant ma captivité aux Filles-Dieu, le silence inexplicable de François, les menaces du connétable et ses offres honteuses d'arrangemens. Et maintenant que vous connaissez ma pénible histoire et mes craintes, sachez aussi mes espérances.

La rigidité du pape en matière de divorce est connue, et le nôtre ne sera point prononcé, si je refuse mon consentement, le colonel me l'a dit, et, je vous le répète, Robertet, je le refuserai. Si ce n'était que ma honte devant les hommes, et que le bonheur de François l'exigeât, vous le savez aussi, je m'y résignerais sans peine; mais, encore une fois, le divorce est une violation de la loi, c'est un sacrilège, c'est une honte devant Dieu, et plutôt rester en captivité toute ma vie, plutôt mourir que de prêter les mains à cette œuvre impie.

Si donc l'intervention de mon frère et celle de mes amis ne demeure impuissante, si le roi nous rend justice contre son connétable, et que notre mariage soit maintenu légitime et sacré, voici, mon cher Florimond, ce que j'espère. François, qui par lui-même n'est ni ambitieux ni capable d'une action mauvaise, François, qui aime avant tout le repos et le bien-être, et qui malgré lui voit en moi la cause des mauvais traitemens qu'on lui fait souffrir, ne sera pas plus tôt dégagé de l'obsession de son père, et libre d'écouter ses propres inspirations, qu'il reviendra naturellement à moi. Alors, de son repos et de son bien-être, il répandra quelque chose sur sa femme; l'habitude et le besoin de s'épancher, de se plaindre, de s'appuyer sur un cœur dévoué reprendront leur empire; et moi, je retrouverai près de lui, non pas de l'amour et de la passion, car l'âme faible de François n'en fut jamais susceptible, et je ne demande à Dieu dans mon époux qu'une affection pure et sainte, mais le calme du cœur et les plaisirs du devoir.

A ces dernières paroles, le jeune écuyer qui, pendant le récit de Jeanne, avait eu peine à maîtriser ses émotions, ploya spontanément le genou devant elle, et d'un accent exalté : Ah! madame, s'écria-t-il, c'est de l'adoration que vous doit monseigneur votre époux! Oh! oui, soyez-en sûre, il comprend toute la pureté, toute la beauté de votre âme; en vain les apparences l'accusent, il reviendra à vos pieds, comme à ceux d'une sainte; il se justifiera, il vous expliquera son silence; il maudira les persécutions dont on vous a accablée; car le moment n'est pas loin où les violences du connétable seront expiées; le moment de la vérité et de la justice est venu, madame, et à l'heure qu'il est, monseigneur le colonel lui prépare les voies. Encore une fois, madame, ayez confiance en lui et en votre bonne cause.

— Que vous êtes bon, Robertet, reprit la jeune femme en relevant l'écuyer; ah! si tout le monde avait pour moi vos yeux et votre amitié ! Mais, dites-moi, mon frère n'aurait-il point appris le nom de la femme que le connétable destine à son fils? Quelques bruits vagues m'en sont parvenus aux Filles-Dieu; peut-être n'était-ce qu'un autre mensonge pour exciter mon dépit et presser mon consentement...

— En effet, répondit Robertet avec embarras, des propos qui circulent en cette ville ont été rapportés à monseigneur Bonnivet, mais ils viennent de si bas qu'on ne peut leur accorder la moindre créance.

— N'importe, Florimond, n'ayez pas les scrupules de mon frère; je suis forte, voyez-vous, et j'entendrais sans pâlir le nom d'une rivale.

— Après tout, madame, celle qu'on nomme ne vous serait point une rivale, vous ne devriez voir en elle que le choix qu'on prétend imposer à monseigneur le duc.

— Mais encore, Florimond, quelle est-elle?

— Le menu peuple parle ici de madame... Diane de France... ajouta l'écuyer en hésitant et en suivant avec inquiétude sur le visage de la comtesse l'effet de cet aveu.

— Diane de France ? reprit tranquillement la jeune femme, cela n'est point, Robertet, le connétable est trop fier pour admettre dans sa famille une femme de naissance illégitime, fût-elle, comme Diane, fille de roi et légitimée.

— Je l'espère comme vous, madame, dit Robertet, en donnant, malgré lui, un accent de doute à ses paroles.

— Et d'ailleurs, Florimond, ce serait la femme qui conviendrait le moins à François : fière, indépendante et toute virile, elle effaroucherait, elle refoulerait tout ce que le duc a de timide et de doux dans le cœur ; elle ne comprendrait rien à ses susceptibilités, à ses tristesses, et chaque jour une antipathie plus vive se produirait entre eux. Je vous le dis, Florimond, François n'aimerait jamais cette femme, et toute l'autorité du connétable ne la lui ferait point épouser.

— Puissiez-vous dire vrai, pensa l'écuyer en regardant tristement la comtesse.

— Mais c'est toujours de moi que nous parlons ; et vous, mon ami, n'avez-vous point aussi des malheurs précoces à raconter ? songez que vous m'en devez à votre tour la confidence.

— Oh! moi, qu'importe? ce sont des malheurs obscurs et vulgaires que les miens, ils ne méritent pas de vous occuper un instant, vous, madame, dont la haute infortune appellera bientôt tous les regards de cette cour, et qui, plaidée au Vatican, ira de là retentir dans toute la chrétienté.

— Je ne demande point tant d'éclat, mon ami; hélas! plus les malheurs s'élèvent haut, plus la chute est profonde. Mais, encore une fois, Robertet, dites-moi ce que vous avez souffert, je le veux, et au besoin je réclamerai l'autorité du patronage de mon frère. Je sais déjà que, comme moi, vous êtes orphelin depuis long-temps.

— Oui, madame, je n'avais pas dix ans, lorsque le seigneur d'Alluye, mon père, fut tué en duel par un capitaine piémontais qui avait aimé ma mère avant son mariage, et qui ne pardonna jamais à son rival la préférence qu'elle lui avait accordée. L'année suivante ma pauvre mère mourut du chagrin de cette perte; et moi, madame, je ne vengerai point mes malheureux parens, car dès le lendemain du duel, le meurtrier disparut, et depuis on dit que, passé au service de Charles-Quint, il s'embarqua pour l'autre continent, où mes humbles ressources ne me permettront jamais d'aller chercher ses traces.

— Vous ne devez point le faire, Florimond, la religion vous le défend : pardonnez à votre prochain pour que Dieu vous pardonne. Promettez-moi donc d'oublier le nom et la personne de ce capitaine, qui d'ailleurs a peut-être perdu la vie dans ces climats funestes aux Européens.

— Mon bonheur, madame et noble maîtresse, sera de vous obéir en tout et toujours; il est une chose néanmoins qu'il m'est impossible de vous promettre, c'est de ne point demander raison du sang de mon père à son ennemi si un jour nous nous trouvons face à face; je veux qu'il ne reparaisse point en Europe.

— Vous êtes grand dans vos haines, au moins : à vous un monde, à lui l'autre; toutefois avant que vous le retrouviez, je vous convertirai, rebelle que vous êtes. Mais, Florimond, ce malheureux duel n'est pas le seul dont votre mère ait été le prétexte, car on dit qu'elle était bien belle; madame Catherine, qui m'entretenait souvent des souvenirs de sa chère Italie, ne me parlait jamais de votre mère sans la nommer la belle Piémontaise.

— C'était surtout son âme qui était belle; comme vous, madame, ma mère était douce et pieuse, et simple de cœur, humble dans ses joies, résignée dans ses épreuves; toutes les vertus que j'aimais en elle, je les retrouve en vous.

— Peut-être suis-je trop jeune pour la remplacer, mais du moins considérez-moi toujours comme votre meilleure amie.

— Cette amitié que vous me promettez, elle m'est précieuse autant qu'elle m'honore, madame; oh! oui, j'en ai besoin, car mon enfance a été bien seule. Elevé par des mains étrangères et long-temps assujetti à des maîtres austères et durs, j'ai eu une jeunesse aride et morne, et cette première saison de la vie que l'on compare au printemps s'est écoulée pour moi comme un précoce hiver; jusqu'au jour où monseigneur Bonnivet, me rencontrant sur son chemin, abaissa sur moi des regards de père et d'ami et fit verdir enfin ma jeunesse glacée. Il m'a noblement adopté, et depuis je m'instruis sous ses yeux au métier des armes;

et son exemple suffirait pour me former aux grandes choses, mais, hélas! la guerre est accompagnée de bien des maux, et la gloire mêle bien des crêpes à ses trophées; souvent aussi la justice est du parti des vaincus, et le bon droit n'est qu'un tort de plus pour les faibles. Avec Bayard, la chevalerie est morte; si elle pouvait revivre, ce serait aux mains de monseigneur votre frère qu'elle remettrait son étendard, et moi, je serais fier de porter sa lance vénérée, et vous, sublime opprimée, vous seriez ma dame, je porterais vos couleurs, j'appellerais vos ennemis en champs clos.....

— Mais vous dites vrai, Florimond, la chevalerie est morte, interrompit Jeanne en baissant chastement les yeux devant le regard enflammé du jeune homme, et troublée pour la première fois d'une compassion si exaltée et si tendre, on n'en a conservé que de vaines formes, et ceux qui en ont recueilli l'esprit, comme vous et mon frère, courent le risque de devenir un jour dupes ou victimes.

— On n'est jamais dupe ni victime, quand, pour prix des persécutions qu'on a suscitées contre soi, on obtient l'estime des gens de cœur, un regard des anges, et le vôtre, madame.

— Florimond, reprit la jeune femme en détournant la tête avec un léger embarras, mon frère tarde bien à revenir; s'il lui était arrivé quelque chose...

— Il n'est allé qu'aux renseignemens, rassurez-vous, madame; bientôt sans doute il vous en rapportera de favorables.

— Puissiez-vous dire vrai! répondit Jeanne en soupirant.

Et ce soupir réunissait les voeux les plus indécis, les contradictions les plus insaisissables; c'était comme le dernier rayon d'un sentiment qui s'éteint et le crépuscule d'un sentiment qui va naître; mais toujours la religion du serment dominait sa pensée, et la voix du devoir s'élevait, toujours nette et précise, au-dessus des voix confuses qui murmuraient dans son cœur..

LIVRE DEUXIEME.

LE CHATEAU.

I.

Diane de France.

Bonnivet se dirigea vers le parc du château par les rues les moins fréquentées ; arrivé à la porte, il montra à la sentinelle le laissez-passer que Diane avait joint à son billet, et prit le chemin du kiosque en ralentissant malgré lui sa marche, car, en dépit de la ferme résolution dont il s'était armé, son cœur avait recommencé à battre violemment. Un page élégant le reçut à l'entrée du pavillon, et l'y introduisit en soulevant une portière en tapisserie, et en le priant d'attendre qu'il eût été prévenir la princesse. Cette circonstance permit au colonel de se remettre et de se préparer au caractère officiel qu'il voulait donner à cette entrevue ; et pourtant chaque chose dans ce mystérieux pavillon lui rappelait d'émouvans souvenirs : ce demi-jour à la fois mol et animé, projeté par des vitraux alternés jaune et rouge; cette mosaïque du pavé, représentant Diane changeant Actéon en cerf, flatterie d'artiste que Diane d'Angoulême se piquait peu de justifier, dit-on, mais qui caressait un de ses penchans avoués, la fière indépendance, et la prétention de se soustraire, sinon à l'amour, du moins à l'empire des hommes; cette voûte, dont la clef, arrondie en médaillon, reproduisait les armes de la princesse, une Diane terrassant l'amour, avec cette devise latine qu'avait fournie le poète favori de la cour, Pierre de Ronsard : *Omnium victorem vici.* — *J'ai vaincu le vainqueur de tous*, et qui était à la fois, comme la mosaïque, un mensonge et une vérité ; ces panneaux figurant tous les épisodes d'une chasse, et retraçant à la pensée du colonel de véritables épisodes, alors qu'il suivait la belle chasseresse dans la forêt de Retz; ces chaires d'ébène, ces coussins de velours écarlate, sur lesquels il s'était agenouillé aux pieds de la déesse désarmée, tout faisait revivre à ses yeux un passé plein d'amour. Des rêves passionnés, des images suaves semblaient circuler dans l'air, qui lui-même, pour compléter l'enivrement, était imprégné de je ne sais quel doux parfum d'Asie, depuis long temps choisi entre mille par la princesse; et dans ce parfum qu'il aspirait en frémissant, le colonel croyait parfois respirer la fraîche haleine de Diane et la senteur de ses baisers. Et toutes ces choses combattaient dans le cœur du noble protecteur de Jeanne de Pienne les pensées sévères qu'il s'efforçait d'y retenir; mais sa conscience fut la plus forte, et il acheva de secouer les délirantes illusions qui l'enveloppaient de toutes parts dans cette dangereuse atmosphère, en ouvrant brusquement une des verrières du kiosque et en jetant des regards rapides sur les pittoresques découpures du parc.

Quelques instans après, la princesse vint accompagnée d'une de ses femmes et du page; sa marche, comme toujours, était calme et imposante, et sa physionomie, sereine, mais les soulèvemens inégaux de son sein témoignaient qu'elle était moins maîtresse d'elle-même qu'elle n'affectait de le paraître. Elle portait une robe de satin damassé à larges dessins, et dont la couleur tendre rappelait celle de la fleur du pêcher; coupée en ligne droite et sans ceinture, cette robe s'étendait de la naissance du cou jusqu'aux pieds en forme d'éventail; fermée seulement au sommet du corsage, elle s'ouvrait largement avec ses garnitures d'or sur une autre robe de satin blanc à corsage en pointe; le chaperon, de même couleur que la robe de dessus, était décoré d'une plaque de diamans et de plusieurs rangs de perles, et laissait à découvert quelques grosses boucles des admirables cheveux noirs de la princesse; un collier de topazes, retombant à double rang sur sa poitrine, complétait cette magnifique toilette.

Quand Diane fut près du kiosque, elle s'arrêta un instant, fit signe à sa dame de compagnie et à son page de demeurer à quelque distance, puis elle entra sans hésiter, car elle s'était rendue maîtresse des palpitations de son cœur; et même son regard s'était armé d'une sorte de sévérité solennelle.

Bonnivet, qui était resté à la verrière, se retourna vivement au bruit que fit la portière en retombant; et, reconnaissant Diane, se troubla, rougit, et s'inclina profondément comme pour déguiser une émotion dont il s'indignait.

Une nuance presque imperceptible avait coloré les joues de la princesse elle-même, qui toutefois l'avait à peine sentie, et dont toute l'aisance était revenue dans le salut qu'elle rendit au frère de Jeanne. En même temps, elle alla s'asseoir dans une chaire élégante, sculptée et peinte à ses armes, en montra une autre moins élevée à Bonnivet, et, s'appuyant d'un bras sur un guéridon en marqueterie, sembla, tant sa pose était majestueuse, le roi son père, ou l'un de ses ministres accordant une audience.

— La bienvenue à vous, colonel, dit-elle à celui-ci en lui donnant sa main à baiser.

Bonnivet s'inclina de nouveau et déposa sur la blanche main qui lui était tendue un baiser qu'il s'efforça de rendre froid, mais qui malgré lui fit frissonner ses lèvres.

— Vous le voyez, continua Diane en laissant sa voix et ses yeux reprendre leur douceur naturelle, j'ai tout quitté pour me rendre à votre désir, car votre message était pressant, et je vous le répète, ce ne sont point des amis, des hommes tels que vous que l'on fait attendre.

— Je vous remercie, madame, car les heures sont longues à ceux qui craignent et qui souffrent.

— Et qu'avez-vous à craindre, de quoi souffrez-vous? ajouta Diane en interrogeant le colonel d'un regard indécis, et croyant entrevoir dans les paroles ambiguës qu'il venait de prononcer un regret, un reproche d'amour.

— Pardonnez-moi, madame, la question indiscrète que je vais vous adresser, mais il y va d'intérêts si graves que je suis contraint de négliger toute autre considération : on fait courir le bruit de votre mariage avec le duc François de Montmorency, cette nouvelle est-elle vraie, madame?

— En effet, colonel, votre question est bien indiscrète, répondit la princesse avec un sourire mêlé de quelque embarras, et se trompant complètement sur le sens de l'interrogation de Bonnivet, dont elle attribuait l'anxiété à un sentiment de jalousie ; n'importe, reprit-elle, je serai vraie avec vous, ne l'ai-je pas d'ailleurs toujours été? et pourquoi me cacherais-je d'une chose à laquelle j'ai consenti et qui est devenue publique?

— Ainsi, interrompit le colonel d'une voix altérée, ce qu'on m'a dit est réel, vous allez vous marier?....

— Ce regret me pénètre, colonel, il nous honore tous deux ; moi-même, et je vous dois cet aveu, je vois ce mariage avec ennui, mais dans le rang où le hasard m'a placée, on ne consulte pas les cœurs, vous le savez, Bonnivet, et la raison d'état est l'unique souveraine. Imitez-moi donc, colonel, soyez fort...

— Eh! madame, qu'importe en ce moment ma tristesse ou ma joie; qu'importe des souvenirs qu'il nous faut oublier? c'est de l'honneur d'une femme qu'il s'agit, d'une pauvre femme sans défense qu'on veut répudier ; et cette femme, c'est Jeanne de Pienne, c'est ma sœur.

A cette renonciation si prompte d'un bonheur qu'elle croyait de quelque prix, Diane ne put se défendre d'un mouvement de dépit; mais cette impression ne fut que passagère, d'autant qu'au fond du cœur la princesse s'obstinait à croire le chagrin de Bonnivet personnellement intéressé ;

et en effet la question relative à Jeanne lui avait été présentée sous un jour trop incomplet, comme on le verra tout à l'heure, pour qu'elle pût comprendre ce qu'il y avait de sincère dans le dévoûment du colonel; elle reprit donc sur un ton légèrement agressif :

Je ne veux point rechercher si votre préoccupation fraternelle, toute dédaigneuse qu'elle se montre d'un passé que moi, du moins, je n'ai point oublié, ne cache point quelque chose de plus flatteur pour mon amour-propre que vous ne sembleriez le vouloir; non, colonel, vous m'avez donné pour cela trop de preuves d'abnégation et de franchise; néanmoins laissez-moi croire à l'expression trop passionnée d'un regret, que je partage, je vous le répète, et séparez votre cause de celle de votre sœur.

Troublé de cette insinuation adroite contre des sentimens qu'il avait effectivement surpris dans son cœur, mais qui en ce moment s'y trouvaient vaincus, le noble protecteur de Jeanne baissa la tête avec cette généreuse confusion qui s'accuse encore d'une faute alors même qu'elle est expiée.

— Vous d'abord, continua Diane, je vous ai aimé, et, je ne rougis point de vous en renouveler l'aveu, je vous aime encore. Assurément, si j'étais libre de prendre un époux selon mon cœur, c'est vous que je choisirais; mais ici encore une fois, la raison d'état domine les sympathies secrètes. Le roi, mon père, et la duchesse de Valentinois veulent le mariage qui se prépare; ils le veulent pour rétablir l'équilibre entre les Montmorency et les Guise, ces deux puissantes familles qui se disputent exclusivement les faveurs du trône, et c'est en ce moment qu'il faut donner un contre-poids au trop rapide accroissement de la fortune des Guise; et moi, je cède sans considérer si j'aime, si je puis aimer François. Je ferai plus, colonel, je vous avouerai que j'ai peu d'estime pour son caractère; c'est un cœur de femme que le sien, il manque absolument d'énergie, et s'il ne me convient pas d'être dominée par un homme, il me plaît moins encore de sentir dans mon époux une trop grande infériorité; mais que voulez-vous, il faut que ce mariage se fasse. J'épouserai donc François, car je pense que le courage chez les princes, c'est de sacrifier sans hésiter aux nécessités politiques toutes les douceurs de la vie commune. Le pouvoir et le rang ont d'assez beaux privilèges pour qu'on les paie du prix de quelques souffrances cachées, et puis l'on n'est pas placé à la tête des nations pour ne pas être plus grand qu'elles.

A votre sœur maintenant : et d'abord réduisons les faits à leur valeur exacte; que s'est-il passé? mademoiselle de Pienne a accepté, trop légèrement peut-être, la promesse d'un homme qui ne s'appartenait pas, qui n'était pas maître d'engager sa main, non; le roi seul et le connétable ont le droit de le marier; sans doute votre sœur l'ignorait; aussi ne l'accusé-je pas, je la plains; et je ne fais point à mon futur époux l'honneur d'être jalouse des rivales qu'il m'a données dans le passé, et de celles qu'il pourra me donner dans l'avenir. Mais pendant que les deux amans sont heureux avec mystère, voici que le roi et le connétable débattent de grands intérêts publics et particuliers, et concluent entre eux une alliance; au moment de la réaliser, ils trouvent un obstacle; ils le rompent en vertu de leur omnipotence, et comme on s'est passé d'eux pour former cette liaison secrète, ils se passent également des deux imprudens pour la dissoudre. Voilà les faits, voilà tout. François lui-même, j'en suis convaincue, ne se prête qu'avec répugnance à la combinaison projetée, arrêtée, veux-je dire; mais qu'importe au roi, qu'importe au connétable; que m'importe à moi-même? je me suis résignée, colonel, et François se résignera; il faut que votre sœur fasse comme moi, et que vous fassiez comme nous tous.

Le colonel qui était resté stupéfait pendant ces explications demi-sérieuses, demi-badines, ne retrouva la parole que quelques instans après que Diane eut cessé de parler. — Pardon, madame; reprit-il d'une voix saccadée... j'ai peine à me remettre... mes idées sont bouleversées... ce que j'ai cru entendre m'a confondu... je vous ai mal comprise... Comment, Diane, c'est vous qui venez de parler; voilà comment vous jugez le guet-apens à l'aide duquel on veut déshonorer ma soeur; voilà ce que vous appelez la politique? mais c'est une chose infâme!... vos paroles ne sont pas sérieuses, non, Diane, le caractère que j'ai connu si grand ne serait pas descendu à ce point; non, ce n'est pas ainsi que vous comprenez les devoirs des princes, leur grandeur, leurs sacrifices. Songez-y bien, ce qui se prépare, c'est une lâcheté, c'est une trahison, c'est une ligue honteuse. Ne me dites plus que ce sont mes intérêts que je plaide, cela n'est pas, je vous le jure, je ne pense qu'à ma pauvre soeur; sans doute mon coeur a eu à combattre, mais il a vaincu : et, puisqu'il faut que je le dise, eh bien! non, madame, en présence de ma soeur, vous n'êtes plus rien pour moi.

— Voilà, certes, qui est peu galant; toutefois, colonel, je ne vous imiterai point, et quoi qu'il arrive, je vous serai toujours une amie dévouée.

— Je ne puis accepter cet honneur, madame, et du moment où vous vous déclarez l'ennemie de ma soeur, je me déclare le vôtre.

— La guerre? eh bien! je l'accepte, mais franche et loyale, comme vous la faites toujours, et pourvu que vous vous souveniez que, dans la défense de votre nouvelle adversaire, il y aura toujours quelque chose de l'amie d'autrefois.

— Rassurez-vous, madame, je ne me souviendrai que de la noblesse habituelle de votre cœur; j'oublierai tout le reste et ne me servirai point du passé pour vous compromettre, ni même pour empêcher ce mariage.

— Vous me comprenez mal, Bonnivet, reprit la princesse en commençant à s'inquiéter de l'accent solennel du frère de Jeanne et de l'amertume prolongée de ses réponses.

— En effet, madame, je ne puis comprendre la légèreté de vos paroles dans une affaire de l'importance de celle que nous traitons.

— Mais, entre nous, mon ami, qu'y a-t-il dans tout ceci de bien grave? oubliez un instant que Jeanne est votre sœur, et vous ne verrez plus dans ses relations passagères avec François qu'une affaire de galanterie, à laquelle on a eu le tort de donner de l'éclat; mais que voulez-vous? le connétable est brutal et n'entend rien aux choses d'amour et de délicatesse, et aussi d'esprit; son fils s'est rebellé, il l'a envoyé en Italie et a fait enfermer mademoiselle de Pienne; ceci est une injustice et une violence, mais nous ferons sortir Jeanne de prison; et ne se recommanda-t-elle point par votre parenté, elle est encore de trop bonne maison pour manquer de prétendans convenables; mon père, d'ailleurs, à qui j'en parlerai, se mêlera de la pourvoir, et un bon mariage réparera tout, l'inconséquence de François et la grossièreté du connétable.

En entendant ces dernières paroles, Bonnivet, qui jusque là ne s'était contenu qu'avec peine, frappa du pied avec violence : — Ecoutez, Diane ! s'écria-t-il, votre mariage avec le duc ne peut se faire ; j'y périrai, s'il le faut, mais il ne se fera pas !... Au nom de notre ancienne amitié, reprit-il en ployant un genou devant la princesse comme pour lui demander pardon de son emportement, Diane, je vous en conjure, aidez-moi à empêcher la consommation de l'iniquité qui se complote ; songez que l'inexpérience de ma sœur a été surprise, qu'elle ne s'est engagée que sur une promesse jurée, sur un serment d'honneur ; songez que son union avec François est réelle et sainte, et que la prononciation d'un divorce serait la violation de tout ce qu'il y a de plus sacré, de plus respectable au monde !

Alors, enfin, la princesse devint grave : — Je commence à croire, dit-elle, qu'il y a ici quelque malentendu ; vous parlez de foi jurée, de trahison, mais on prétend, François lui-même assure que sa liaison avec Jeanne n'a rien eu de solennel ; il dit, et ce sont ses propres paroles, *qu'il n'y a point eu entre eux de mariage contracté par paroles et serment, mais que ce qui s'est fait l'a été seulement pour le faire croire.* *

* Voir les pièces du procès dans les *Additions à Castelnau* de Jean-le-Laboureur.

— Le lâche! il a dit cela! Diane? s'écria le colonel en se levant et en étendant la main vers un crucifix sculpté dans un des médaillons de la boiserie; je vous jure sur ma vie, sur mon honneur, sur le salut de mon âme, qu'il en a menti à la face du ciel et de la terre!

— Alors, Bonnivet, répondit la princesse en pâlissant d'indignation, l'un de vous deux est un faussaire, car François aussi a affirmé par serment qu'il avait dit la vérité; et je sens, colonel, que ce n'est pas de vous que vient le mensonge. Ah! ils m'ont tous indignement trompée! lui surtout à qui j'avais demandé un récit sincère, et que j'avais mis sur la voie; car les assertions du connétable m'étaient suspectes, et plus je connaissais la violence du père, plus je voulais savoir si le fils était vraiment libre. Oh! c'est une bassesse! Maintenant, colonel, pardon de la légèreté avec laquelle j'ai traité une affaire que je connaissais si peu; mes plaisanteries ont dû vous être bien cruelles... oubliez-les, mon ami, ce sera me justifier à mes propres yeux. Mais vous l'avez dit, mon mariage avec François n'est point encore fait, il ne se fera pas, je vous en donne ma parole. Je vais de ce pas chez le roi solliciter une enquête sévère, je verrai aussi le connétable et le duc; et, soyez tranquille, justice sera rendue à votre sœur.

— Enfin, ma noble Diane, je vous ai retrouvée tout entière! s'écria Bonnivet en se jetant aux genoux de la princesse et en baisant ses mains avec transport.

— Au revoir, reprit Diane en se levant, il faut que j'aille trouver le roi avant l'audience des ambassadeurs.

— Mon intention, madame et noble amie, était d'aller me jeter ce matin même aux pieds de sa majesté...

— Vous avez raison, le cœur de Henri est loyal; et quand il saura la vérité, il renoncera à ses premiers projets, il rendra justice à votre sœur. Mais il vaut mieux que je le prépare. Retournez à votre hôtellerie, je vous préviendrai par un message des dispositions du roi et du moment convenable pour vous présenter à lui.

— Oh! Diane, merci! je retourne près de ma sœur, je cours lui rendre de l'espoir, du calme...

— Comment! votre sœur est ici?

— Aussitôt que j'eus appris les indignités qui se préparaient contre elle, j'accourus et je viens de la faire sortir du couvent des Filles-Dieu.

— Malgré l'ordre du roi? c'est bien imprudent, colonel... n'importe, j'espère prévenir le mauvais effet de cette hardiesse, bien excusable après tout. Donc à tantôt, et comptez sur moi.

Après que la princesse se fut éloignée avec sa dame de compagnie et le page, Bonnivet attendit quelques instans encore, regarda si personne ne se trouvait aux environs, — toujours fidèle à cette discrétion chevaleresque qui faisait croire à la rareté de ses bonnes fortunes dans une cour ou la galanterie était si peu jalouse du mystère, sinon licencieuse; puis, voyant que la solitude était complète autour du kiosque, il sortit du parc et regagna rapidement la Fleur de Lis.

II.

Henri II.

Rentrée au château, Diane se rendit directement au cabinet du roi. A l'aspect de la princesse, dont l'accès auprès de son père était permis à toute heure, l'huissier de service s'écarta respectueusement, et Diane, soulevant elle-même la portière, entra sans hésiter. En ce moment le roi était entouré du cardinal de Lorraine, du chancelier Olivier de Leuville, des secrétaires d'état Guillaume Rochetel et Claude de l'Aubépine, du contrôleur des finances du Thier, du cardinal Jean Bertrandi, garde des sceaux, de Pierre Séguier, avocat du roi, du maréchal de Saint-André, de Robert de la Marck et de quelques autres dignitaires civils ou ecclésiastiques. En voyant cette foule plus nombreuse que de coutume, en remarquant surtout l'attention avec laquelle, l'œil fixé vers une des hautes fenêtres de la salle, le roi semblait écouter la lecture d'un projet de traité d'alliance avec le Grand Seigneur, Diane s'arrêta et fit même un pas en arrière. Mais tout le conseil, comme les vieillards troyens saluant Hélène, venait de se lever devant cette reine des beautés de la cour; et le roi, dont toute l'attention se bornait à consulter les nuages qui couraient dans le ciel, sombres et menaçans pour les projets de plaisirs de sa majesté, s'était retourné vivement en entendant le frôlement d'une robe de satin. A peine eut-il reconnu sa Diane chérie, qu'il alla au-devant d'elle, lui prit galamment la main, et la conduisant vers le siège le plus voisin de celui qu'il occupait : Vous êtes la bienvenue et la bien inspirée, ma belle Diane, lui dit-il, venez siéger en notre conseil et nous prêter les lumières de votre croissant; jamais, certes, le prince Numa ne vit son Egérie si radieuse ni parée d'une robe de meilleur goût.

— Vous vous moquez, sire et très honoré père, répondit la princesse avec aisance, car vous savez que je n'entends rien aux graves discussions de ces messieurs; je venais, si je vous avais trouvé seul, m'entretenir avec vous d'intérêts moindres; mais, si vous le permettez, je vais m'asseoir et attendre que les affaires qui vous occupent soient achevées.

— Nullement, ma belle Diane, vous n'attendrez point, reprit Henri II qui, peu propre au travail de cabinet, saisissait toujours avec empressement les occasions de se distraire de l'ennui des choses sérieuses; le service des dames est toujours le premier pour un roi qui sait vivre. D'ailleurs j'ai dit mes intentions sur le traité à mon fidèle cardinal, et monsieur le secrétaire peut continuer sa lecture. Dans un instant je suis à vous, messieurs.

Et le roi, sortant avec la princesse, la mena dans une pièce voisine qui lui servait à la fois de cabinet et de boudoir.

Cependant le ministre rusé, Charles de Lorraine, épiant à la dérobée sur le visage de Diane l'émotion qui l'agitait encore au sortir de son entrevue avec Bonnivet, avait compris que le motif de cette brusque arrivée était une résistance au mariage que redoutait sa politique; et un sourire, contractant légèrement ses lèvres pincées, avait témoigné de l'applaudissement secret qu'il donnait à son adresse. En effet, c'était par ses soins que la lettre écrite à Bonnivet par Jeanne de Pienne était parvenue au colonel, car cette lettre, détournée par la supérieure des Filles-Dieu, avait été remise aux mains du ministre; c'était également par son intervention déguisée que Bonnivet avait pu sans trop d'obstacles enlever sa sœur du couvent. Ainsi, il défaisait secrètement d'une main ce qu'il faisait ostensiblement de l'autre. Mais, comme on l'a vu, maître Martin l'avait deviné, et, pareils au renard et à la fouine, se livrant une guerre de terriers, ces deux puissans comédiens devaient décider dans l'ombre de l'accomplissement ou de la rupture d'un mariage, dont l'honneur ou la honte devait appartenir à d'autres.

La pièce dans laquelle Henri II venait d'introduire Diane était decorée avec tout le luxe et toute l'élégance emblématique de l'époque; ce n'étaient partout que dorures mêlées aux enluminures les plus vives, et les armes de Henri se joignaient sur les médaillons et les panneaux à celles de François Ier, son père. Les croissans et autres emblèmes que ce dernier avait fait sculpter et peindre en l'honneur de Diane de Poitiers se remarquaient encore de tous côtés, car le galant héritage du père se trouvant intégralement recueilli par la piété du fils, le passé était devenu du présent. Seulement la Salamandre de François Ier était remplacée en quelques endroits par un Bellérophon terrassant une Chimère, symbole que Henri avait adopté en 1549 après la reprise de Boulogne sur les Anglais. Un bonnet entouré de deux épées rappelait aussi l'expédition de 1552 sur le Rhin et la prise de Metz, Toul et Verdun. La mémorable journée de Renti et la campagne de 1554 y avaient également leur emblème : un anneau royal enveloppant plusieurs provinces d'ou s'échappaient une palme et une branche de laurier, le tout reposant sur un poisson couronné, par allusion aux Pays-Bas. Mais c'était surtout dans de nouvelles combinaisons du croissant de la duchesse de Valentinois que les beaux-esprits et les décorateurs de la cour s'étaient montrés ingénieux : tantôt ce croissant était simplement surmonté de la couronne royale; tantôt c'étaient trois croissans entrelacés; puis un croissant entouré de quatre H, de quatre fleurs de lis et de quatre couronnes; leur devise la plus ordinaire était celle-ci : *Donec totum impleat orbem*, équivoque qui exprimait à la fois que le quartier deviendrait pleine lune, et que la gloire, la puissance de Henri II remplirait le monde. Il y avait un dernier emblème qui était a la fois une flatterie pour le roi et pour la duchesse, c'était le croissant devenant pleine lune avec une auréole de rayons et cette devise : *cum plena est, fit æmula solis*, *quand elle est dans son plein*, *elle devient l'égale du soleil*. Du reste les arabesques et les mille caprices artistiques qui couraient le long des lambris étaient d'un goût excellent et avaient le caractère de la renaissance ; en effet le château de Villers-Cotterets avait été construit par François Ier en 1530.

Ce n'était pas seulement par des chiffres entrelacés et de mystérieux rébus que Henri II trahissait son penchant pour la duchesse de Valentinois, il le témoignait encore en se parant publiquement de ses couleurs; ainsi en ce moment il portait un costume de satin vert avec des crevés blancs; et la magnificence en était extrême; partout l'or y ruisselait en broderies et en lames, et les diamans et les perles étincelaient autour de sa toque ombragée d'une plume blanche, sur ses agraffes et ses boutons. Son pourpoint, dont la forme excessivement élégante suivait d'ailleurs toutes les lignes du corps, s'amincissait comme un corsage de femme au bas de la taille, où il se terminait en pointe, pour retomber en deux pans aigus et gracieux sur des bouffons également lamés d'or et à crevés blancs. Ses manches, simples, et légèrement élargies vers l'épaule, étaient surmontées d'une sorte de bourrelet; des chausses en tricot de soie serraient sa jambe souple et nerveuse, une des plus belles de la cour; d'un côté, pendait une riche aumônière, et de l'autre une épée dont la poignée était le chef-d'œuvre d'un artiste florentin; une chaîne d'or à rangs redoublés supportait un large médaillon du grand ordre de Saint-Michel; un petit col blanc, en point de Venise, encadrait sa courte barbe noire, soigneusement peignée et parfumée; enfin sur ses épaules flottait un court manteau de velours brodé de lis d'or.

Jamais costume plus éblouissant n'avait été mieux porté. Henri II en effet, à ne parler que des dons du corps, était un des cavaliers les plus accomplis de son temps, et s'il cédait au colonel Bonnivet pour la grâce, il était vraiment roi pour la souplesse, la force, la majesté; chacun de ses mouvemens trahissait sous la soie la saillie puissante de ses muscles, et sa taille, presque aussi haute et aussi droite que celle du feu roi, se balançait avec la même noblesse. Toutefois on eût retrouvé avec peine sur son visage régulier et calme les traits si caractéristiques de François Ier; ainsi, les yeux de Henri, quoique beaux, exprimaient une médiocre intelligence, et son nez aquilin n'avait pas cette longueur originale et qui donne quelque chose de si fin à la physionomie du roi-chevalier; la bouche non plus n'avaitpas la finesse de celle de son père, mais une soif d'érotisme, non moins ardente, y respirait sur des lèvres pleines et vermeilles. La seule chose que les dames de la cour critiquassent en lui, et encore le plus grand nombre n'y voyait-il qu'une beauté de plus, c'était la couleur trop brune de son teint, qui, suivant l'expression des mémoires du temps, lui donnait l'apparence d'un *moricaud*.

— Eh bien! ma mignonne, qu'avez-vous à me conter? dit Henri II en s'asseyant près de la princesse, et d'où vient l'émotion inaccoutumée de votre visage? car, semblable à la fière Diane, votre patrone, vous émouvez tout le monde et vous seule n'êtes point émue. Serait-ce que votre chasse de ce matin n'a point été heureuse, et que les hôtes de ces forêts ne se sont point montrés à leur belle déesse?

— Pardon, mon père, nous avons pris quelques faisans que j'ai réservés pour votre table; mais comme le ciel s'est tout à coup chargé de nuages, j'ai jugé prudent de revenir.

— Oui, et ces maudites vapeurs ne promettent pas de se dissiper, reprit le roi en ouvrant une fenêtre et en examinant le ciel toujours gris et couvert, j'ai une envie démesurée de m'essayer avec Hussein-Bey qu'on dit le meilleur cavalier de son pays; et depuis notre arrivée en ce château la pluie n'a presque point cessé de tomber, comme si, jouter avec un mécréant, est un péché que le ciel veut m'empêcher de commettre.

— J'espère bien, mon père, que vous me permettrez d'être de la course, et peut-être prouverons-nous à l'ambassadeur de Soliman que les filles de France savent manier un cheval aussi bien que les hommes de Turquie.

— Certes, je le veux, ma Diane, et je compte sur vous autant que sur moi pour soutenir l'honneur des cavaliers de France; mais quel coursier pensez-vous opposer à la cavale arabe de Hussein-Bey, car c'est un véritable hippogriffe que cette jument, et n'imaginez point que votre *Dottor*, tout alerte qu'il soit, puisse lutter avec elle.

— Aussi est-ce mon fin coursier de Naples que je compte lui opposer. Maintenant, mon père, pardonnez à mon impatience, mais le sujet qui m'amène m'a si fort irritée...

— Parlez vite, ma chère fille, et quelque soit le rang de celui qui vous a offensée, je vous jure qu'il sera puni.

— Ce n'est point à moi que l'offense à été faite, mon père, mais elle ne m'en est pas moins sensible. Ce n'est point non plus une punition contre qui que ce soit que je vous demande, c'est une justice.

— Justice sera rendue à qui de droit, ma fille, et de nouveau je vous en donne ma parole.

— J'accepte votre promesse, mon père, d'autant que vous aurez besoin de toute votre impartialité, car c'est contre le plus cher et le plus vieux de vos amis que je réclame.

— Montmorency? reprit Henri II, et une nuance d'inquiétude traversa son visage.

— Lui-même, mon père. Il nous a trompés, vous et moi, en nous assurant que la foi de son fils était libre; elle ne l'est pas, mon père.

— Voilà, Diane, une grave accusation, ajouta le roi, dont le front se rembrunit; quelles sont vos garanties pour la faire?

— La vérité. Non, sire, François de Montmorency n'est pas libre; il s'est engagé sur l'honneur et par serment à mademoiselle de Pienne, et un prêtre a béni leur union.

— Ce prêtre est un rebelle! s'écria Henri avec colère, il n'avait point de pouvoirs, il sera cassé et jeté au fond de quelque couvent. Ce qu'il a fait est nul. D'ailleurs ce prêtre n'est sans doute que supposé, ce doit être quelque complaisant...

— Quand cela serait, mon père, François n'en a pas moins donné sa parole?

— Belle parole, nous saurons l'en relever, Diane. Eh, mon Dieu! que deviendrions-nous si nous étions obligés d'épouser toutes les femmes qui se sont données à nous sous le prétexte que nous leur avons engagé notre parole dans un moment de folie? Dans ces momens-là, continua le roi en souriant malgré lui dans sa mauvaise humeur, on promet tout. Pour ma part, ma belle duchesse voudrait me faire jurer d'aller à la conquête de la lune et de lui rapporter un morceau du vrai croissant que je le ferais sans hésiter.

— Vous avez vu, mon père, avec quelle docilité je me suis faite à l'idée de ce mariage, quand vous me l'avez proposé; et pourtant je n'avais aucun goût pour François. Je suis encore prête à épouser qui bon vous semblera pour servir les intérêts de votre politique ; mais vous n'exigerez pas, j'en suis sûre, que je m'unisse à un homme qu'une autre femme aura toujours le droit de venir me redemander. Le connétable aura beau faire et beau dire, c'est de la poligamie cela ; le saint-père lui-même consentirait à relever François de son serment, que l'idée de ce mariage me répugnerait encore. Vous ne me condamnerez pas, sire, à un supplice de toutes les heures, de tous les instans !

En achevant ces paroles qu'elle avait prononcées avec véhémence ; et accompagnées de quelques larmes d'indignation et de douleur, la princesse s'était jetée aux genoux de son père. Celui-ci, dont l'affection allait quelquefois pour elle jusqu'à la faiblesse, se sentit vaincu, et la relevant avec émotion et en lui baisant tendrement le front :

Allons, ma Diane chérie, calmez-vous, lui dit-il, je ne veux point vous faire de peine, ni vous marier malgré vous ; nous examinerons l'affaire ; si réellement l'engagement est grave, nous le respecterons, je vous le garantis ; mais, de votre côté, promettez-moi de rendre à François votre bienveillance, si nous parvenons à vous prouver que vos nouveaux doutes à son égard sont sans fondement.

— Je vous le promets, mon père.

— Et puis, ma Diane, songez dans quels embarras votre refus me replongerait? Le connétable, si ce mariage ne se fait point, va me bouder, me quitter peut-être, et comment résister seul aux prétentions toujours croissantes de ces Guise? Déjà l'un dirige mon conseil et l'autre commande une de mes armées ; bientôt, si je les laisse faire, ils m'ôteront la couronne de dessus la tête ; non pas qu'ils n'aient toujours et fidèlement travaillé l'un et l'autre pour ma gloire, mais je ne voudrais pas qu'ils me devinssent trop indispensables, et déjà je sens qu'ils me gênent... N'est-ce pas, ma Diane, que tu feras quelque chose pour ton père, si ce que je te demande n'est pas trop impossible ?

— Oui, sire, oui, mon père, vous qui êtes si bon pour moi, je mettrai toujours vos intérêts au-dessus des miens, et je ferai pour vous tous les sacrifices, excepté celui de l'honneur.

— C'était le mot de votre grand-père, Diane ; rassurez-vous, ce sera aussi le mien. Mais, à part cette question qui se débattra convenablement, savez-vous, ma chère fille, que le duc François est un beau parti? la famille des Montmorency est, voyez-vous, une des plus nobles et des plus vieilles de France, et une telle alliance effacerait, bien mieux que l'acte public de votre légitimation, la barre de votre écusson.

— Laissez-moi croire, mon père, que le titre

de votre fille, quel qu'il soit, est le plus beau de tous. Pour moi, j'en suis plus fière que d'une couronne de reine, et c'est parce que je sens les devoirs qu'il m'impose, que j'ai eu le courage de venir m'opposer à votre volonté.

— Oui, mignonne, je sais que vous portez haut les plumes de votre chaperon, et bien vous faites ; pourtant ne vous y fiez pas trop, et songez que chez nous, aussi bien qu'en Espagne, le plus mince gentilhomme, si son écusson est pur, se croit aussi noble que le roi, et plus noble que les enfans du roi, si l'écusson de ceux-ci est barré. En outre, ma Diane, j'accorde à François, pour présent de noces, le bâton de maréchal. Mais, s'il vous plaît, de qui donc tenez-vous les renseignemens qui ont fait si subitement changer votre résolution ?

— C'est ce que j'allais vous apprendre, mon père, en vous demandant d'avance le pardon d'une faute pour laquelle j'ai engagé votre indulgence royale.

—Peut-être vous êtes-vous un peu hâtée, reprit Henri II, dont le visage redevint sévère, n'importe, si tout à l'heure je n'ai point hésité à vous promettre la punition d'une faute que je ne connaissais pas, à plus forte raison vous accorderai-je la grâce que vous me demandez.

—Oh! merci, mon noble, mon généreux père. Eh bien! sire, pardonnez au colonel Bonnivet qui, en apprenant le malheur, la honte dont Jeanne de Pienne était menacée, n'a point eu le courage égoïste de rester à son poste, et qui doit aujourd'hui même venir vous demander justice pour sa sœur.

— Je pardonnerai, continua Henri toujours plus sombre, et je ferai justice, mais rien de plus.

— Pardonnez aussi à Jeanne de Pienne, reprit la princesse avec fermeté, à Jeanne de Pienne qui n'a point su attendre patiemment son déshonneur dans le couvent des Filles-Dieu, et qui tout à l'heure viendra se jeter à vos pieds avec son frère.

— Je le lui défends! s'écria le roi en se levant avec impétuosité. Diane, reprit-il avec un accent d'humeur contre sa fille et contre lui-même, car il sentait instinctivement qu'il y avait plus d'énergie dans l'air calme mais assuré de la princesse, que dans son propre emportement, vous voulez donc vous faire la protectrice de tous les rebelles? que deviendra mon autorité si les miens eux-mêmes aident à l'ébranler?

— Sire et honoré père, c'est par la justice que se consolide l'autorité des rois, et le connétable veut vous faire commettre une injustice.

— Toujours le connétable; vous lui en voulez bien, Diane; est-ce par ce qu'au lieu d'un pourpoint de satin, il porte toujours une cuirasse de fer, et qu'il n'aime ni la chasses, ni les dames et les rubans?

— Sire, répliqua Diane avec une solennité enjouée, si vous n'étiez pas le roi et mon père, je vous demanderais raison de cette parole.

— Vous me déclarez la guerre pour que je vous accorde la paix, n'est-ce pas, méchante? reprit Henri II en souriant un peu malgré lui; mais écoutez, toute la concession que je puis vous faire, c'est de recevoir la supplique de Bonnivet, et d'examiner l'affaire avec impartialité et en vous faisant vous-même juge de toutes les questions.

— C'est plus que je ne vous en demandais, mon père, et c'est à vous, à vous seul que je veux encore m'en rapporter. Ne plaira-t-il point maintenant à votre majesté de dérider ce front soucieux, plus soucieux que le ciel, car tenez, le voici qui se découvre, et il va suffire d'un rayon de soleil pour préparer tous les alentours aux exercices de l'après-dînée.

— Vous dites vrai, ma belle Diane, si j'en crois cette girouette qui se dandine là haut comme la douairière de Montmorency quand elle va s'asseoir, un frais vent d'est va succéder à cette pluvieuse brise du sud qui depuis près de huit jours nous emprisonne ici!

— Voulez-vous, mon père, pour vous aider à

sourire, que je vous chante quelqu'une des chansons de votre poëte? ajouta Diane, qui, connaissant la puissance de sa voix sur son père, voulut compléter par cette séduction les avantages qu'elle avait déjà obtenus.

— Je le veux et je vous en prie, ma bien-aimée Diane, répondit le roi en décrochant du lambris où il était suspendu un luth richement incrusté, sur lequel il s'essayait souvent lui-même; oui, belle magicienne, joignez votre voix au rayon de soleil et au frais vent d'est pour conjurer la pluie et l'orage.

Alors, d'une voix pure, quoique peu savante, et où les sons graves dominaient, la princesse chanta les strophes suivantes d'une des odes légères de Pierre de Ronsard; la naïveté des paroles s'harmoniait gracieusement à celle de la musique.

Où allez-vous, filles du ciel,
Grand miracle de la nature,
Où allez-vous, mouches à miel?
Chercher aux champs votre pâture?
Si vous voulez cueillir les fleurs
D'odeur diverse et de couleurs,
Ne volez plus à l'aventure.

Autour de Cassandre, haleinée
De mes baisers tant bien donnés,
Vous trouverez la rose née
Et les œillets, environnés
Des florettes ensanglantées

D'hyacinte et d'Ajax, plantées
Près des lis sur sa bouche nés.

Les marjolaines y fleurissent,
L'automne y est continuel,
Et les lauriers, qui ne périssent
Pour l'hiver, tant soit-il cruel;
L'anis, le chèvrefeuil qui porte
La manne qui vous réconforte,
Y verdoie perpétuel.

Mais, je vous pri', gardez-vous bien,
Gardez-vous qu'on ne l'aiguillonne;
Vous apprendrez bientôt combien
Sa pointure est trop plus félonne,
Et de ses fleurs ne vous soûlez,
Sans m'en garder, si ne voulez
Que mon âme ne m'abandonne.

Plus tendres et plus vives encore étaient assurément, les chansons de l'époque, mais le moyen de rester fidèle à la vérité historique ? Qu'on se rappelle toutefois que la lecture favorite des seigneurs et même des dames et demoiselles de la cour de Henri étaient les *nouvelles* de la reine de Navarre et le *Gargantua* et le *Pantagruel* de Rabelais.

La princesse venait d'achever les dernières mesures de l'air quand deux petits coups furent frappés mystérieusement derrière un panneau caché par une tapisserie. Henri II tressaillit et tourna involontairement la tête de ce côté, Diane se leva :

— Les chansons de votre poète évoquent les amours... dit-elle à demi-voix.

— Et la farouche Diane fuit devant eux ? répondit le prince, qui pourtant n'insista pas.

La princesse s'inclina, reçut de son père un baiser au front et se retira.

III.

Diane de Poitiers.

Quand la portière fut retombée, Henri courut vers le panneau où le bruit s'était fait entendre, souleva la tapisserie, fit jouer un ressort, et le panneau, tournant sur lui-même, découvrit, dans une petite galerie faiblement éclairée par un vitrage aux couleurs sombres, une femme qui, au même instant, s'élança légère dans les bras du roi.

C'était la grande sénéchale de Brézé, la duchesse de Valentinois, la maîtresse régnante, en un mot la belle Diane de Poitiers.

Les opinions des historiens sont bien partagées sur cette femme célèbre : tour à tour ange ou démon, vieille femme ridée et s'occupant de magie ou séduisante sirène et fée éternellement jeune, selon que les historiens qui ont parlé d'elle sont catholiques ou protestans, son âge sera toujours un problème. Mais l'empire qu'elle exerça sur le voluptueux Henri II, jusqu'à la mort de ce prince, restera un fait, et comment croire qu'une femme grisonnante et flétrie se soit conservé jusqu'à l'âge de *soixante-quatre ans* le cœur et les sens d'un prince qui mourut dans sa quarantième année et qui pouvait choisir parmi les dames de sa cour, les plus jeunes et les plus belles? Ceux qui donnent à Diane de Poitiers cet âge ridicule commettent une double erreur, car, d'après leur calcul, Diane aurait déjà été âgée de trente ans quand elle obtint, de François Ier, la grâce du comte de Saint-Vallier, son père; et le moyen que François, si fin connaisseur en femmes, ait accordé la grâce d'un criminel de haute trahison aux primeurs d'une fille de trente ans? Des historiens, dignes de foi, prétendent d'ailleurs que cette histoire de la grâce du père, obtenue au prix de l'honneur de la fille, est une fable. Néanmoins il est constant que Diane fut la maîtresse de François Ier, avant de devenir celle de Henri; et l'on cite à cette occasion une anecdote qui ne manque pas de vraisemblance : François, qui regrettait toujours son fils aîné, prince de grande espérance et mort à l'âge de dix-huit ans, se plaignait un jour dans son cercle intime, de ce que Henri, son second fils, manquait d'intelligence et de vivacité : — Il faut le rendre amoureux, dit alors en badinant la sénéchale de Brézé. Il paraît que l'inconstant monarque, qui commençait à s'éprendre de la duchesse d'Étampes, permit à Diane de se faire le précepteur du dauphin. Quoi qu'il en soit, et en rejetant le témoignage des écrivains calvinistes, qui se vengeaint de la part que la duchesse avait prise dans les persécutions de leurs frères, mais sans nous arrêter pourtant à la date de 1499, donnée par plusieurs historiens pour la naissance de Diane, nous sommes portés à croire que la duchesse de Valentinois n'avait pas moins de quarante ans à l'époque où se passe cette histoire. Qu'importe toutefois, puisque Ninon de Lenclos conserva, quinquagénaire, toute sa puissance de séduction? Et certes les portraits de Diane, et surtout celui qui se voit encore aujourd'hui, couronné d'un croissant, parmi les admirables sculptures du Louvre, prouvent qu'elle était douée d'une de ces merveilleuses physionomies qui feraient presque excuser toutes les fautes des rois.

Même à l'époque dont nous parlons, Diane n'avait réellement point d'âge, et il n'était point de jeune fille, si jeune et si fraîche qu'elle fût, qui osât lutter avec elle. Vous dire comment les nuances de ses cheveux s'harmoniaient à celles de son teint, le charme que ses traits tiraient de leur irrégularité même, l'expression de ses regards, celle de ses sourires, les mille délicatesses de sa mobile physionomie, la grâce de ses moindres mouvemens; enfin tout ce qui plaisait, tout ce qu'on aimait en elle, tout ce qui fascinait et donnait le vertige, ce sont de ces choses que l'on sentira quelquefois, mais que l'on ne rendra jamais. Qu'importe donc de dire la couleur de ses cheveux, celle de ses yeux? A quoi bon détailler toutes les inflexions, toutes les lignes de ses traits, puisque avec la fidélité la plus minutieuse, on n'arriverait qu'à une peinture incomplète et matérielle?

Maintenant, si la plus admirable statue de marbre pouvait donner une idée de cette indescriptible poésie de la nature vivante, je vous dirais : allez voir au musée Charles X ce groupe de Jean Goujon, où Diane est représentée nue et demi-couchée sur un cerf; mais n'auriez-vous pas encore à objecter qu'il est permis de douter que la duchesse de Valentinois ait posé tout entière pour l'illustre sculpteur?

Après cela, on peut lire dans les mémoires du temps, que Diane était grande et admirablement proportionnée; que ses yeux étaient du plus beau brun, et ses cheveux extrêmement noirs et bouclés; qu'elle avait la peau très blanche, les dents, la jambe et la main fort belles; qu'elle ne fut malade qu'une seule fois; qu'elle prenait tous les jours un bain froid; qu'au cœur de l'hiver elle se lavait le visage avec de l'eau de puits; qu'elle n'usa jamais d'aucune pommade; qu'elle s'éveillait tous les matins à six heures; qu'elle montait souvent à cheval, excepté dans les dernières années du règne de Henri, après une chute qui l'avait rendue fort craintive; qu'elle faisait une ou deux lieues, venait se remettre au lit, où elle lisait jusqu'à midi, et que cette hygiène était le secret de la conservation presque miraculeuse de sa beauté.

Que ses ennemis l'aient accusée d'avoir employé des sortilèges pour se conserver le cœur du roi, cela était tout simple à une époque où les sciences occultes et l'influence de Belzébut jouaient un si grand rôle; ainsi devait s'interpréter cette magie incompréhensible de la beauté, de la volupté. Aujourd'hui peut-être chercherait-on à expliquer cette puissance de séduction par le rayonnement des fluides ou la projection magnétique; mais jusqu'à ce que la véritable cause en soit pénétrée, il faut se contenter de dire avec les contemporains, qu'il semblait s'échapper du corps de la duchesse des étincelles pénétrantes, que sa vue faisait frissonner et défaillir, que son contact brûlait, et qu'autour d'elle, à une assez grande distance, circulait une flamme invisible, qui venait assurément de la magie noire ou de l'enfer.

Et puis Diane ne portait comme personne le magnifique costume du temps, auquel elle ajoutait toujours quelque embellissement nouveau. En ce moment, toutes ses formes admirables étaient purement dessinées par une robe de satin bleu uni, fermée sur le devant, contre l'usage habituel, sans aucun pli, sans autre ornement qu'une garniture de satin blanc, et une cordelière de perles. Le corsage, légèrement taillé en pointe, mode du temps que perfectionna Marie Stuart en y attachant son nom, laissait voir la naissance de la gorge, et celle de Diane était d'une blancheur éblouissante, et d'une précision, d'une grâce de contours qui rappelait celle de la Vénus marine. Des manches également serrées, et trahissant l'exquise rondeur du bras, étaient relevées par d'autres manches larges, fourrés d'hermine, s'ouvrant à la saignée et tombant à la hauteur des genoux. La coiffure, formée de deux bandeaux traversés d'une ferronnière, se composait en outre d'un léger voile blanc, attaché sur le sommet de la tête et voltigeant en arrière. Des pendans d'oreilles et un collier de diamans, dont le prix avait absorbé les revenus d'une province, témoignait que la ravissante simplicité du costume que nous venons de décrire n'était qu'une coquetterie de plus; et il fallait en effet les formes divines de Diane pour oser porter encore ce costume, après la belle Ferronnière qui l'avait mis en honneur sous le voluptueux François Ier.

A l'aspect de l'enivrante sirène, une complète transformation s'était opérée dans tout l'être de Henri; sa physionomie, d'ordinaire si calme et peut être si froide, s'était ardemment animée; son œil lançait des éclairs, son teint brun se teintait de chaudes nuances, ses lèvres s'envermillonnaient et se dilataient; une âme de feu semblait circuler dans tout son corps, ses muscles s'électrisaient et tressaillaient par sursaut; et l'on voyait en lui l'homme se développer dans sa virilité puissante, comme en Diane, tous les enchantemens, tous les philtres, toute la suave beauté de la femme. La pompe, l'agitation, le tumulte des tournois, et toutes les luttes gymnastiques exerçaient sur Henri une influence presque semblable; mais, hors des lices et loin des femmes, cette énergique individualité redevenait terne et banale, c'était tout simplement un élégant et bel homme; Henri II, en un mot, n'était que physiquement le roi de France.

Quelques instans s'étaient écoulés depuis l'entrée de Diane, et pas une parole ne s'était encore échangée entre elle et le roi; la serrant d'un bras contre sa poitrine, Henri la parcourait tout entière des yeux et ne pouvait se lasser de la contempler, car, malgré les longues années de leur liaison, Diane lui paraissait chaque jour plus nouvelle : c'étaient ses cheveux, c'étaient ses yeux, son corsage, la courbure de ses hanches, c'étaient à la fois l'ensemble et chaque détail. Et la coquette, qui sentait sa puissance, se laissait complaisamment admirer, et variait à dessein le jeu de ses sourires, les caresses de ses regards, les poses de sa tête et de son buste.

— Ne vous exerciez-vous pas sur ce luth, quand je suis arrivée, Henri? dit-elle enfin, ne composiez-vous point pour moi quelque romance? Je n'aime point les rois poètes, ajouta-t-elle en répudiant, pour flatter son amant illettré, les souvenirs du galant et poétique François Ier. Non, je n'aime point les rois poètes, ils s'abaissent au niveau de ceux qui doivent les chanter : la véritable gloire des rois est d'inspirer des chants épiques et non d'en composer. Gagnez des batailles, Henri, emportez des villes et des cœurs, et laissez Ronsard célébrer vos conquêtes. Mais à quoi songez-vous donc, que vous ne me répondez point?

— C'était madame de Castro, c'était ma fille, répondit le prince d'une voix distraite et en continuant à contempler la duchesse avec délire! Diane! continua-t-il avec une exaltation emportée, que tu es belle! je deviendrai fou, vois-tu! je t'aime trop! quand je te sens là, près de moi, quand je te regarde, quand je te touche, quand je t'étreins contre ma poitrine, il se fait en moi je ne sais quel bouleversement, les sensations m'affluent au cœur, à la tête; mes idées sont dans un désordre... Quels sont les démons ou les anges qui ont pétri ce corps pour lequel, si je le perdais, je donnerais tout mon royaume de France? Oh! Diane, quand il plaira à Dieu, je mourrai, et ce sera sans regret, car j'aurai goûté avec toi et par toi tout ce qu'il y a en ce monde de plaisirs, de voluptés, de bonheur.

— Vous vivrez, Henri, et assez long-temps peut-être pour m'oublier.

— Que dis-tu là, Diane! quel blasphème! moi, t'oublier! mais je n'ai donc pas encore pu te faire comprendre ce que tu me fais éprouver; mais tu ne sais donc pas que je t'aspire dans l'air, que ta vie est ma vie, que depuis que je te connais, ta pensée est entrée dans mes artères, dans mes veines, qu'elle y circule, qu'elle y bat comme un feu vivant, que je t'aime, enfin; que...! mais la langue n'a point de mots... je ne puis ni comprendre ni dire... je sens seulement, Diane, que tu es belle, que je t'aime!... Oh! oui, tu es belle! mais sais-tu tout ce que ce mot exprime, combien d'amour, de ravissement, d'adoration! car tu n'es pas une simple femme, Diane; Dieu t'a donné quelque chose de son pouvoir et de sa beauté... ou, l'on a dit vrai, tu as fait un pacte avec je ne sais quels génies... peut-être es-tu la fille d'une fée, ou tu es toi-même une fée puissante, et tu sais quelque mystérieuse fontaine d'où tu sors chaque jour plus jeune, plus radieuse, plus enivrante...

— Je ne suis point une fée, Henri, je ne suis qu'une pauvre femme mortelle, que votre amour rend bien heureuse, et tout mon secret pour conserver quelque chose de ce que vous aimez en moi, c'est de rester aimée de vous.

— Alors, ma Diane, tu seras toujours jeune, toujours belle!

— Certainement, Henri, cela dépendra de vous; et aussi de madame de Castro..... Elle ne m'aime pas, votre fière Diane; voyons, Henri, que vous disait-elle? car c'est de moi qu'elle vous parlait?

— Ni bien ni mal; jamais je ne l'ai entendue prononcer votre nom.

— Voyez-vous, Henri, la dédaigneuse. Eh bien, je l'avoue, cela m'attriste, cela m'humilie; partout elle évite de me rencontrer; quand je passe, elle détourne la tête ou presse son cheval.

— C'est une fille capricieuse et farouche, je le sais; mais ne sois ni inquiète ni jalouse, ma Diane; elle a sans doute la plus grande part de mon cœur de père, mais, toi, tu as tout mon cœur d'amant.

— Si encore c'était une de vos filles légitimes, je concevrais le mépris qu'elle fait de moi.

— Voyons, Diane, ne me fais point de peine. Encore une fois je vous aime toutes deux, et vous avez chacune assez de place dans mon cœur pour que l'une ne cherche point à chasser l'autre ; et ici, Diane, c'est toi qui as tort, car madame de Castro souffre paisiblement ton règne, elle te laisse la politique et la dispensation des faveurs royales, et ne demande pour elle que l'empire des forêts et des carrousels.

— Qu'elle soit tranquille, je ne chasserai point sur ses terres ; c'est déjà trop que pour vous plaire je consente à monter à cheval et que je vous accompagne en croupe.

— Oui, peureuse, et c'est un de mes ennuis : de la déesse Diane, tu ne veux que le croissant pour régner sur la nuit et briller entre les courtines, et tu laisses à madame de Castro le carquois et les flèches.

— Je suis femme, Henri, et veux le rester ; et ce n'est point à vous à vous en plaindre. Mais dites-moi, n'était-ce point à propos de son mariage avec le duc François que madame de Castro venait vous entretenir?

— Justement. Mais laisse-moi te regarder, t'aimer, Diane, et ne me parle point de ces affaires qui m'importunent et me contrarient.

— Comment cela? Mais hier encore, ce mariage vous souriait tant?

— Oui, et maintenant c'est Diane qui ne veut plus.

— Et il suffit d'un caprice de Diane pour déranger les calculs de votre politique.

— Que veux-tu, elle vient à moi, escortée des protestations de Bonnivet et des gémissemens de Jeanne de Pienne.

— Ah ! Bonnivet proteste ; ne serait-ce pas en qualité d'Endymion?

— Tu abuses de ma faiblesse, Diane, et tu me froisses dans ce que j'ai de plus cher... après toi pourtant, méchante ; sais-tu bien que le propos que tu viens de tenir, sortant d'une autre bouche, serait une condamnation aux galères, sinon à mieux ?

— Et que feriez-vous, Henri, aux mauvaises langues qui ne m'épargnent guère, moi qui pourtant m'étudie assez à ne leur point laisser de prise ?

— Ne suis-je point ton chevalier, Diane? et n'est-ce pas assez, pour répondre aux médisans, que je me pare de tes couleurs, et qu'une même devise nous soit commune ?

— C'est vrai, Henri, l'amour et l'estime du plus grand roi de la chrétienté me suffisent. Mais quelles sont vos intentions sur ce mariage ? reprit la duchesse de Valentinois qui, primitivement hostile à Diane de France, et partagée entre les Montmorency et les Guise, auxquels elle tenait par des interêts différens, avait hésité jusqu'alors à se prononcer sur cette affaire.

— Mes intentions? je n'en ai aucune ; je ne vois qu'embarras sur embarras... On fera une enquête, la chose traînera en longueur, et puis..... Mais encore une fois, Diane, cette affaire m'est insupportable; je t'en supplie, parlons d'autre chose. Dieu merci, le ciel continue à se découvrir, il fera beau cette après-midi, et nous nous dédommagerons amplement des privations de la semaine.

— Est-ce encore une chasse que vous complotez?

— Rassure-toi, ma Diane; ce ne sont que quelques courses dans la forêt, à l'ombre des grands chênes, et tu n'y prendras point de part, si tu veux, tu resteras sous le frais de la feuillée, parmi les juges du camp.

— A cette condition, je le veux bien. Maintenant, et avant que le dîner soit servi, j'ai à vous parler d'affaires sérieuses : vous plairait-il, sire, me donner audience?

— Nous l'accordons volontiers à notre féale et amée Diane, qui va préalablement s'asseoir sur nos genoux royaux, pour que nous ne perdions aucune de ses précieuses paroles.

La duchesse se prêta de fort bonne grâce au désir du monarque, et lui passant un bras autour du cou, et de l'autre main jouant avec son médaillon de Saint-Michel, elle aborda d'une voix caressante et en entre-mêlant ses paroles de baisers, le chapitre toujours nouveau de ses exigences : lascive et légère causerie, d'où éclosaient chaque jour les plus graves résolutions, et qui faisait les destinées de la France.

—Sire, votre grandeur me ruine; le château d'Anet et la maison de Chenonceaux-sur-Cher que j'ai fait bâtir pour vous recevoir dignement, ont absorbé mes revenus pour plus de dix ans; je viens de m'acquitter envers Philibert Delorme, mon architecte et le vôtre, et vous voyez devant vous une mendiante, bientôt réduite pour subsister à vendre les dons qu'elle tient de vous, et notamment le collier que voici, et qui dans ma pensée fait partie des diamans de la couronne; et pourtant, sire, j'eusse mieux aimé le garder pour une occasion meilleure, et le réserver à vos besoins particuliers.

— S'il vous plaît, ma Diane, ce collier restera vôtre; ma couronne est assez riche et brillante d'elle-même, et pourrait sans perdre de son éclat céder encore quelques-uns de ses joyaux; il ne sera pas dit non plus que l'amie du roi de France en soit venue au point d'être poursuivie pour dettes. Il nous est mort depuis peu quelques titulaires de bénéfices, nous vous autorisons à en tirer le prix des nouveaux acquéreurs; nous avons aussi mis en réserve pour vous un gouvernement de province, avec quelques maréchaussées et compagnies de gens d'armes; si les sommes qui en résulteront ne suffisent pas à vos besoins, notre trésor paiera le reste. Maintenant, ma belle Diane, calculons, et payez-moi un baiser par bénéfice.

— Ce n'est point seulement pour moi que j'ai à vous demander, Henri; j'ai mes protégés, les savans, les historiens et les poètes, qu'il faut payer en beaux deniers comptans, pour qu'ils apprennent votre grandeur à la postérité, et me réservent une petite place à côté de vous. D'ailleurs, sire, les favoris des muses doivent être ceux des rois, et comme les uns et les autres sont fils des dieux, ils se prêtent mutuelle assistance; les uns ont hérité des hautes vertus, les autres, du langage rythmé de leurs pères, et les actions divines ne peuvent être célébrées que dans la langue des dieux. C'est pourquoi, sire, je vous demande deux mille livres pour aider le sieur de Ronsard à faire imprimer son recueil d'*odes*, *hymnes*, et *chansons*; l'abbaye de Reculs, en ce moment vacante, pour l'Ovide français, le sieur Melin de Saint-Gelais, votre bibliothécaire; l'archevêché de Bordeaux pour le sieur Joachim Du Bellay; une somme de trois mille écus d'or pour votre médecin Fernel, qui a dépensé tout son patrimoine en achats de livres, manuscrits, machines et travaux de chimie. Voyez-vous, Henri, les savans ne sont pas moins utiles que les poètes, et la restauration de la médecine hypocratique, opérée sous votre règne, ne sera pas moins glorieuse à votre nom, chez les races futures, que la restauration de la muse française. Oui, l'on dira à votre louange qu'en même temps que votre poète Ronsard pindarisait et retirait les lettres françaises de l'ignorance où elles étaient de la belle antiquité, votre médecin Fernel purgeait la médecine de l'empirisme dont les Arabes l'avaient souillée. Il sera bon aussi de donner des encouragemens au savant Jules Scaliger, en ce moment médecin à Agen, et philosophe aussi profond qu'excellent poète. Enfin, Henri, continua Diane, en tirant de son sein un petit parchemin noué de rubans, j'ai reçu d'un jeune homme, qui promet de rivaliser bientôt avec Ronsard lui-même, un charmant cadeau dont je veux vous faire part; c'est une ode amoureuse à laquelle je n'ai encore rien vu de comparable; la voici, mais il faut que ce soit vous qui la lisiez.

Alors Henri II, sans détacher ses bras du corps souple de l'enchanteresse, lut à voix haute la pièce suivante que la duchesse lui tenait devant les yeux.

Douce et belle bouchelette,
Plus fraîche et plus vermeillette
Que le bouton aiglantin,
  Au matin;
Plus suave et mieux fleurante
Que l'immortelle amarante,
Et plus mignarde cent fois
Que n'est la douce rosée,
Dont la terre est arrosée
Goutte à goutte au plus doux mois.

Baise-moi, ma douce amie,
Baise-moi, ma chère vie,
Baise-moi mignonnement,

Serrement,
Jusques à tant que je die :
Las ! je n'en puis plus, ma vie,
Las ! mon Dieu ! je n'en puis plus.
Lors ta bouchette retire,
Afin que mort, je soupire ;
Puis me donne le surplus.

Ainsi, ma douce guerrière,
Mon cœur, mon tout, ma lumière,
Vivons ensemble, vivons
Et suivons
Les doux sentiers de jeunesse ;
Aussi bien une vieillesse
Nous menace sur le port,
Qui, toute courbe et tremblante,
Nous attraîne chancelante,
La maladie et la mort.

Oh ! le gentil poète ! s'écria Henri, qui avait interrompu plusieurs fois la lecture de cette ode anacréontique pour en pratiquer les doux préceptes.

— Il a nom Remy Belleau, reprit Diane, et que pensez-vous que vaille cette mignonne poésie ?

— Cinq cents écus au moins, et il les recevra.

— Après les écrivains qu'il faut encourager, il en est qu'il faut punir, continua la duchesse, et puisque leurs personnes nous ont échappé par la fuite, proscrivons au moins leurs livres qui sont en notre pouvoir. Prenez garde, Henri, vos magistrats se relâchent de la sévérité salutaire qui seule peut comprimer l'hérésie toujours en révolte ; le royaume est inondé de libelles contre notre sainte religion ; ni vous ni moi, Henri, n'y sommes épargnés, non plus que vos ministres et capitaines. Il faut un frein à ce débordement, il faut remettre les anciens édits en vigueur, en publier de nouveaux, et prononcer les peines les plus sévères contre les recéleurs ou possesseurs de ces livres infâmes. On m'a, entre autres, donné avis d'un écrit fort séditieux qui court secrètement à Bordeaux, et qu'on attribue à un jeune conseiller au parlement de cette ville, nommé Etienne de la Boëtie. Dans ce libelle qui a pour titre, *Discours de la servitude volontaire* ou *le contre un*, il paraît que votre pouvoir royal est attaqué avec une violence qui ne se peut dire ; et tenez, voyez sur cette lettre quelques expressions qui en ont été retenues : *Quel malheur, ou quel vice, de voir un nombre infini, non pas obéir, mais servir; non pas être gouvernés, mais tyrannisés d'un seul, et non pas d'un Hercule ni d'un Samson, mais d'un seul hommeau, et le plus souvent du plus lâche et féminin de la nation, tout empêché de servir virilement à quelque femmelette.*

— En effet, voilà un mal appris et un sot, reprit Henri II en souriant, traiter ma Diane de femmelette? C'est un vrai rustre provincial ; et moi qu'il appelle un hommeau tout empêché de te servir virilement... N'est-il pas vrai qu'il a menti, ma Diane?

— Vous prenez la chose bien gaîment, sire ; ne savez-vous point que c'est avec de tels propos qu'on ébranle les trônes les plus solides ?

— Laisse faire, ma mignonne, le roi de France a son bon droit et son épée, personne ne persuadera à mon peuple que le roi, mon père, et moi, nous sommes des hommeaux ; les batailles que nous avons gagnées en personne répondent pour nous, et nous ne pouvons croiser le fer avec une plume d'oie. Toutefois nous en ferons écrire au gouverneur de la province.

— Lisez encore cette phrase, Henri, pour mieux juger de l'audace de ce la Boëtie : *Vous semez vos fruits, afin qu'il en fasse le dégât ; vous meublez et remplissez vos maisons, pour fournir à ses voleries ; vous nourrissez vos filles, afin qu'il ait de quoi saoûler sa luxure ; vous nourrissez vos fils afin qu'il les mène en ses guerres, qu'il les mène à la boucherie, qu'il les fasse les ministres de ses convoitises, les exécuteurs de ses vengeances...*

— Pures phrases d'école, ma Diane ; c'est dans les lettres latines et les annales de la république romaine qu'on puise toutes ces balivernes, et il faudra du temps avant qu'elles arrivent à l'entendement des bonnes gens à charrues et à navettes : n'importe, mon père a eu tort de s'entourer de tous ces rhéteurs et pédagogues qui ne sont bons qu'à fouiller le levain des vieilles discordes, et ce n'est point moi qui aurais fondé à Paris le Collège-Royal et la bibliothèque de Fontainebleau, ni ambitionné le titre de *restaurateur des lettres*. Tiens, Diane, si tu voulais m'en croire, j'emploirais à l'acquisition de bons archers, lansquenets et gendarmes tout l'argent que tu me fais donner pour cette cohue de savans poudreux qui ne savent que ce qu'il faudrait ne pas savoir. La vraie science, vois-tu, et la bonne, c'est pour les gouvernans de bien savoir commander, et pour les gouvernés de bien savoir obéir. J'en excepte Ronsard qui est aussi bon gentilhomme et bon diable que qui que ce soit dans mon royaume, et qui lance un ballon aussi dextrement et aussi haut que je pourrais le faire.

— Tout à l'heure, Henri, vous disiez qu'un roi ne peut croiser son épée avec la plume d'un écrivain, c'est justement pour opposer de bonnes plumes aux mauvaises que je vous engage à vous composer une armée de savans et de poètes ; ces gens-là, Henri, ne vous sont pas moins nécessaires que les hommes d'armes, et si les uns défendent votre personne et les frontières de votre royaume, les autres défendent votre pouvoir et le garantissent de l'envahissement des dangereuses doctrines.

— Tu as toujours raison, mon gentil ministre, et ton éventail entend mieux le gouvernement des hommes et des choses que mon sceptre et ma main de justice.

— Votre main de justice, Henri, encore une fois, il faut l'appesantir sur les luthériens, il faut faire passer l'hérésie par le fer et le feu.

— Tu feras ce que tu voudras, mignonne, pour le bien de la religion; mais tu n'exigeras pas, j'espère, que je t'accompagne une seconde fois devant le bûcher. Car, vois-tu, depuis le jour où je m'allai mettre près de toi, à une fenêtre de l'hôtel du sieur de la Roche-Pot, rue Saint-Antoine, pour voir brûler quelques protestans, j'ai toujours présente à l'esprit l'image effrayante de ce couturier qui tint la vue fixée sur moi, tellement tenace et hardie, que je fus contraint de quitter la place. Plusieurs fois, la nuit, je revis cette étrange figure; et j'entendais toujours aussi les insolentes paroles qu'il t'adressa à toi-même, ma pauvre Diane; tu l'interrogeais sur sa foi, et voici ce qu'il te répondit, oh! je m'en souviendrai toujours : Allez, madame, vous devez bien vous contenter d'avoir infecté la France, sans mêler votre venin et ordure parmi une chose tant sainte et sacrée, comme est la vraie religion et la vérité du fils de Dieu.

— Grand merci, Henri, votre mémoire est fort galante.

— Que veux-tu, ma Diane, ce pauvre homme fit sur moi une si grande impression! je t'avouerai même que je me suis maintes fois accusé de sa mort, comme de celle d'un innocent et d'un martyr; il y avait une telle conviction dans ses paroles, et son air, son geste étaient si solennels! Oh! l'on ne m'y reprendra plus, ce spectacle m'a fait trop de peur! Vois-tu, Diane, il n'y a que Dieu qui puisse assister aux supplices qu'il ordonne, car lui seul est sûr de sa justice.

— De mieux en mieux, Henri; ce couturier était le saint et nous sommes les impies. Mais pour être tout-à-fait sûr de la justice des condamnations, que ne transportez-vous la connaissance des crimes d'hérésie au tribunal vraiment compétent, en un mot, à la juridiction cléricale? Comment voulez-vous qu'un corps qui compte lui-même des hérésiarques dans son sein, soit juste, impartial, infaillible en matière de religion? Enlevez, sire, enlevez au parlement un droit qu'il n'est pas apte à remplir; moquez-vous de ses résistances, vous êtes le roi! appelez le saint-office en France, demandez à notre saint-père le pape un bref apostolique, avec charge, pour les prélats les plus éminens du royaume, de procéder à l'introduction et observation de la sainte inquisition en forme de droit, et vous verrez s'améliorer bien vite le triste état où nous sommes.

— Je comprends en effet que tout n'en irait que mieux si le parlement se bornait aux affaires civiles, et si les choses de religion étaient livrées à un tribunal spécial. Nous songerons à cela, mignonne, nous en parlerons à monsieur de Lorraine.

— Ne l'oubliez pas, Henri; souvenez-vous aussi qu'une excessive bonté est souvent plus nuisible aux rois qu'une excessive sévérité; les appuis de leur trône doivent être en cœur de chêne doublé d'acier, et non pas en bois de sureau et en cire.

— Voilà un mot, Diane, qui me rappelle quatre vers très plaisans, qui se sont trouvés un jour dans mon aumônière je ne sais comment :

Sire, si vous laissez, comme Charles désire,
Comme Diane fait, par trop vous gouverner,
Foudre, pétrir, mollir, refondre, retourner,
Sire vous n'êtes plus, vous plus n'êtes que cire.

Tu vois, ma Diane, qu'à les croire, je ne serais qu'une cire molle entre tes mains; mais, encore une fois, n'est-ce pas qu'ils en ont menti?

— En ce moment même, que voulé-je autre chose que faire de vous un homme et un roi? Le saint-office, Henri, le saint-office, et ils verront si vous êtes de cire.

— Quant à Charles de Lorraine, la première tête de mon conseil, après la tienne pourtant, mon joli ministre, il est vrai qu'il m'obsède un peu...

— Quand il devient trop pressant, n'avez-vous pas une ressource? menacez-le, Henri, de l'emmener avec vous à la chasse.

— Tu dis vrai, reprit le roi en riant, Charles

est bien le plus mauvais cavalier de mon royaume, après toi pourtant, si tu le permets, ma Diane?

— Moquez-vous de moi tant que vous voudrez, mais ne me faites plus monter à cheval.... Pour que l'établissement du saint-office soit tout-à-fait efficace, il faut, Henri, mieux choisir vos alliances que par le passé; votre père à cet égard avait trop peu de scrupule. Par exemple, la chrétienté, ni Dieu peut-être ne verront jamais d'un bon œil votre aillance avec les Turcs.

— A cet égard, ma mie, rassure-toi; mon bon cardinal, qui m'a déjà donné l'absolution du passé, me donnera bien encore celle de l'avenir.

— Mais les princes de votre communion seront-ils aussi tolérans? ne vous accusent-ils pas encore d'avoir trempé dans l'expédition odieuse du capitan-pacha Sinan et du corsaire Dragut contre Agosta, de Sicile, l'île de Malte, l'île de Gozze, et les chevaliers de Saint-Jean renfermés dans Tripoli?

— J'ai donné à l'Europe ma parole de roi que j'étais innocent des violences exercées contre lesdits chevaliers, et cela me suffit.

— Je concevrais encore certaines exigences politiques et un traité avec les Osmanlis, s'il est indispensable; mais vos liaisons avec les réformés allemands sont-elles excusables? votre haine contre Charles-Quint et Philippe II peut-elle les motiver?

— Ceci, ma mie, ne me regarde point, c'est l'affaire du cardinal; je te donne tout pouvoir pour débattre cette question avec lui.

— Mais votre amitié pour l'hérétique Jeanne d'Albret, digne fille de cette impie Marguerite qui recueillait, au mépris de votre justice, ceux de vos sujets échappés à leurs condamnations?

— Que veux-tu, Diane, il faut bien accorder quelque chose à la parenté; oublie les torts de ma tante à ton égard, et pardonne à ma fière cousine, ainsi qu'à madame de Castro, de ne pas voir en toi la reine de France : n'en as-tu pas d'ailleurs les droits les plus doux ?

En ce moment le galop d'un cheval retentit dans la cour du château; le prince écarta les draperies de velours dont les vitraux coloriés étaient à demi voilés, et reconnaissant le connétable, il se leva brusquement.

— Montmorency! s'écria-t-il avec humeur, je gage que c'est de ce maudit mariage qu'il vient me parler; quelle tyrannie! je ne le recevrai pas; Diane, charge-toi de ce soin.

— Grand merci, la tâche est agréable; Henri, je vous en conjure, donnez ce vieux bourru à tenir en laisse à quelqu'autre.

— Fort bien, ma mignonne, de la couronne vous ne voulez que les fleurons, et m'en laissez tout le fardeau ; résignez-vous, je vous prie. Bien mieux, ma mie, pendant tout le dîner, qui doit approcher et que nous ferons court, je te le promets, il faudra le retenir près de toi ; une fois dans la forêt, je ne le crains plus. Justement il a endossé le harnais ; ah ! ah ! mon compère, si vous voulez nous joindre, nous vous ferons suer d'ahan.

IV.

Un Carrousel.

Après le dîner officiel, que nous ne décrirons point, parce que les romanciers-chroniqueurs ne nous ont laissé rien de nouveau à dire à cet égard, toute la cour sortit du château et courut joyeusement vers la forêt.

Le connétable, que la plus légère contrariété irritait vivement, et qui, impatient de prévenir le roi de l'arrivée de Bonnivet et de Jeanne de Pienne, avait brusqué pendant tout le repas l'agaçante duchesse, ne se vit pas plus tôt à cheval que, s'échappant sans excuse d'auprès d'elle, il courut vers Henri pour en obtenir un moment d'entretien. Mais, aux premières paroles, le prince lui ferma la bouche avec ces mots : « à demain les affaires, connétable, » et il piqua des deux.

On arriva bientôt dans une vaste allée où des préparatifs avaient été faits à la hâte. Les dames et les dignitaires à qui la gravité de leurs fonctions ou leur âge ne permettait pas d'entrer en lice, prirent place sur des sièges disposés à droite et à gauche, les cavaliers se rangèrent dans une enceinte disposée à cet effet, et l'on commença la *course à la bague.*

Ce jeu était à peu de chose près celui que nous connaissons aujourd'hui, seulement les règles en étaient beaucoup plus sévères. La bague s'enlevait à la pointe de la lance; la potence à laquelle elle était suspendue, se plaçait aux deux tiers de la distance que devaient parcourir les cavaliers; on franchissait le premier tiers, au galop et la lance haute; puis on prenait le grand galop et l'on baissait la lance ; il fallait arriver ainsi jusqu'à la bague, sans remuer la tête ni les épaules, tenant le coude haut, afin que le tronçon de la lance ne touchât ni au bras ni au corps, et que la main seule soutînt la lance, qui devait suivre une ligne horisontale au-dessus de l'oreille droite du cheval ;

pour achever la course, on reprenait le petit galop. Trois prix étaient distribués : le premier à celui qui avait emporté le plus de bagues; le second, à celui dont la devise était jugée la meilleure par les dames; le troisième, à celui qui courait de meilleure grâce.

Le plus beau et le plus adroit coureur était assurément Henri II; il maniait sa lance et son cheval avec une aisance, une dignité qu'eussent enviée les plus beaux temps de la chevalerie : du haut de son cheval blanc caparaçonné de velours et d'or, il était admirable.

Un spectacle vint d'abord égayer la cour : c'était l'émir Hussein, à qui l'on avait offert également une lance et qui, avec son petit cheval arabe et sa petite taille, n'arrivait pas au coude des autres cavaliers; pétulans comme des écureils, l'un et l'autre produisaient un singulier contraste au milieu de la solennité et de la raideur des groupes qu'ils parcouraient. Mais les sourires se changèrent en vifs applaudissemens, quand on vit que le subtil enfant du prophète, aguerri dès long-temps aux courses du djérid, ne manquait pas une seule bague. Il reçut donc le grand prix qui se composait d'une écharpe brodée par la reine.

Ce fut ensuite la course de la lance *à la quintane* : un chevalier de bois peint, monté sur un pivot, remplaçait la potence; il devait être frappé soit au front, soit au cœur; si le cavalier assaillant l'atteignait en une autre place, la figure mobile tournait rapidement sur elle-même et assénait sur le dos du maladroit un coup de plat de sabre.

L'honneur de la première course ayant été accordé à l'émir, celui-ci, qui ne connaissait pas ce jeu, frappa bravement le chevalier de bois au milieu du corps, et se sentant tout à coup tomber sur les épaules une vigoureuse réplique, se retourna en colère pour savoir quel était l'insolent agresseur; s'apercevant de sa méprise, il se mit à rire en montrant le poing au chevalier impassible; et la course continua, après qu'on eut bien ri de cet incident. Mais quand le tour de l'émir fut revenu, et qu'il eut pris le petit galop, puis le grand galop comme tous les autres,—arrivé près du chevalier de bois, il jeta sa lance, tira son cimeterre, fit sauter la tête du mannequin aussi lestement que ci c'eût été une tête véritable, et, la ramassant en courant, alla la déposer aux pieds de la reine. Le prix lui fut encore décerné en récompense de cet acte de force et d'adresse.

Jaloux du double succès de l'étranger, Henri voulut en remporter un autre; n'ayant point encore rencontré de supérieur dans l'art de manier un cheval, il fit proposer à Hussein quelques courses simples; l'émir accepta en prodiguant les saluts orientaux. Il s'agissait de parcourir plusieurs fois la grande avenue où la cour était réunie, en tournant un certain nombre de fois autour de quelques gros arbres qui la terminaient. Henri, qui montait un excellent cheval d'Espagne, partit comme l'éclair; Hussein s'élança en même temps et se maintint derrière lui à une longueur de cheval. Arrivé au bout de l'avenue, le roi fit non seulement le tour des arbres autant de fois que la convention le portait, mais encore il exécuta en cet endroit les évolutions les plus brillantes et les plus dangereuses. Puis il revint avec une vitesse plus grande encore que celle du départ. Toujours à une longueur de cheval de son royal concurrent, l'émir répétait toutes les hardiesses de Henri, le suivait dans tous ses détours; et ils arrivèrent tous deux ainsi au but.

Les cris, les battemens de mains éclatèrent comme un tonnerre à l'issue de cette course ardente, où la vélocité et la souplesse du cheval, réunies à l'adresse et à l'intrépidité de l'homme avaient déployé tout ce qu'elles peuvent produire. La cour trouva d'un commun accord que le roi ne s'était jamais montré *si grand;* et l'on admira fort aussi la politique ingénieuse de l'émir qui, tout en soutenant l'honneur de sa nation, était resté un hôte respectueux et un ambassadeur intelligent.

Emue des éclats de la trompette et du bruit des applaudissemens, Diane de France, qui jusqu'alors n'avait pu se mêler aux courses, s'élança en ce moment sur son fin coursier de Naples et s'aprochant de l'étranger : « A notre tour, » lui dit-elle en le défiant du geste.

Devant cette belle princesse, qu'il n'avait point encore remarquée au milieu de l'éblouissant cortège des dames de la cour, Hussein demeura muet d'admiration ; sa bouche se dilatait avec passion sous son épaisse moustache, et ses grands yeux noirs s'allumaient étrangement.

Diane frappa vivement son cheval de sa houssine, la cavale de l'émir, quoi que son maître troublé ne l'eût pas lancée à la suite, prit d'elle-même son essor, et eut bientôt dépassé le coursier napolitain. Alors Hussein, revenant à lui, ralentit la fougue de sa cavale jusqu'à ce que Diane eût repris un peu d'avance ; et tant que la course dura, penché ardemment vers la princesse, il la suivit en aspirant les parfums qui émanaient d'elle et en baisant son voile dont le vent lui jetait quelquefois les plis au visage.

Personne, excepté Diane, n'eut le secret de la nouvelle complaisance de l'émir, et chacun crut que sa cavale fatiguée avait fait tout ce qu'elle avait pu. La princesse obtint donc le prix de cette seconde course. Mais, intérieurement flattée de la sauvage admiration de l'étranger et ne voulant point usurper une récompense qu'elle savait n'avoir méritée qu'à demi, elle lui passa autour du cou la chaîne d'or qu'elle venait de recevoir. Hussein, enivré lui témoigna sa reconnaissance par les gestes les plus expressifs, et la força d'accepter à son tour le croissant d'or garni en diamans et en perles, qui étincelait à son turban. Diane consentit à l'échange en souriant et attacha le croissant à son chaperon; et tous le monde battit des mains à la courtoisie du Turc et à l'à-propos de cette parure.

Quelques courses semblables furent fournies par les autres cavaliers, sans que l'émir voulût s'y mêler, comme s'il lui suffisait de s'être mesuré avec le plus grand roi et la femme la plus belle de la chrétienté, ainsi qu'il appelait Henri II et Diane de France; ou peut-être parce qu'il ne voulait pas trahir le secret de ses adroites concessions, en se laissant emporter à une supériorité trop grande sur les autres cavaliers. Puis chaque seigneur laissa son cheval à son écuyer et se rapprocha des dames, suivant l'exemple du roi, qui venait de s'asseoir près de Diane de Poitiers, en lui mettant publiquement au bras le bracelet qu'il avait reçu pour prix de la course.

Non loin de là, Catherine de Médicis pâlissait de colère; mais, trop fière pour témoigner de la jalousie et du dépit, elle continuait à causer gaîment avec quelques dames des divers incidens de la course à la quintane.

Elle avait alors trente-sept ans, sa taille se développait dans toute sa majesté, et sa figure imposante venait d'acquérir complètement le caractère de beauté sévère qu'on admire dans ses portraits; car ce n'était pas une de ces femmes délicates et frêles dont la beauté expire avec leur première jeunesse; Catherine de Médicis n'avait en quelque sorte jamais été jeune; virile et puissante, elle devait mettre un long temps à revêtir toute sa force, comme le chêne dont l'énergique maturité a vu périr tant de fleurs éphémères. Henri, qui ne comprenait pas cette forte et sévère nature, s'éloignait donc de la reine, et se laissait retenir par le charme essentiellement féminin dont la duchesse de Valentinois était douée; et Catherine, qui jugeait son mari, n'était nullement jalouse de l'espèce d'hommage qu'il lui refusait pour le porter à une autre; ce qu'elle voyait avec impatience c'était l'usurpation de ses droits royaux; c'était la nullité politique où la réduisait une courtisane. Mais elle avait confiance en elle-même et en l'avenir, et elle attendait.

Habituellement elle portait un costume extrêmement sévère, presque toujours de velours noir, et fort peu de bijoux; mais en ce moment elle avait cédé aux exigences de l'étiquette, et elle s'était laissé parer d'une robe de toile d'argent avec des accompagnemens magnifiques.

Au reste voici des détails plus amples, quoique un peu familiers et indiscrets, que donne Brantôme, ce grand admirateur de toutes les puissances de la cour en général et de Catherine de Médicis en particulier.

— Elle étoit de fort belle et riche taille, de grande majesté; toutes fois fort douce quand il le falloit; de belle apparence et bonne grâce; le visage beau et agréable; la gorge très belle, et blanche et pleine; fort blanche aussi par le corps; et la charnure belle, et son cuir net, ainsi que j'ai ouy dire à aucune de ses dames; et un embonpoint très riche; la jambe et la grêve très belle, ainsi que j'ai ouy dire à ses dames, et qui prenoit plaisir à se bien chausser, et à avoir la chausse bien tirée et estendue. Du reste, la plus belle main qui fust jamais veue, si crois-je.

En somme, il dit qu'elle était fort *désirable* et agréable. On conçoit l'impertinence de cette expression de la part d'un homme qui, dit-on, fut admis à consoler de sa répudiation la première femme de Henri IV, Marguerite de Valois.

Derrière la reine était placé un homme aux traits rudes, et qui jetait des regards menaçans sur Diane de Poitiers, à laquelle le roi prodiguait toujours ses empressemens; c'était le maréchal de camp, Gaspard de Tavannes, ce hardi aventurier qui fit ses premières armes dans les bandes noires de Jean son oncle, et qui enleva à la pointe de son épée et sans protection aucune les hautes positions auxquelles il s'éleva tour à tour; le contempteur le plus altier des puissances de la cour, et qui, lorsque Henri II signala son avènement au trône par la disgrâce des amis de François Ier, dit fièrement aux Montmorency, aux Guise et à la favorite : « Ma fortune ne dépend pas de vous, elle est dans ma tête et dans mon bras. » Et enfin l'un des plus vaillans hommes de guerre de son temps, car il disputa à l'illustre François de Guise l'honneur de la journée de Renty, en mettant en déroute la cavalerie impériale par trois charges consécutives.

— Madame, dit-il tout bas à Catherine de Médicis en lui montrant la duchesse de Valentinois, voici encore cette impudente qui scandalise toute la cour et ensorcèle le roi; si vous le voulez bien, je sais un moyen de délivrer vous et la France de cette peste, et de vous rendre le cœur de votre mari.

— Et lequel, s'il te plaît, mon brave Gaspard?

— C'est de lui couper le nez, et je m'en charge.

— Le moyen est plaisant; serait-ce à ton avis, que le principal charme de cette belle dame serait dans son nez, comme la puissance de Vénus était dans sa ceinture, et celle des fées dans leur baguette?

— Je ne badine point, madame, je vous jure; et pas plus tard que ce soir, si vous voulez bien me dire un mot, je vous apporterai le nez de la catin.

— Songes-tu à ce qui t'arriverait, le cas échéant, car tu sais que je ne peux pas grand' chose à cette heure?

— Il y va pour moi de la tête, je le sais bien, mais je vous aime et j'aime mon pays autant que je hais cette femme, et qu'importe ma vie quand il s'agit de la France et de vous?

— Non, mon brave, mon loyal ami, je n'accepte point ton offre, j'aime mieux attendre mon secours de Dieu et du temps; et puis, Tavannes, ta vie m'est chère, et j'ai besoin de me faire un rempart d'amis comme toi pour des jours pires ou meilleurs.

— Que les uns ou les autres viennent, madame, je vous suis dévoué, tête et bras, corps et âme. Oh! pourquoi le roi se laisse-t-il endiabler par les cajoleries de cette misérable! que ne vous accorde-t-il vos droits de reine, que ne vous remet-il son sceptre en les mains, en gardant pour lui la lance dont il fait si bon usage! car je le sens, madame, vous seriez une grande reine.

— Je crois bien, mon Gaspard, que j'aurais parfois quelque bon conseil à donner, si l'on m'en demandait, mais encore une fois, j'attends, j'ai de la patience; et, vois-tu, il est bien des grands hommes auxquels il n'a manqué que cette qualité-là. Maintenant, mon fidèle, éloigne-toi un peu, car on croirait que nous conspirons, et de cela le profit en vaut mieux que l'honneur.

En achevant ces paroles, la reine se tourna vers un vieillard enveloppé de la robe de docteur, et dont l'air triste et la contenance abattue contrastaient avec les joyeuses physionomies au milieu desquelles il se trouvait isolé. C'était le docte Jean Fernel, le plus célèbre des médecins français du XVIe siècle, et nommé tout récemment premier médecin de la cour. Cet emploi, dont il avait long-temps repoussé l'honneur, faisait le malheur de ses derniers jours; les habitudes de la cour, ses pompes, son bruit, sa frivolité, étaient antipathiques à cet esprit austère, à ce cœur attristé des misères de l'humanité, à laquelle il dévoua sa vie. Forcé de quitter Amiens, son pays natal, où il se reposait dans la vie privée, de ses immenses travaux, il avait encore, pour ajouter à son ennui, le tableau toujours renaissant du chagrin de sa femme, qui, également obligée de quitter sa famille, ne pouvait non plus s'en consoler. Aussi la pauvre femme de province mourut-elle bientôt, et son mari ne lui survécut que d'un mois.

— Eh bien! mon vieil ami, lui dit Catherine avec bonté, toujours cette mélancolie noire quand tout le monde est joyeux? vous qui guérissez tous les maux, ne pouvez-vous donc vous guérir de celui-là?

— Hélas! madame, nous avons besoin, ma pauvre femme et moi, de respirer l'air natal.

— C'est un sacrifice que vous faites au roi et au pays, mon cher Fernel; et tous, nous en faisons, des sacrifices.

— Quand c'est une grande reine comme votre majesté qui me donne l'exemple, je devrais sans doute me résigner ; mais je suis si affaibli, j'ai tant besoin de repos : car, voyez-vous, j'ai abusé de mes forces.

— Oui, l'on m'a dit qu'il n'y a pas long-temps encore vous travailliez dix-neuf heures par jour. Mais la célébrité que vous avez acquise n'est-elle pas un lit de repos bien doux ?

— Hélas! pardonnez-moi de lui préférer les bonnes gens, nos parens, et notre petite maison d'Amiens.

— Ma reconnaissance pour les bons services que je vous dois ne vous est-elle donc rien, mon vieil ami ? car c'est vous qui, après Dieu, avez vaincu le mauvais sort qui me poursuivit dix ans ; c'est vous qui, lorsque le roi, mon époux allait s'éloigner tout à fait de moi, m'avez au moins rattachée à lui par le lien de la maternité ; voyons, mon cher Fernel, faites-vous fi de mon amitié aussi bien que de la gloire ?

— C'est élever trop haut un devoir que j'ai rempli envers vous comme je le fais pour tous ceux qui m'appellent ; vous étiez malade, je vous ai guérie, voilà tout ; et si quelque chose pouvait remplacer l'obscure liberté que j'ai perdue, ce serait assurément votre bienveillance.

— C'est mon amitié, ma confiance en vous qu'il faut dire, Fernel; car vous n'êtes pas seulement le médecin du corps, vous êtes aussi celui de l'âme, et je dois ma guérison aussi bien à vos bonnes paroles qu'au régime que vous m'avez fait suivre.

— Je n'ai fait encore que mon devoir : une tristesse profonde vous minait, vous désespériez de devenir mère, et je n'aurais pas été médecin si je ne vous avais rendu l'espérance pour aider au succès du traitement.

— Ne pourriez-vous pas engager votre famille et celle de votre femme à venir vous joindre? Quant aux dépenses que cela nécessiterait, mon épargne saurait y pourvoir.

— Oui, je le sais, madame et bonne maîtresse, vous ne me laissez ni le temps d'avoir besoin, ni celui de désirer; ne m'avez-vous pas forcé d'accepter dix mille écus d'or à chacun des enfans que Dieu vous a accordés?

— Et, par mon âme, ce n'était pas assez; un fils ou une fille de France vaut mieux que cela, et j'aurais voulu payer comme il faut la magnifique couronne qui m'est faite grâce à vos soins; mais si le roi est riche, la reine est pauvre.

Magnifique était, en effet, cette couronne, car, après dix années de stérilité, Catherine était devenue mère du Dauphin qui fut roi sous le nom de François II, d'Elisabeth, qui épousa Philippe II et fut reine d'Espagne, de Charles de France, qui fut Charles IX; de Henri de France, qui fut Henri III; de Marguerite de Valois, qui épousa Henri IV et fut reine; de François, qui fut duc d'Alençon, d'Anjou et de Brabant; de Claude, qui épousa Charles II, duc de Lorraine. Catherine de Médicis eut encore Louis, Victoire et Jeanne, qui moururent jeunes.

— Voyons, continua la reine, ne trouvez-vous pas bon le conseil que je vous donne d'appeler vos parens à la cour?

— Avec l'âge avancé de quelques-uns, et la vie heureuse que je leur ai faite à tous, grâce à vos dons, ce serait leur rendre un bien mauvais service : je ne dois point, après le bien que je leur ai fait d'une main, leur faire du mal de l'autre. D'ailleurs, votre majesté l'a dit, tous, il nous faut faire des sacrifices, et j'accomplirai le mien.

Après quelques instans donnés au repos et à la causerie, les exercices recommencèrent : ce fut tour à tour la lutte, le saut du fossé, le jeu de ballon, celui du mail. Le jeu du mail était une sorte de billard grossier; il se jouait indifféremment en plaine ou dans un lieu disposé exprès; il fallait, à l'aide d'une espèce de maillet garni de fer, et à long manche flexible, lancer une boule, en un certain nombre de coups, à travers une ouverture appelée archet. Tels étaient, après les carrousels et la chasse, les délassemens favoris de cette cour, une des plus polies de l'Europe. Comme on le voit, l'esprit guerrier et le développement des qualités physiques en étaient le principe; la jeunesse noble s'exerçait sous les yeux du monarque; et pour arriver à la faveur royale il suffisait souvent de franchir un fossé de dix-huit pieds. On prétend même que Ronsard dut les bonnes grâces de Henri II plus encore à son talent de sauteur qu'à celui de poète. Voici d'ailleurs ce que dit Claude Binet, biographe de l'illustre gentilhomme vendômois.

« La grâce et la beauté de Ronsard le rendoient fort agréable à tout le monde ; car il estoit d'une stature fort belle, auguste et martiale ; auoit les membres forts et bien proportionnez; le uisage noble, libéral et urayement françois; la barbe blondoyante, cheueux châtains, nez aquilin, les yeux pleins d'une douce grauité, et le front fort serain; mais surtout sa conuersation estoit facile et attrayante. Ayant pris sa nourriture auec la jeunesse du roi, et presque de pareil âge (Ronsard avait trente-un ans à l'époque dont nous parlons, Henri II en avait trente-huit, mais Claude Binet parle d'une époque antérieure), il commençoit à estre fort estimé près de luy; et, de fait, le roi ne faisoit partie, fust à la lutte, fust au ballon, et autres exercices propres à dégourdir et fortifier la jeunesse, où Ronsard ne fust touiours appelé de son costé. »

Plus loin, Claude Binet nous apprend que c'est à une surdité dont Ronsard fut affligé que nous devons le poète, qui sans cela n'eût été qu'un favori de cour.

— « Or, ajoute-t-il, quelque faueur qui le peust chatoüiller, et qui semblast le sémondre à vne belle fortune, demeurant en cour, considérant qu'il estoit malaisé auec le vice d'oreilles de s'y auancer, et d'y estre agréable, où l'entretien et discours sont plus nécessaires que la vertu et où il faut plustost estre muet que sourd, il pensa de transférer l'office des oreilles à celuy des yeux par la lecture des bons liures, et se mettre à l'estude à bon escient; comme au contraire, par semblable nécessité toutesfois, Homère s'estoit seruy des oreilles pour la veuë. »

V.

Les deux Cardinaux.

Comme les jeux à pied venaient de commencer, un des serviteurs de Charles de Lorraine vint lui apprendre secrètement qu'une personne de distinction venait d'arriver au château et désirait s'entretenir à l'instant avec le cardinal. — C'est monseigneur Caraffa, qui vient de Rome, dit plus bas encore le serviteur, quand le ministre d'état se fut retiré un peu à l'écart et sans affectation.

— Bien, répondit Charles de Lorraine, fais-le venir, sans qu'il soit vu de personne, dans la première contre-allée de la route de Paris.

Quelques instans après vint le cardinal Caraffa, conduit par le mystérieux affidé du ministre.

Quand les deux hommes d'état furent seuls : — Eh! bien, quelles nouvelles? dit précipitamment Charles de Lorraine à l'Italien.

— Le temps est à l'orage, répondit le cardinal-légat; le vieux lion secoue sa crinière, il s'indigne d'être muselé, il souffle, il appelle la guerre; hâtez-vous, Charles, car pour notre part, mes frères et moi, nous ne sommes plus en état de le contenir.

— Le vieux fou! reprit le ministre avec humeur; il faudra donc que ce soit nous, jeunes gens, qui lui apprenions la patience?

— Encore une fois, Charles, hâtez-vous; la haine de Paul IV contre la maison d'Autriche déborde; il a déjà déclaré qu'il ne reconnaissait ni l'abdication de Charles-Quint, ni l'élévation de son successeur à l'empire, l'une et l'autre ayant été faites sans l'aveu du saint-siège; bien plus, à l'heure qu'il est, il cite à son tribunal Philippe II et Charles-Quint, comme ayant failli à leur devoir de feudataires de l'Eglise en prenant sous leur protection les rebelles Colonna, et il jette en prison l'ambassadeur d'Espagne.

— Et si le duc d'Albe vient répondre à cette imprudente citation à la tête de quinze ou vingt mille assesseurs en cuirasses?

— Cela est possible, et c'est ce que demande le vieux renard, qui espère forcer par là votre intervention; d'autant que Strozzi et Montluc ne lui refuseront probablement pas l'aide des troupes qu'ils ont sous leurs ordres. Et puis, en sa qualité de saint-père, il pourra toujours, au premier embarras, traiter avec les Espagnols, d'ailleurs fort disposés à vivre en paix avec lui.

— Qu'il ne s'y fie pas : le saint-siège reste toujours debout; mais on peut renverser les papes.

— C'est aussi mon avis; mais que voulez-vous? on peut éperonner Paul IV, mais jamais lui mettre de mors. Pourquoi aussi vous engager par cette maudite trève de Vaucelles? Henri II ne nous avait-il pas promis, en décembre de l'année dernière, de s'unir à nous pour chasser les Espagnols du royaume de Naples, et rétablir les républiques de Florence et de Sienne? mais ne le savez-vous pas mieux que moi, vous, Charles, qui avez signé le traité avec le cardinal de Tournon?

— Sans doute, et je fais mon possible pour en presser l'exécution; mais prenez-vous en au connétable, de cette trève malencontreuse; les succès de mon frère l'empêchent de dormir, et il ne veut pas lui donner de nouvelles occasions d'ajouter à sa gloire; peut-être craint-il lui-même, le vieux ours édenté, de compromettre tout-à-fait ses lauriers équivoques.

—Écoutez, Charles, jusqu'à présent nous avons joué cartes sur table, il faut continuer. De quoi s'agit-il en principe? de favoriser les prétentions du duc François de Guise, votre frère, à la royauté de Naples, et les vôtres, mon cher cardinal, au saint-siège, quand il sera vacant, ce qui pourra ne pas tarder, vu que mon saint oncle n'est pas loin de ses quatre-vingts ans, et qu'il se livre à de fréquens accès de colère aussi contraires à l'orthodoxie qu'à la santé. Quant à nous, mes deux frères et moi, nous voulons conserver ce qui nous est échu depuis la prise de possession de ce cher oncle, et l'augmenter, si faire se peut, et cela se pourra. Maintenant, ami, il faut choisir, de la paix ou de la guerre; nous recevoir dans vos bras, ou nous jeter dans ceux des Espagnols.

— Mais, mon cher Caraffa, laissez-nous au moins le temps de dresser nos batteries et de démonter celles du connétable.

— Il faut que je retourne à Rome avec une certitude; néanmoins nous vous laisserons le temps de respirer, et au besoin nous suivrons l'exemple que vous nous avez donné à Vaucelles, une trève quelconque nous permettra de vous attendre. A propos, j'arrive muni d'un pouvoir en règle pour délier votre roi dudit serment de Vaucelles, et de tous autres, s'il y avait lieu. J'ai aussi pour Henri un petit cadeau de circonstance.

— L'épée bénie, probablement?

— C'est de rigueur. Maintenant, cardinal, entre nous, avez-vous bon espoir?

— Oui, sans doute, reprit Charles de Lorraine avec un peu d'hésitation, le roi penche naturellement pour la guerre, et il faudra peu de chose pour le décider; mais nos finances sont en mauvais état et elles plaident avec les Montmorency pour la paix.

— Qu'à cela ne tienne, c'est nous qui nous chargeons de fournir l'argent et les approvisionnemens.

— Voilà parler; cardinal, ce mot-là aplanira bien des obstacles et lèvera bien des scrupules; oui, cardinal, j'ai bon espoir.

— Nos affaires générales terminées, il m'en restera une particulière à régler avec vous; à savoir le mariage de la belle veuve d'Horace Farnèse de Castro, madame Diane d'Angoulême.

— C'est de quoi j'allais vous entretenir. J'ai réussi pour ma part, à mettre une première barre dans la roue, et Jeanne de Pienne et le beau Bonnivet sont ici, bien décidés à ne point permettre le convol à François de Montmorency; et vous, qu'avez-vous obtenu?

— Paul IV est fermement décidé à ne point accorder les dispenses qu'on lui demande; seulement, comme une opposition trop ouverte pourrait contrarier Henri II, son intention est de traîner l'affaire en longueur et de remettre les Montmorency de congrégation en congrégation.

— C'est au mieux, allongeons la corde; si solide qu'elle soit, elle cassera. Que votre oncle continue à me seconder, qu'il me fasse gagner du temps, je me charge du reste.

— Nous vous tiendrons parole. Mais pour mieux écarter François de Montmorency, si vous présentiez au roi un autre prétendant à la main de sa fille?

— Il suffit à notre famille d'enlever madame d'Angoulême aux Montmorency; quant à l'époux qu'on lui donnera, peu nous importe où on le prenne, pourvu que ce ne soit pas parmi les fils du connétable.

— Voilà une indifférence impardonnable; par les clefs de saint Pierre, je ne sais si je ne troquerais pas volontiers mon chapeau de cardinal contre une femme pareille.

— Madame de Castro est belle, j'en conviens, mais j'ai peu de goût pour les virago.

— Blasphémateur! le marquis de Palliano, mon frère, ne sera pas aussi dédaigneux que vous; je vous la demande en son nom?

— Je vous l'accorde, cardinal, et vous promets d'en faire parler à sa majesté par madame de Valentinois.

— J'ai plus de confiance en votre intervention, et je vous la demande.

— Impossible de me mêler directement de cette affaire ; le roi croit avoir déjà trop élevé notre famille en désignant mon neveu Charles pour devenir l'époux de Jeanne de France, et en fiançant le dauphin à la jeune reine d'Ecosse, notre nièce ; et comme c'est à titre de compensation qu'il a promis sa fille Diane au fils aîné du connétable, j'aurais mauvaise grâce à m'opposer ouvertement à ce mariage, et à proposer maintenant votre frère. Mais soyez tranquille, rendons d'abord l'union projetée impossible, le reste viendra de lui-même.

— Nos intérêts nous en font une loi réciproque, nous pouvons donc compter l'un sur l'autre.

— C'est on ne peut mieux raisonner. A présent, cardinal, je crois qu'il est temps que nous nous quittions, vous, pour aller prendre un peu de repos et étudier votre rôle, moi, pour préparer mes comparses et arrêter pour tantôt une séance du conseil.

En même temps, le ministre frappa dans ses mains ; l'affidé, qui était aux aguets, accourut d'une allée voisine.

— Guillaume, lui dit Charles de Lorraine, remmène son éminence au château avec les mêmes précautions que tu as prises pour la conduire ici ; mais que regardes-tu donc ?

— Monseigneur, il y a là un homme, répondit l'affidé à voix basse et en montrant du doigt une touffe de broussailles, très rapprochée du banc que les deux cardinaux venaient de quitter.

— C'est vrai! fit le ministre en pâlissant, malheur à lui s'il nous a entendus!

— Monseigneur, il dort, reprit l'affidé, c'est un garde-forestier aux armes du roi... voici qu'il s'éveille...

— Cardinal, mettons-nous un peu à l'écart, ceci est grave et mérite d'être examiné.

Les deux hommes d'état et le serviteur entrèrent sans bruit dans le fourré, épiant tous les mouvemens du garde, qui effectivement étendait les bras et bâillait comme un homme qui s'éveille; c'était un vieillard, dont le nez rouge, brillant entre sa barbe et ses cheveux grisonnans, ressemblait à une fleur s'épanouissant sur la neige.

— Saint-Hubert, dit-il, en se remettant difficilement sur ses jambes, j'ai dormi tard; le soleil baisse et l'ombre des arbres est de l'autre côté... mais qu'est-ce qu'on entend là-bas? est-ce que la cour serait dans la forêt? oui, corbleu! et je laissais échapper cette aubaine..... si le bien vient en dormant, ce n'est pas une raison pour ne pas s'éveiller, eh! eh!...

En même temps, le bonhomme rajusta le ceinturon de son couteau à manche de corne de cerf, jeta son arbalète sur son épaule, et s'éloigna en chantant les paroles suivantes :

O Dieu, père paterne,
Qui muas l'eau en vin,
Fais de mon cul lanterne,
Pour luire à mon voisin...

Le rire involontaire des deux cardinaux se mêla aux dernières notes de ce refrain, et le respectueux serviteur eut grand'peine à ne pas imiter les deux éminences.

—Laissons partir ce bonhomme, reprit Charles de Lorraine en répondant au regard interrogateur de son affidé; n'est-ce point aussi votre avis, cardinal?

— Je le crois, comme vous, sans conséquence, repartit le légat, seulement je m'étonne qu'un homme de cette espèce sache des vers du Pantagruel.

— Mon Dieu, c'est tout simple, les joyeusetés de maître François Rabelais courent la ville et les champs aussi bien que la cour; tout le monde les répète, depuis le page jusqu'au valet d'écurie, et de la chambrière aux lavandières.

— Et cette popularité ne vous effraie pas? L'impertinent satirique nous a pourtant frottés de la belle manière, tous tant que nous sommes.

— Bah! ses hardiesses sont enveloppées de tant de grec et de latin qu'elles restent lettres-closes pour le vulgaire, et la vraie popularité ne s'est attachée qu'aux drôleries, comme à celle que vient de chanter ce bonhomme.

— Oui, mais le vulgaire s'habitue de jour en jour au grec et au latin ; vous avez ouvert assez d'écoles pour cela.

— Que voulez-vous, il est si ennuyeux de n'avoir affaire qu'à des buses.

— Mieux valent des buses que des raisonneurs; n'est-ce pas à eux que nous devons la réforme ?

— Ne nous plaignons pas, nous leur devons aussi l'inquisition ; nos armes commencaient à se rouiller, et l'attaque nous en fait prendre de fraîchement trempées.

— Être attaqué, c'est déjà perdre de son autorité.

— Vaincre, c'est doubler sa force, et nous vaincrons ; avez-vous lu mon dernier livre contre Calvin ?

— Ce ne sont point des livres qu'il faut envoyer à nos ennemis, ce sont des chemises soufrées.

— Cela n'empêche pas. Aussi ai-je pris pour emblème à la derniere procession de Fontainebleau, une plume et un flambeau, avec cette devise : *Fiat lux* (que la lumière soit).

— Un flambeau ? c'est une torche que vous voulez dire ?

La torche a quelque chose de vandale qui ne va pas avec nos mœurs polies ; le flambeau vaut mieux à tous égards, puisque ce qui éclaire peut incendier. Paul IV vous a-t-il remis le bref pour l'établissement de l'inquisition en France dont nous sommes convenus, et que j'amènerai le roi à vous demander bientôt ?

— Je n'ai rien oublié ; mes équipages contiennent bien d'autres choses encore, j'ai aussi une charge d'indulgences.

— Que nous détaillerons en compte à demi?

— Comme de coutume. Au revoir à sa future saintoté.

— Salut au premier de mes feudataires.

Les deux cardinaux se quittèrent ; Charles de Lorraine alla rejoindre François de Guise, son frère ; et Charles Caraffa, rappelant l'affidé qui, aux premières paroles, s'était discrètement éloigné, regagna le château.

VI.

L'Amant de la Favorite.

Le connétable, irrité du refus que le roi lui avait fait de l'entendre, maudissait la frivolité de ce prince, et voyant avec colère chaque exercice en engendrer un autre, quittait brusquement l'avenue et s'enfonçait dans une allée déserte, quand il entendit murmurer près de lui ces mots : Le roi et Montmorency.

Il se retourna avec surprise, et se voyant suivi d'un garde-forestier de petite taille, à la barbe grisonnante et au nez rouge : — Est-ce toi qui as parlé ? lui demanda-t-il.

Le garde-forestier regarda autour de lui avec précaution, et baissa la tête en signe affirmatif.

— Monseigneur, dit-il un instant après, je suis l'homme de ce matin, et je vous apporte des nouvelles fraîches.

— Toi, l'homme de ce matin ?... C'est la voix en effet...

— Et voici le visage ; reprit le garde-forestier en enlevant avec son bonnet une fausse chevelure grise, et en donnant à ses traits un caractère tout nouveau.

— Tu es un adroit coquin ! allons, parle.

— Le cardinal Caraffa vient d'arriver ; il a eu tout à l'heure une entrevue avec monseigneur de Lorraine ; il s'agit de décider le roi à envoyer une armée en Italie et de déclarer la guerre aux Espagnols. On s'occupe également d'empêcher le mariage de madame d'Angoulême avec votre fils, la cour de Rome promet aux Guise de vous refuser les dispenses.

— Que dis-tu ! s'écria le connétable abasourdi.

— La vérité. Hâtez-vous ; avant une heure le conseil sera réuni. — Le colonel Bonnivet a la chance, mais il n'a point encore vu le roi.

— Et moi non plus, par la sainte messe ! — Ah ! le cardinal Caraffa est ici... ah ! ils complotent la guerre!... mais dis-moi tout, mort-Dieu! ne vois-tu pas?...

Le connétable n'avait pas achevé que maître Martin était déjà bien loin dans le taillis; effectivement un groupe de dames que l'espion avait entrevu, entrait en ce moment dans l'allée.

— Ah! ah! vous voici, mon chevalier, dit la duchesse de Valentinois en saisissant le connétable par la main; mesdames, je vous en fais juges, peut-on être plus discourtois que monsieur de Montmorency et faire aussi vilainement fi des dames? me brusquer pendant le dîner, m'échapper au beau milieu du chemin et ne pas courir une bague en mon honneur? Venez ici, félon, voici une cour d'amour qui va juger vos méfaits.

— Je ne suis ni d'âge ni d'humeur à prendre part à vos folies, mes belles dames, répliqua le connétable en se dégageant rudement; seulement, duchesse, s'il vous est possible de m'accorder deux momens d'entretien sérieux, je vous les demande.

— Peut-on refuser quelque chose à un servant d'amour qui sollicite une faveur de si bonne grâce? Mesdames, continua la duchesse de Valentinois, en s'éloignant avec le connétable, dans un instant je vous ramène le rebelle, enchaîné de fleurs, soumis comme un agneau, tendre comme une colombe.

Quand la duchesse et le connétable furent seuls:
— Ah çà! Diane, reprit Anne de Montmorency,

en croisant brutalement les bras devant la favorite, aurez-vous bientôt fini vos turlupinades? me prenez-vous pour un pantin, mort-Dieu! Voyons, au dîner, pendant la route, et tout à l'heure encore, pourquoi m'avoir fait jouer un sot rôle? Je ne suis pas décidé à supporter ces moqueries, entendez-vous?

— Mais, mon ami, répondit la duchesse avec douceur, c'était l'ordre du roi.

Et, certes, pour que Diane supportât avec tant de bienveillance l'impertinente boutade du connétable, il fallait autre chose que les priviléges de la brusquerie proverbiale de ce dernier; effectivement, la veuve du grand sénéchal de Brézé partageait depuis long-temps ses bontés entre son royal esclave et le vieux homme de guerre; soit que cette rudesse de Montmorency lui offrît un piquant contraste avec la galanterie chevaleresque de ses deux premiers amans, soit qu'elle eût besoin, comme toutes les femmes qu'on paie, de se justifier à ses propres yeux par un caprice désintéressé. Semblable encore à toute maîtresse à la solde, elle se fût peut-être révoltée contre un ordre de l'amant titulaire, et elle cédait avec souplesse et timidité à toutes les exigences de l'amour furtif.

— L'ordre du roi, répéta le connétable avec un rire de colère; ah! le roi vous a ordonné de me mystifier?

— Le roi m'a priée de m'occuper de vous pour que vous ne l'occupiez pas d'une affaire qui le fatigue.

— Et laquelle?

— Le projet de mariage de votre fils avec madame de Castro.

— Ah! cette affaire le fatigue, et depuis quand?

— Depuis que madame de Castro a changé d'idée.

— Que m'apprenez-vous là?... Ah! je devine; c'est ce misérable Bonnivet.....

— Aussi pourquoi vouloir marier votre fils avec une femme amoureuse d'un autre?

— Amoureuse ou non, par la messe! elle épousera François.

— Mais si le roi, qui fait tout ce que veut sa fille, vient à se rétracter?

— Vous l'en empêcherez, mort-Dieu! vous n'êtes pas sa maîtresse pour rien.

— Qu'a donc cette alliance qui vous séduise tant? après tout, madame de Castro n'est qu'une bâtarde.

— Taisez-vous, Diane! reprit impérieusement le connétable, que cette circonstance blessait en effet, quoique son ambition s'efforçât de l'oublier, et occupez-vous de ramener le roi à sa première détermination.

— Mais, mon ami, c'est une tâche difficile que vous me donnez là. Ne vaudrait-il pas mieux remplacer cette alliance par une autre encore plus avantageuse? Le roi vient de promettre la petite Jeanne au jeune Charles de Mayenne, voulez-vous la petite Marguerite pour un de vos fils ?

— Un bon tiens vaut mieux que deux tu auras ; je veux madame de Castro. A quoi d'ailleurs voulez-vous que me serve une poupée qui tette encore? au contraire, madame de Castro a l'oreille du roi, et je suis d'âge à me presser.

— Je m'emploierai tout entière pour obtenir du roi ce que vous désirez, mon ami.

— Je désire encore que les Guise ne tirent pas tout de leur côté ; de l'argent et des places, il en faut aussi à moi et à mes fils, mort-Dieu!

— Si je ne vous fais pas obtenir davantage, Montmorency, c'est que les finances sont dans un bien mauvais état.

— Et pour les relever, voici que Charles Caraffa et ce singe de cardinal de Lorraine complotent la guerre... Oui, on vient de m'apprendre que le légat est ici, et qu'il y aura conseil tantôt. Ainsi, Diane, voyez vite le roi, prévenez ces deux langues de vipères; enfin songez que je ne veux de la guerre à aucun prix.

— Je n'en veux pas plus que vous, Montmorency, je vous assure; et je compte bien que le roi sera de notre avis. La guerre ? il ne manquerait que cela pour m'achever, moi qui suis ruinée à demi. Non, non, connétable; les écus d'or me sont trop nécessaires, et à vous, pour les jeter à des compagnies de pistoliers et de reîtres.

— Allons, hâtez-vous, Diane, il n'y a pas de temps à perdre.

— Au revoir donc, et promettez d'être meilleur avec moi si je réussis... Eh bien! vous ne me dites pas adieu? ajouta Diane, en approchant ses lèvres effilées et roses du rude visage de Montmorency.

— Imprudente! s'écria le connétable en la repoussant; si l'on vous voyait! risquer sa fortune pour un baiser! Oh! les femmes, elles ont des cœurs de cailles et des têtes de linotes.

VII.

Marie Stuart.

A quelques pas de là se passait une autre scène d'amour et de complicité, mais plus naïve et plus gracieuse.

Pendant que le roi et la cour s'égayaient aux divers exercices que nous avons indiqués, les enfans de France, réunis sous l'œil de Jacques Amyot, précepteur des garçons, et d'une gouvernante des filles, se livraient de leur côté aux amusemens de leur âge. Quelques enfans des principales familles s'étaient joints à eux, et l'on voyait se reproduire dans cette petite cour les intrigues de la grande, et ces naissantes sympathies, ces rivalités, qui, alors enfantines et frivoles, devaient être plus tard des passions politiques. Les premières nuances du caractère de ces jeunes enfans, les maîtres futurs de la France, se laissaient surprendre au regard observateur du célèbre traducteur de Plutarque, et il les conservait soigneusement dans sa mémoire pour combattre ou encourager chez ses illustres élèves des penchans qui devaient réagir puissamment sur les destinées du pays.

Celui qui jusqu'alors montrait le plus d'intelligence, mais en même temps un naturel sauvage et violent, c'était le jeune Charles-Maximilien, enfant de sept ans, et qui devait être l'ordonnateur-bourreau de la Saint-Barthélemy.

Le précepteur-philosophe suivait mélancoliquement toutes ces têtes blondes et rieuses, et semblait scruter l'avenir à travers les inflexions capricieuses de leurs traits. Quelquefois, envisageant sa mission dans toute son étendue, il s'exaltait à l'idée de l'influence qu'il pouvait exercer sur ces jeunes êtres encore si malléables; puis c'était avec une vague impression de pitié qu'il considérait le dauphin, jeune homme de treize ou quatorze ans, dont le regard terne ne reflétait que de pâles lueurs d'intelligence, et qui, frêle et maladif, ne promettait pas de justifier jamais le privilége éclatant de sa naissance.

Il se mêlait avec insouciance aux jeux de ses frères et des adolescens de son âge, et vainement Jacques Amyot s'efforçait de secouer cette apathie et cet ennui habituels, que les flatteurs de Henri II vantaient grandement comme l'indice certain d'un esprit sérieux et réfléchi.

Pourtant cette languissante physionomie s'éveilla tout à coup, car une jeune fille à l'œil vif et noir et au fin sourire, à la taille svelte et au naissant corsage, venait de paraître : c'était la jeune reine d'Ecosse, Marie Stuart, fiancée du dauphin; et si François n'avait hérité ni des qualités brillantes de son grand-père, ni de la beauté et de la force physique de son père, il avait du moins emprunté quelque chose à leur *complexion amoureuse*.

Déjà demi-formée, quoiqu'elle n'eût guère que douze ans, Marie Stuart promettait alors de devenir ce qu'elle fut plus tard, une des femmes les plus belles et les plus élégantes de son temps; la malice, l'enjouement, la rêverie animaient tour à tour son visage mobile; aussi faisait-elle l'admiration de la cour, ainsi que la jeune Elisabeth de France. Mais quand le caractère plus sérieux, plus froid de la beauté de celle-ci appelait une sorte de respect, on trouvait dans la jeune reine plus de charme; en effet cette cour était le milieu le plus favorable au développement de cet instinct de coquetterie et de tendresse qui mêla tant de poésie aux intolérantes passions de Marie Stuart et aux tragiques aventures de sa vie.

Que plus d'un grand seigneur aimât déjà en secret la gracieuse enfant, c'était donc chose vraisemblable; et sans doute Marie devinait l'amour qu'elle inspirait, mais, retenue par un précoce sentiment de dignité, elle semblait ne pas le comprendre. D'ailleurs, elle était sincèrement attachée au dauphin, qu'elle seule avait le pouvoir d'animer, de rendre heureux; et puis il lui était destiné pour époux, et c'était le premier.

Aussitôt qu'il l'aperçut, François courut vers elle : qu'il y a long-temps que nous vous attendons, Marie! dit-il en lui prenant la main et en la serrant tendrement dans les siennes; voyez, tout languissait ici, vous voilà, et tout s'égaie, c'est comme quand ma belle tante Diane paraît dans le salon de la reine, ma mère.

— Si je ne suis pas venue plus tôt, répondit la jeune reine en reposant sur le dauphin des regards pleins de séductions et de caresses, la faute en est aux poètes anglais qui sont quelquefois inintelligibles, et à la bonne lady Lenox qui me les explique toujours.

En disant ces paroles, Marie Stuart détournait un regard malicieux vers une vénérable douarière qui l'accompagnait.

— Monseigneur, dit alors la gouvernante d'un air sévère, à la cour d'Ecosse on ne prend point ainsi les mains des dames et surtout devant tout le monde.

— Mais, bonne lady, reprit le prince en conservant la main de la jeune reine, cette main m'appartient, je ne fais qu'user de mon droit.

— Elle vous appartiendra, monseigneur; jusque là, souffrez que je remplisse mon devoir.

Le dauphin se retirait d'un air boudeur : — Ne vous attristez pas, lui dit Marie à demi-voix, tout à l'heure je vous la rendrai.

Les jeunes gens et les enfans se remirent à jouer; Marie elle-même dirigea les parties de la *queue au loup*, je *vous prends sans vert*, des *neuf mains*, du *collin-maillard*, etc., et toujours elle trouvait moyen de se rapprocher de François et de lui donner la main en dépit de lady Lenox. Puis elle proposa le jeu de *cache-cache*, et fuyant la première dans le taillis, elle fit de loin un signe au dauphin, et disparut comme la coquette de Virgile.

Intimidé par le regard investigateur de la gouvernante, le jeune prince n'osa pas s'élancer dans la même direction. Il en prit même une toute contraire, puis, faisant un détour, il se mit à courir vers le taillis où l'attendait sa fiancée, et bientôt les deux amans furent blottis à côté l'un de l'autre.

— Oh! Marie, disait le prince en se serrant tout tremblant d'émotion contre la jeune reine et en enveloppant d'un bras indécis son gracieux corsage, voici enfin que tu es à moi! mon Dieu! j'ai tant de bonheur, pourquoi nous sépare-t-on toujours?

— C'est que l'on dit que nous ne sommes encore que des enfans, répondait Marie avec un sourire qui protestait finement contre cette opinion.

— Oh! l'on n'est plus enfant quand on aime tant et qu'on est si heureux.

— Vous m'aimez donc bien, mon petit mari?

— Ne me parle pas ainsi, méchante, je croirais que tu veux me traiter comme madame ma mère et madame Diane d'Angoulême; et près de toi, vois-tu, je suis un homme. Et pour le prouver, le jeune prince déposa un rapide baiser sur le cou de cygne de sa fiancée.

— Soyez sage, François, ou je m'en irai.

— Ne te fâche pas, Marie, je vais rester tranquille.

— Causons maintenant comme des gens raisonnables, c'est le meilleur moyen de prouver que nous ne sommes plus des enfans. Voyons, François, m'aimerez-vous toujours de même quand nous serons mariés?

— Mais, ma chère Marie, je te le jure, dans la vie il n'y a que toi qui me plaise; toutes les autres femmes et tous les hommes ne me causent que de l'ennui.

— C'est que, voyez-vous, je mourrais de chagrin si vous veniez à m'abandonner comme fait monseigneur le roi pour madame la reine.

— C'est cette méchante madame de Valentinois qui en est cause, et moi, Marie, je n'aurai jamais de madame de Valentinois.

— Me le promettez-vous?

— Je te le jure! reprit le dauphin en serrant avec énergie la jeune reine contre son cœur.

— Et puis, François, quand vous serez roi un jour, je veux être vraiment reine; je veux que vous me consultiez en tout, comme un bon mari doit faire.

— Si j'ai jamais la couronne, ce sera pour te la donner, Marie; car je ne veux au monde que ton cœur.

— Vous l'avez déjà, François; mais ce ne sera pas tout d'être heureux, il faudra aussi être un grand roi.

— Je serai tout ce que tu voudras, Marie.

— Chut!... reprit la jeune reine, j'ai entendu marcher... voilà là-bas une robe rouge; vite, François, sauvez-vous, c'est lady Lenox!

Le jeune prince s'échappa rapidement; en même temps Marie Stuart se leva, sortit du taillis, et, au lieu de sa gouvernante, se trouva en face du cardinal de Lorraine.

Celui-ci, à l'issue de son entretien avec le cardinal Caraffa, revenait vers la grande avenue, quand, un bruit de voix dans le feuillage attirant son attention, il se détourna vers le taillis d'où partaient ces voix par un sentiment de curiosité bien naturelle dans cette cour où chaque buisson cachait une intrigue.

— C'est vous, ma nièce? dit-il avec ce malin sourire qui embarrassait les plus hardis, et que faites-vous ici toute seule?

— Mon cher oncle, répondit la jeune reine sans se troubler, je m'amusais à fredonner une chanson de M. de Ronsard en attendant mes compagnes qui me cherchent, car nous jouons à cache-cache.

— Et où donc est le bel oiseau dont la voix accompagnait la vôtre?

— Si vous ne le voyez pas, mon cher oncle, c'est que probablement il s'est envolé.

— C'est bien dommage, car j'avais quelque chose à confier à monseigneur le dauphin.

— Dites ce que c'est, je le lui répèterai tout à l'heure.

— Serez-vous bien discrète, Marie, et n'en parlerez-vous point à d'autres? continua Charles de Lorraine en songeant à tirer parti de cette rencontre.

— C'est à vous à juger, mon oncle, si je suis capable de garder un secret.

— Je suis sûr que vous garderez celui que je vais vous confier, Marie, car c'est un secret d'état, et vous n'êtes plus une enfant. Ecoutez donc : son éminence le cardinal Caraffa vient d'arriver pour décider le roi à faire la guerre en Italie et chasser les Espagnols du royaume de Naples...

— Mais, mon oncle, il n'y a pas long-temps qu'on a signé à Vaucelles une trève de cinq ans.

— Cela n'empêche pas, ma nièce ; d'ailleurs les Espagnols ont de grands torts envers sa sainteté Paul IV ; et c'est lui qui nous appelle.

— Alors il faut aller bien vite à son secours.

— C'est ce que nous ferons, j'espère, mais le connétable s'y opposera le plus qu'il pourra.

— Cela ne m'étonne pas, de la part de ce vilain homme qui a toujours des mots grossiers à la bouche, et qui a eu l'insolence de m'envoyer une poupée à ma fête.

— Nous serons plus forts que lui, ma nièce ; mais pour cela, il faut employer tous nos moyens.

— Voyons, comment, François et moi, pouvons-nous vous aider?

— Le roi vous aime beaucoup, et aussi le dauphin ; il l'écoute toujours avec complaisance, car il sait que votre fiancé est grave, réfléchi ; et puis enfin il l'aime, et ceux que nous aimons ont toujours raison avec nous. Eh bien ! engagez François à parler à son père en faveur du pape et de la guerre, ce soir, après le conseil.

— Soyez sûr qu'il le fera, mon oncle.

— C'est bien, ma nièce, instruisez-vous de bonne heure au métier de reine, car il est difficile... mais j'ai confiance en vous, et vous saurez mieux faire valoir vos droits que madame Catherine de Médicis. Au revoir, ma nièce, je ne vous répète pas combien il importe que toutes ces choses restent entre nous, ce serait vous faire injure, d'autant que la science politique vous est déjà chose familière. Tenez, acheva-t-il en détachant de son petit doigt un brillant magnifique, voici une bague bénie par notre saint-père le pape, portez-la en l'amour de lui et de moi.

VIII.

Quelques instans plus tard, le cardinal de Lorraine, après un court entretien avec son frère, le duc François, était assis près de la duchesse de Valentinois, qui attendait pour remplir la commission que lui avait donnée Montmorency, que le roi quittât le mail et vînt se reposer à ses côtés.

Avant de rapporter la conversation du cardinal et de la duchesse, peut-être n'est-il pas inutile de rappeler que si la favorite était *liée d'amour* avec le connétable, elle l'était par la parenté avec les Guise, car l'un d'eux, le duc d'Aumale, avait épousé Louise de Brézé, deuxième fille de la duchesse. En outre, il était de l'intérêt de Diane de ménager également les Montmorency et les Guise, qui, les uns et les autres, *avaient l'oreille du roi.* Cela rendait sans doute sa position habituellement embarrassante; mais elle avait de l'habileté; et, tout en partageant aux deux familles rivales le bénéfice de son intervention, elle savait leur faire comprendre que mieux valait une demi-satisfaction qu'une brouillerie avec elle. Peut-être sa faiblesse pour le connétable eût-elle fait pencher quelquefois la balance en faveur des Montmorency, mais l'adresse du cardinal de Lorraine savait toujours rétablir l'équilibre, et de la sorte, Diane se maintenait entre les deux partis dans une égalité parfaite.

— De grands évènemens se préparent, belle Diane, lui dit le ministre, et je m'empresse de les confier à votre haute sagesse, car vous êtes l'Hébé toujours jeune qui versez à notre Jupiter toutes ses nobles inspirations.

— Et quels évènemens? répondit la duchesse avec une curiosité jouée, car sa politique ordinaire était de faire croire tour à tour à chacun des deux partis qu'elle ignorait ce que l'autre avait pu lui confier d'avance.

— Le saint-siège nous envoie son éminence le

cardinal Caraffa pour défendre ses privilèges.

— Comment! seraient-ils attaqués? demanda Diane avec émotion, car, après les choses d'amour, c'était pour celles de religion qu'elle était le plus passionnée.

— Vous entendrez tout à l'heure le légat exposer la position difficile du saint-siège.

— En effet, cardinal, ceci devient sérieux...

— Ce ne sont pas seulement les intérêts de l'Église qu'on menace, ce sont encore ceux du roi, et les nôtres, madame, car nos deux familles n'en sont qu'une; outre le Piémont, nous avons à perdre, si nous n'y prenons garde, toute influence à Rome, nos droits aux états de Naples, et les principautés promises à messieurs vos gendres, Robert de la Marck et Claude de Lorraine.

— Les intérêts de l'Eglise sont les premiers, cardinal, et je pense qu'il faut d'abord les défendre; mais je vois de graves inconvéniens à la guerre; et d'abord nous sommes sans argent...

— Le cardinal Caraffa a déjà prévenu cette objection que je n'eusse pas manqué de lui faire : tous les frais de la guerre seront supportés par le saint-siège.

— Cette assurance lève une grande difficulté, sans doute, mais il en reste de bien graves : une trêve vient d'être jurée par les trois monarques.

— Les circonstances où se trouve la cour de Rome sont telles que sa sainteté a cru devoir armer le légat d'un pouvoir extraordinaire pour délier sa majesté de l'engagement de Vaucelles.

— Le pays, épuisé par de longues guerres, manque de bras, et nous ne pouvons demander à des Etats hérétiques des soldats pour soutenir une guerre sainte.

— Nous n'emprunterons aux Etats de Suisse et d'Allemagne que des solduriers orthodoxes, rassurez-vous, belle Diane, et sa sainteté se charge de les bénir et de les payer.

— Le connétable vieillit, il faudra donc qu'il meure sous le harnais?

— Le connétable est un homme de fer, et les vrais héros ne vieillissent pas plus que les reines de beauté. D'ailleurs, mon frère, François de Guise, se chargera volontiers de diriger l'expédition d'Italie.

— Le poste des connétables est de rester à la tête des armées de France, et Montmorency ne voudra point quitter le sien.

— Il restera dans le nord pour défendre nos frontières en cas d'attaque.

— C'est donc une conflagration générale que vous préparez?

— A Dieu ne plaise ; c'est uniquement une supposition, suffisante néanmoins pour sauver l'honneur du connétable, en le conservant dans son repos. Et puis, rassurez-vous, belle duchesse, l'ex-empereur, qui termina sa carrière par une paix à tout prix, ne permettra pas que son fils commence la sienne par une guerre injuste et imprudente. Philippe II accueillera les réclamations de la cour de Rome, consacrées par les décisions des conciles et appuyées par la France ; les Espagnols quitteront Naples et l'Italie, et chacun rentrera paisiblement dans ses droits ou prendra possession de ce que le saint-siège va partager entre ses alliés.

— Supposons pourtant que la guerre devienne générale, répliqua la duchesse, qui ne se faisait illusion qu'à demi.

— Eh bien ! qu'arriverait-il ? que le connétable mettrait le sceau à sa gloire, que la France étendrait ses conquêtes, que nos finances épuisées refleuriraient, et que l'éclat déjà si grand du trône s'accroîtrait encore, et rejaillirait sur vous, sur nous aussi peut-être.

— Je vous l'avoue, cardinal, vous avez le talent de me persuader les choses les plus contraires à ma volonté.

— Si j'ai quelque talent, c'est de faire vibrer les nobles cordes qui sont en vous. Vous êtes la compagne du trône, belle Diane, et vous avez l'instinct de la gloire de la France.

Enivrée par ces adroites flatteries, Diane, qui effectivement se piquait d'exciter le roi aux grandes choses, conservait néanmoins quelque inquiétude en songeant aux injonctions péremptoires d'Anne de Montmorency. — Bah ! se dit-elle, en secouant sa jolie tête, d'un air de gracieuse rébellion que l'adroit cardinal comprit sans peine, je dirai au connétable que le roi l'a voulu, et je le dédommagerai en assurant le mariage de son fils avec madame de Castro.

IX.

Une séance du Conseil royal.

— Sire, dit le cardinal de Lorraine à Henri II, lorsque celui-ci, fatigué de tous les exercices qui s'étaient succédé pendant plusieurs heures, vint s'asseoir près de la duchesse de Valentinois, vous plaira-t-il de faire assembler le conseil pour une communication importante de la cour de Rome?

— A cette heure, le conseil? répondit le roi avec ennui, lorsque la plus forte chaleur du jour vient de tomber, et que je songeais à proposer aux dames la promenade par le bois? Mais, cardinal, depuis notre arrivée à Villers-Cotterets, nous avons tenu séance du matin au soir, laissez-nous, pardieu! un peu de loisir.

— Sire, le légat, arrivé depuis environ une heure, a déjà envoyé plusieurs fois pour obtenir une audience de votre majesté.

— Cela est-il donc si pressé, cardinal? savez-vous de quoi il s'agit?

— Le cardinal Caraffa tient à s'expliquer avant tout devant votre majesté; je sais seulement qu'il apporte des nouvelles de la plus haute importance.

— Serait-il question de guerre? s'écria Henri, dont l'œil s'alluma, aurait-on attaqué notre allié bien-aimé, le saint-père?

— Je ne sais, sire, mais les messages du légat sont pressans.

— Eh bien! cardinal, hâtez-vous, faites assembler le conseil, nous allons nous y rendre à l'instant. Allons, mon compère, continua le roi en s'adressant au connétable qui rentrait dans l'avenue, et dont l'œil interrogeait secrètement Diane, déridez-vous, nous allons nous occuper d'affaires sérieuses; venez, ennemi des dames et des carrousels, venez, le conseil va s'ouvrir.

— Il m'a été impossible de dire un seul mot au roi, dit tout bas la duchesse à Montmorency;

le cardinal s'en est emparé au sortir du mail; mais ne vous inquiétez pas, nous n'y perdrons rien.

Bientôt le conseil fut réuni. D'un côté, on y voyait les Guise, et à leur tête, François, leur frère aîné, puis le cardinal de Lorraine; Robert IV, comte de la Mark, était mêlé parmi eux; de l'autre côté, c'étaient les Montmorency, hardiment représentés par le connétable, leur père; près de lui, se tenait, l'œil baissé et la contenance indécise, le duc François, séducteur de Jeanne de Pienne. Autour du roi étaient groupés les princes de sa maison et le dauphin. C'étaient le duc de Longueville (Eléonor-d'Orléans-Dunois); le prince de Condé; Jean de Bourbon, duc d'Enghien, frère du roi Antoine de Navarre et du prince de Condé; le duc de Montpensier, chef de la branche cadette des Bourbons; puis le duc de Nevers; Ludovico de Gonzagues, frère du duc de Mantoue; Jean d'Albon de Saint-André, maréchal de France, premier gentilhomme de la chambre, et l'un des plus chers favoris du roi, quoique son influence cédât d'ordinaire à l'obsession des Montmorency et des Guise; puis encore le rheingrave, général des Allemands au service de la France, homme éprouvé.

En des places inférieures se tenaient François Olivier de Leuville, chancelier; le cardinal Jean Bertrandi, garde-des-sceaux; et d'autres dignitaires et magistrats, de différens degrés.

Entrée fut donnée au cardinal-légat. Il était accompagné d'un officier du saint-père, portant sur un coussin de velours une épée d'un merveilleux travail, et dont la poignée d'or massif étincelait de pierreries.

Le cardinal Caraffa, s'étant prosterné devant le roi, prit la parole en ces termes :

A son fils bien-aimé, le glorieux Henri, deuxième du nom, roi des Français, sa sainteté Paul IV, indigne successeur de saint Pierre : salut et bénédiction.

Le roi s'inclina, et le cardinal, après avoir prononcé la formule d'usage, continua ainsi :

— Paix sur la terre et dans le ciel aux hommes de bonne volonté; paix à vous, sire, et à votre royaume.

Mais, hélas ! pour arriver à la paix, il faut souvent traverser la guerre.

Ce n'est donc point l'olive que je viens présenter aujourd'hui à votre majesté, c'est le glaive.

Et qui mieux que vous, sire, s'est servi du glaive dans ces temps orageux où l'arche sainte s'est vue si souvent livrée aux profanations des gentils ?

Car le Seigneur vous a choisi entre tous pour défendre sa loi.

Et vous êtes l'homme de bonne volonté auquel la double paix de la terre et du ciel est promise, l'homme qui sait vouloir la paix et faire la guerre; le pieux Abel, dont le cœur est plein d'amour, et le vaillant Macchabée, sur qui a soufflé le vent des combats.

Et après s'être retiré de Charles-Quint, cet autre Saül, l'esprit de Dieu s'est établi en vous, nouveau David.

Il ne vous a fallu qu'un seul jour pour éclipser sa vieille gloire.

Et tandis que le sceptre s'avilissait dans ses mains, et que les impies, forts de sa faiblesse, déchiraient le sein de l'Eglise, vous vous êtes levé, et le temple s'est lavé de ses souillures, et les justes ont repris courage.

A vous donc, sire, continua le légat, en prenant l'épée bénie des mains de l'officier et en la présentant au roi, à vous ce glorieux symbole, dont vous seul maintenant êtes digne; à vous ce glaive trempé dans les cieux et béni au Vatican; ceignez-en vos reins, sire, et vous vaincrez, car le Seigneur lui-même vous le remet par les mains de son apôtre.

A ce début vague et biblique, sous lequel s'entrevoyaient de hauts intérêts, des réalités décisives, une vive sensation remua tout le conseil. Henri II, plus ému, plus agité encore que tous les autres, prit l'épée des mains du légat, la baisa respectueusement, et, la ceignant avec orgueil, laissa voir dans tous ses traits la joie qu'il ressentait de ce présent, et combien il prenait au sérieux cette comédie diplomatique.

Quand le silence fut rétabli, Charles Caraffa reprit en ces termes :

— Oui, l'esprit du Seigneur s'est retiré de Charles-Quint : lui qui s'était assis sur le vaste trône d'Allemagne, lui qui avait conquis les Pays-Bas, lui qui au royaume d'Espagne avait encore réuni ceux des Indes, de Sicile et de Naples, lui qui disait avec orgueil que le soleil ne se couchait point sur ses états, et qui complotait le rêve insensé de la monarchie universelle, il s'est vu contraint de fuir devant une poignée d'hérétiques, heureux d'échapper à la captivité où lui-même avait retenu tant de justes. Et vous, sire, vous lui avez appris qu'il n'était pas invincible, et vous l'avez réduit à vous demander humblement la paix.

Maintenant donc, à vous qui êtes vraiment le fils aîné de l'Eglise, l'élu de Dieu, à vous à continuer l'œuvre pour laquelle ont failli les mains débiles du superbe ; à vous à ranimer le flambeau de la foi et à le secouer sur le monde qu'envahissent de nouvelles ténèbres ; à vous à occuper l'empire, car vous seul l'occuperez dignement ; à vous l'amour de l'Eglise et l'admiration des hommes.

Naguère votre illustre père fut appelé par le voeu des nations à ce glorieux héritage : l'intrigue l'emporta sur le mérite, et la diète de Francfort livra la couronne impériale à la maison d'Autriche ;

bientôt sans doute, sire, l'heure viendra de faire valoir vos droits, et alors comptez sur l'appui ferme et constant de sa sainteté. Comptez-y, sire, et s'il vous faut une preuve du bon vouloir de Paul IV, sachez qu'en ce moment une bulle est lancée, qui déclare que le saint-siège ne reconnaît ni l'abdication de Charles-Quint ni l'élévation de Ferdinand son frère, à l'empire.

A ces paroles, un murmure d'étonnement circula dans l'assemblée, et l'on avait peine à comprendre cet acte de hardiesse du pape; en même temps les yeux du roi étincelaient, et pourtant il n'acceptait pas sérieusement l'espérance que lui offrait le légat, il savait bien que l'empire était irrévocablement acquis à la maison d'Autriche, que de longues années en avaient consacré l'occupation, et que d'ailleurs toute l'autorité du pape et ses foudres les plus terribles ne pouvaient rien contre les murailles des forteresses et les cuirasses des hommes d'armes; toutefois, son orgueil était content, et outre qu'il se plaisait à considérer l'abdication de Charles-Quint comme un témoignage de découragement et de défaite, il regardait l'opposition du pape comme une nouvelle blessure faite au vieux aigle; et à la faveur de cet embarras, jeté en travers de la pénible succession de Philippe II, il espérait accomplir plus facilement lui-même ses projets d'agrandissement et de conquête.

— Sans doute, ajouta Caraffa, qui avait remarqué la surprise du conseil, le monde va s'étonner, mais la chaire de saint Pierre n'a-t-elle donc plus d'autorité? Et quand les droits spirituels de l'Eglise sont de toutes parts mis en question, faut-il qu'elle se laisse arracher aussi les derniers de ses droits temporels? Charles-Quint et Philippe sont nos feudataires, et ils prétendent nommer un roi des Romains sans notre participation, ils accordent hautement leur protection à nos sujets rebelles, aux audacieux Colonna! Nous ne le souffrirons point, non, sire, et vous, messeigneurs; aussi, à l'heure qu'il est, avons-nous fait jeter en prison l'ambassadeur d'Espagne.

De nouvelles marques d'étonnement accueillirent la déclaration de ce nouvel acte d'hostilité; mais Henri, qui s'en réjouissait au fond du cœur, ayant fait un signe, le légat acheva son discours au milieu d'un profond silence.

— Et, dit-il, comment sa sainteté consentirait-elle que Charles-Quint choisît lui-même un successeur à l'empire, quand par sa faute ce magnifique et saint héritage est déjà plus qu'à demi-démembré, que le lien de l'unité spirituelle et temporelle est détruit, et qu'une odieuse égalité entre le catholicisme et le luthéranisme vient d'être proclamée à la diète d'Ausgbourg, sous la présidence de ce même Ferdinand qui prétend aux titres d'empereur d'Allemagne et de roi des Romains!

Donc, sire, la guerre est déclarée et sa sainteté vous appelle à son aide.

A ce discours succéda une longue agitation dans le conseil ; les princes du sang, les Montmorency, les Guise se consultaient vivement entre eux, puis entouraient le roi, auquel le maréchal de Saint-André, le duc François de Guise, et le vieux connétable parlaient tous ensemble. L'émotion de Henri était vive, et l'on voyait au pourpre de ses joues, et à l'éclat inaccoutumé de son regard, que sa résolution était prise, en un mot, qu'il consentait à la guerre. Mais on se trouvait dans des circonstances difficiles, et dont l'exposé, s'il était éloquent, pouvait faire céder le penchant belliqueux du roi ; en outre, ses résolutions, même les plus fermes, étaient soumises d'abord au suprême pouvoir de ses favoris ; et, balloté entre les Guise et les Montmorency, il laissait d'ordinaire le champ libre aux deux partis, puis se déclarait pour le vainqueur, et adoptait une conviction définitive, sauf à en adopter une autre les jours suivans, si le sort du combat venait à changer. En ce moment encore, renfermant autant que possible ses désirs secrets, il voulait attendre, pour se prononcer, le résultat de la discussion ; et faisant déclarer par son huissier royal que la séance était reprise : — Éminence, dit-il au légat, avant de vous répondre, nous allons prendre l'avis de nos conseillers. A vous, cardinal, ajouta-t-il, en se retournant vers Charles de Lorraine.

— Sire, dit le ministre, je suis d'accord avec son éminence le cardinal-légat sur la plupart des considérations qu'il vient de développer, mais je ne puis approuver, quant à présent du moins, ses conclusions.

Une courte stupeur suivit ce début, on savait l'ambition et les projets des Guise, et cette opinion du cardinal paraissait renverser toute logique; les Montmorency, ceux des Guise mêmes qui n'étaient pas dans le secret se regardaient entre eux; Henri II, de son côté, croyait avoir mal entendu. Mais on revint à songer à l'adresse si bien connue du ministre, et l'on se mit à écouter avec attention, afin de surprendre la vérité de sa pensée sous le mensonge de sa parole.

— Je pense, reprit Charles de Lorraine, que les intérêts du saint-siège et de votre majesté sont en effet étroitement unis, et que Rome et Paris sont solidaires; je pense qu'il vous est réservé, sire, d'hériter de la suprématie européenne qui vient d'échapper à Charles-Quint, et sinon de reconquérir la sublime unité de l'Église, du moins de refouler l'hérésie dans ses plus étroits repaires; je pense que sa sainteté, en refusant de reconnaître l'abdication de Charles-Quint et l'élévation de Ferdinand à l'empire et à la royauté de Rome, reste dans les limites de son droit; je pense encore qu'elle a droit de représailles contre les protecteurs des rebelles Colonna; mais aussi, je pense que la mission du successeur de saint Pierre doit être avant tout pacificatrice, et qu'avant d'avoir des droits le saint-siége a des devoirs.

Certes, la puissance spirituelle des papes est infaillible, et j'ai toujours été le premier à la reconnaître, à la défendre, mais les actes temporels de Paul IV, prince européen, sont susceptibles d'examen; c'est pourquoi je me permets de blâmer l'arrestation de l'ambassadeur d'Espagne, la déclaration de guerre lancée contre Philippe, et l'appel qui vous est fait, sire, de jeter votre glorieuse épée dans la balance.

Vous ne pouvez, sire, répondre à cet appel; d'abord parce que votre parole royale a été engagée à Vaucelles, ensuite parce que le devoir des princes est de ne faire couler le sang de leurs sujets que dans le cas d'extrême nécessité, et qu'ici la conciliation est non seulement possible, mais qu'elle est nécessaire.

Ce discours augmenta encore la surprise du roi et de la plupart des membres du conseil; les uns torturaient les paroles qu'ils venaient d'entendre pour y trouver le sens qu'ils croyaient devoir y être exprimé, les autres se demandaient si quelque évènement imprévu et encore secret n'obligeait pas les Guise à temporiser; ceux-ci, les honnêtes-gens du conseil, pensaient le cardinal de bonne foi et trouvaient concluans les motifs qu'il venait d'exposer; ceux-là enfin, les incrédules et les politiques, savaient que le rusé ministre avait l'art d'approuver une chose de manière à faire adopter diamètralement le contraire, et ils attendaient.

— Sire, répliqua le légat, la mercuriale que son éminence le cardinal de Lorraine vient de fulminer contre les actes du saint-siège s'applique à faux, puisque tous les moyens de conciliation ont été employés auprès de la cour d'Espagne, qui les a tous repoussés et qui favorise ouvertement la révolte dans nos états ; je dirai plus : en ce moment encore, un envoyé pacifique, le vénérable Scipion Rebiba est en route pour Bruxelles, afin de négocier un accord quelconque, car ce que veut sa sainteté, quoi qu'on en dise, c'est la paix universelle ; mais, je le répète, pour arriver à la paix, il faut quelquefois traverser la guerre.

Maintenant si, comme nous le craignons fort, cette nouvelle tentative est sans succès, notre dernier recours est dans l'épée, dans la vôtre, sire ; et c'est pour n'être point pris au dépourvu que nous vous prions de la tirer à l'heure même du fourreau.

Et puisque son éminence le cardinal de Lorraine reconnaît au moins notre omnipotence spirituelle et le droit qui a été donné au chef des apôtres de lier et de délier sur la terre, nous pensons qu'il ne réprouvera point le bref que voici, et par lequel sa sainteté déclare sa majesté Henri II roi de France déliée de la convention de Vaucelles.

Charles de Lorraine s'inclina et reprit :

— J'admets les explications de son éminence le cardinal-légat, et ne puis que me prosterner de nouveau devant l'autorité du saint-siège ; mais le saint-siège ne peut faire que l'état de nos finances ne nous interdise la guerre pour long-temps.

— Le saint-siège, ajouta Caraffa, peut du moins fournir tout l'argent, tous les approvisionnemens nécessaires et même un corps de troupes considérable, et voici l'engagement qu'en a signé sa sainteté. En outre, voici les preuves de l'organisation d'une faction puissante dans le royaume de Naples ; le duc de Ferrare vient de lever sept mille hommes, bien armés et bien équipés ; la Lombardie et la Toscane sont presque dégarnies de troupes ennemies ; les Siennois brûlent de venger leurs malheurs ; et l'Italie entière fermente et tressaille d'espoir.

— Si ces faits sont exacts, répliqua le fin diplomate, je me désiste de mon opposition, et m'en remets pour le reste à la haute sagesse de sa majesté.

Alors s'éleva dans le conseil un murmure légèrement ironique, qui prouva que la manœuvre du ministre était enfin comprise. Mais, bien que découverte, elle n'en produisit pas moins son résultat, et déjà une majorité assez forte se prononçait en faveur de la guerre; le roi lui-même cherchait à peine à dissimuler sa joie.

Quant au vieux Montmorency, cette tactique perfide l'avait comme abasourdi: tous les argumens qu'il avait préparés contre l'adoption de la guerre, son subtil rival les avait employés successivement pour les affaiblir, et l'emporté connétable sentait sa langue collée à son palais et ne savait que frapper du pied la terre.

Puis tout à coup cet homme de fer, franchissant l'obstacle d'un bond d'autant plus énergique qu'il se voyait plus étroitement acculé, s'écria de sa voix tonnante:

— Mort-Dieu! sire, on veut vous tromper, car on emploie les routes de traverse; moi je vais par le droit chemin, et comme je n'ai rien à gagner à la guerre, et que votre royaume a tout à y perdre, je dis qu'il ne faut pas la guerre. D'abord nous n'avons ni armées ni argent pour en organiser, et quant aux promesses de monsieur le légat, je ne crois pas qu'on en puisse faire beaucoup de compte, car quand on a de l'argent, des approvisionnemens et des troupes, on fait la guerre soi-même et on n'appelle pas son voisin. Si d'ailleurs les choses en Italie sont dans l'état où on les dit, qu'a-t-on besoin de nous? on nous promet des miracles; qu'ils s'accomplissent; par le saint-sépulcre! nous sommes de vrais croyans, nous ne les nierons pas.

Monseigneur Caraffa, ce sont moins les intérêts de l'Eglise que ceux de votre famille qui vous occupent : il vous faut des principautés et des marquisats, plus encore que des hérésies à combattre et des âmes à sauver. Eh! mort-Dieu! faites comme nous, contentez-vous de ce que vous avez, et ne tourmentez pas tant votre oncle. Vous dites que vous voulez la paix et que Philippe et Charles-Quint repoussent toutes vos propositions, je n'en crois rien, et je sais que le vieil empereur a tout sacrifié au repos, et que son fils a assez d'affaires sur les bras pour ne point chercher noise au pape, envers qui il est plein de vénération et de bonne volonté. Vous voulez la paix et vous envoyez à Bruxelles un vieux podagre qui restera en route et qui a ordre, je le parie, de marcher à si petites journées qu'il ne puisse arriver jamais; et vous arrivez, vous, jeune homme, de Rome à Paris en deux bonds! allez, allez, quand on envoie une tortue demander la paix et un cerf demander la guerre, on laisse voir clairement ce qu'on désire.

Mon roi ne tombera point dans vos panneaux; non, sire, la ruse est trop grossière, et vous y regarderez à deux fois avant de compromettre la plus belle position qu'un royaume puisse conquérir, et pour quoi? pour servir l'ambition de quelques-uns et faire un ou deux roitelets et une demi-douzaine de principicules!

La paix ! mort-Dieu ! la paix ! Charles-Quint la conseille, Philippe II la demande ; nous la pouvons faire avec avantage et gloire ! La paix ! nos finances en ont besoin pour se rétablir. La paix ! c'est avec elle que nous garderons nos conquêtes. La paix ! c'est par elle que nous empêcherons la révolte de relever la tête dans le royaume. La paix ! c'est en la conservant quelques années que nous pourrons nous remettre en état de refaire victorieusement la guerre !

Ainsi, comme un sanglier forcé, le vieux connétable s'était jeté furieux sur ses adversaires, et les avait fait reculer avec perte. Terrassé par ce violent coup de boutoir, Charles Caraffa ne se releva point ; Charles de Lorraine grimaça un sourire où le dépit perçait à travers l'ironie ; mais François de Guise, orateur aussi intrépide qu'habile général, se leva avec calme, et réclamant le silence d'un geste imposant :

— Que des intérêts égoïstes se mêlent aux grandes questions qu'on agite en ce moment, qu'importe ? dit-il, la haute sagesse du roi saura toujours retrancher ces plantes gourmandes qui s'attachent au chêne ; et, sans considérer ce que l'un peut gagner à la guerre et l'autre à la paix, elle consulte avant tout les intérêts de la couronne. Je laisserai donc là les diatribes où s'est égaré monseigneur le duc de Montmorency, en faisant remarquer pourtant que l'agresseur est très vulnérable aux endroits par où il attaque ses adversaires, et j'aborderai directement la raison d'état.

Assurément la situation du royaume est belle, et tous, pour la rendre ce qu'elle est, nous avons fait notre devoir autour du roi; mais, parce que le présent est favorable, devons-nous renoncer à l'avenir?

Sire, n'imitez pas la générosité chevaleresque de votre père, demeurez loyal, mais à votre corps défendant, et bien que votre ennemi soit par terre, ne lui tendez pas votre main désarmée pour qu'il la déchire.

Vous avez eu l'honneur de dégoûter Charles-Quint du métier de la guerre. Je vois bien, a-t-il dit en débouclant son épée, que la fortune est femelle, mieux aime-t-elle un jeune roi qu'un vieil empereur. Son abdication et sa retraite au couvent de Saint-Just sont votre plus beau fait d'armes, et les concessions que son fils et lui vous ont faites à Vaucelles prouvent assez en quelle estime ils tiennent votre épée, et le besoin qu'ils ont de la paix: ces résultats, sire, vous les avez conquis sur le champ de bataille; mais, ce champ fertilisé, la moisson reste à faire. Dans des circonstances pareilles, votre père, avec sa courtoisie accoutumée, eût attendu que son champion se fût remis en état de reprendre avantageusement l'offensive; ces procédés sont bons dans un tournoi; en politique ils sont une duperie. Sire, les lois de la guerre vous autorisent à tirer tout le parti possible de la position où vous avez su réduire vos ennemis, et les intérêts de votre couronne vous le commandent.

Et qu'on ne cherche point ici à interpréter faussement mes paroles, comme je vois certaines gens disposées à le faire; que ces gens sachent qu'en fait de loyauté je suis aussi compétent que qui que ce soit. Et, continua le duc de Guise, en faisant allusion à sa noble conduite envers les prisonniers espagnols au siège de Metz, et aux barbaries exercées à Bordeaux par le connétable contre les révoltés de la gabelle, et *la courtoisie de Metz* vaut bien la justice de Bordeaux.

La partie d'ailleurs n'est point tellement inégale qu'il n'y ait qu'à entrer en campagne et faucher; tout étonnés qu'ils sont des coups que vous leur avez portés, sire, nos adversaires peuvent se raffermir sur les arçons et riposter rudement; quelque chose de Charles-Quint reste encore sur le trône des Espagnes, et les vieilles bandes espagnoles ont été assez souvent conduites par lui à la victoire pour en retrouver quelquefois le chemin.

Et puis, sire, si l'astre de Charles-Quint se couche, le vôtre est à peine à son midi; et Charles-Quint, après tout, avait le droit de se reposer; vous, sire, vous ne pouvez interrompre votre carrière. Déjà si haut dans la gloire, vous avez encore à monter, et l'on vous conseille de redescendre !

Que notre illustre connétable veuille la paix, qu'il la réclame à grands cris, cela se conçoit, lui aussi, après tant de fatigues, a mérité de se reposer, et son couchant sera beau ; mais s'il s'est fait un lit de lauriers, nous avons le nôtre à faire, nous, sire, nous tous, jeunes hommes qui apprenons sous vos yeux le noble métier des armes. A chacun son tour : après François Ier, Henri II, après Anne de Montmorency, François de Guise.

En Italie, sire, en Italie ! ne laissez pas rouiller l'épée des soldats de Renty et de Metz ; en Italie !

— En Italie ! répétèrent avec enthousiasme les princes du sang et la plupart des jeunes seigneurs présens au conseil ; le roi lui-même, électrisé par ce cri de guerre, se leva involontairement et en mettant la main à son épée.

— On a parlé de nos finances, reprit le duc de Guise avec autorité, on a dit qu'elles étaient obérées ; je ne demanderai pas à qui en est la faute ; et, sans chercher à prouver que l'entretien d'une armée serait moins onéreux au trésor que l'avidité de certaines familles, je dirai que, pour rétablir les finances d'un pays, la guerre et la conquête sont de meilleurs moyens qu'une paix équivoque.

Car, il ne faut pas se le dissimuler, Philippe II ne nous laissera jouir de nos conquêtes que tant qu'il ne se sentira pas assez fort pour nous les disputer ; et ne sait-on pas que nos possessions du Piémont ont toujours offusqué la cour d'Espagne, qui tant de fois déjà a tenté de nous arracher des mains cette clef de l'Italie? Notre heure est arrivée, sire, n'attendons pas celle de l'ennemi.

Et lui devons-nous donc tant d'égards à cet ennemi, qui reçoit insolemment votre ambassadeur au milieu des témoignages du désastre de Pavie (1)?

Qui vous retiendrait? sa sainteté vous décharge des obligations de Vaucelles, et paie tous les frais de la guerre; et nul ici n'a le droit de douter des promesses du saint-siège.

Vous avez de nombreux enfans, sire; il y a en Italie des trônes pour eux tous, et des fiefs pour tous vos capitaines; le pape et l'Italie vous appellent. En Italie! en Italie!

Dès ce moment la décision du roi et celle du conseil furent arrêtées; en vain Montmorency, frappant violemment du poing la table du conseil, se préparait-il à répondre, Henri II ne lui en laissa pas le temps: Messieurs, dit-il en quittant son siège, la séance est levée; et s'adressant au légat: Eminence, vous saurez bientôt notre réponse.

(1) Les tapisseries de la salle où Gaspard de Coligny fut reçu par Charles-Quint et Philippe II, à Bruxelles, représentaient la bataille de Pavie.

LIVRE TROISIEME.

LA LUTTE.

I.

Le connétable sortait en maugréant de la salle du conseil, lorsque ces deux mots : le roi et Montmorency lui furent jetés mystérieusement à l'oreille ; il se retourna, et, cette fois, maître Martin lui apparut sous le déguisement d'un garde-suisse.

— Monseigneur, reprit ce dernier, le colonel Bonnivet est au château ; il a reçu il y a une heure un nouveau message de madame la duchesse d'Angoulême, à l'hôtellerie de la Fleur de Lis.

— Et je n'ai point encore parlé au roi! s'écria Montmorençy en se frappant le front; et il s'élança impétueusement sur les traces de Henri II. Mais tout à coup, par une fenêtre de la galerie où il se trouvait, il vit le roi retenu dans la cour du château par le groupe empressé des Guise et de leurs partisans; cette vue arrêta court le vieux guerrier : Non, dit-il, je ne puis m'exposer à recevoir un affront en face de ces impertinens muguets; c'est Diane qui doit me ménager l'entrevue qu'il me faut; et, remontant la galerie, il se dirigea vers les appartemens de la duchesse de Valentinois.

En repassant devant la salle du conseil et près de quelques gardes-suisses restés à la porte, le souvenir de l'espion lui revint, car, avant tout fidèle serviteur du roi, le connétable, malgré sa rapace ambition et son brutal égoïsme, n'était jamais assez préoccupé de ses intérêts personnels pour oublier ceux du royaume : Mais ce coquin était ici! pensa-t-il, il a pu saisir quelque chose de ce qui s'est dit là-dedans, et d'un espion à un traître, il n'y a que la main... Il faut s'assurer de ce garnement, il est trop adroit pour n'être pas dangereux.

En même temps le connétable passa en revue les soldats qui se trouvaient là, mais ne reconnut point le donneur d'avis. L'oiseau est déniché, mais il me retombera bientôt sous la griffe, et cette fois, je tirerai sa conscience au clair.

Le connétable s'éloigna; comme il montait aux appartemens de Diane, celle-ci, sortant d'un des cabinets du roi, où, cachée derrière une porte en tapisserie, elle assistait d'ordinaire sans être vue aux séances du conseil, le rejoignit, et d'un accent un peu craintif :

— Eh bien ! dit-elle, nous sommes vaincus, la faction de la guerre l'emporte...

— Vaincus? non pas. La guerre, soit, je ne suis point si cassé que je ne puisse la faire encore avec honneur; mais le Guise n'en est pas plus près pour cela de sa royauté de Naples; il y a assez d'aventuriers dont les corps pourrissent en Italie pour que ce bravache et toute sa clique y laissent leurs carcasses. Qu'ils y aillent, en Italie, je les abandonne à la *mal'aria* (air pestilentiel), aux approvisionnemens du saint-siège et aux vieilles lances du duc d'Albe. Les jongleurs! vous les avez entendus, Diane; ont-ils assez d'astuce et d'impudence!

— Ne parlez pas si haut, mon ami! ne craignez-vous pas?...

— Moi, les craindre? s'écria Montmorency en grinçant des dents, malgré mes soixante-trois ans, je les défie tous, les uns après les autres, tous ensemble, à la lance, à l'épée, à la dague, à pied, à cheval, avec ou sans cuirasse! qu'ils viennent, par la messe!

— Au nom du ciel, silence! vous voyez bien

qu'ils ont en ce moment la faveur du roi : ne vous perdez pas !

— Oui, je le sais, reprit le vieux courtisan en baissant un peu le ton, ils lui ont mis le diable au corps, mais, avec votre aide, nous l'exorciserons.

— Mon Dieu ! je ferai tout ce qui me sera possible.

— Maintenant, Diane, qu'ils ont obtenu la guerre, c'est bien le moins que nous ayons, nous, madame de Castro...

— Oui, sans doute vous l'aurez, reprit vivement la duchesse, qui, charmée de voir le connétable prendre ainsi son parti sur le fait de la guerre, s'empressa d'aborder l'autre question et de la lui présenter comme un dédommagement certain. Oh ! quant à cela, reprit-elle, je vous garantis le succès ; si le roi ne se prêtait pas tout entier à cette affaire, c'est une ingratitude que je ne lui pardonnerais jamais, et je quitterais plutôt la cour.

— Ecoutez, Diane ! nous n'avons pas de temps à perdre, obtenez que je voie le roi à l'instant, car Bonnivet est au château et appuyé de madame de Castro elle-même.

— Suivez-moi, reprit la duchesse, en retournant vers le cabinet d'où elle venait de sortir, entrez-ici... Sigismond ? fit-elle en appelant un petit page qu'elle aperçut dans la galerie, allez quérir sa majesté, dites-lui que je l'attends dans ce cabinet.

Quelques instans après, vint Henri II. Eh! belle amie, que voulez-vous de moi? dit-il d'une voix empressée; en même temps, remarquant le connétable, dont la contenance triste exprimait le reproche, le sourcil du prince se fronça.

— Sire, dit le vieux guerrier avec émotion, puisque la jeunesse l'emporte, puisqu'on en croit plutôt la fougue de quelques jeunes fous que ma vieille expérience, il ne sera pas dit que je vous ferai défaut pour la première fois. Tant qu'il s'est agi de discuter des projets que j'ai crus imprudens, j'ai rempli mon devoir en les combattant; maintenant qu'ils sont adoptés, je saurai faire encore mon devoir en contribuant de tout mon pouvoir à leur réussite; vous le savez, sire, la guerre est une maîtresse que je n'ai jamais boudée, et, tout vieux que je suis, je me sens en état de la courtiser encore comme il faut. Oui, mort-Dieu! le peu de vieux sang qui me reste dans les veines est à vous, il achèvera de couler sur le champ de bataille comme il a toujours fait; et comme j'ai vécu au service de feu votre père et au vôtre, j'y veux mourir. Mais, par le sang du Christ! mon bon maître, ne retirez pas votre amitié à votre vieux serviteur; plutôt que de la perdre, j'aimerais mieux, oui, mort-Dieu! un coup de hache sur le crâne.

— Mais, mon bon connétable, je ne vous ai point ôté mon amitié, répondit le prince en conservant un peu de défiance, car il craignait que sous l'approbation un peu morne du vieux courtisan ne se cachât une nouvelle remontrance et une tentative détournée en faveur de la paix ; vos services me sont toujours chers, et je vous demanderai tantôt votre avis sur certain projet d'expédition dans le nord.

— Ah ! sire, merci ! je vois que votre confiance m'est conservée ; par la messe ! j'en resterai digne. Qu'il y ait un coup d'épée ou un avis à donner, je suis toujours vôtre : mais, sire, vous m'aviez promis....

— Parlez, connétable ; ce que je vous ai promis, je le tiendrai, interrompit le roi en redevenant sombre, car il croyait que Montmorency prenait une pente pour revenir à la question de la guerre.

— C'était le plus ardent de mes vœux que l'alliance projetée entre madame Diane de France et mon fils aîné....

— C'est de cela qu'il s'agit ? reprit le roi en se déridant tout-à-fait et d'autant plus disposé à lui faire bon marché à cet égard qu'il espérait par là être débarrassé de toute obsession relativement au sujet sur lequel son parti était pris ; mais sans doute, mon compère, que je tiendrai ma promesse.

— Mais, sire, on dit que le colonel Bonnivet va vous demander audience tout à l'heure ; sera-t-il dit qu'un audacieux qui donne à vos troupes l'exemple le plus éclatant de l'insubordination et qui brave votre autorité au point d'enlever une femme du couvent où vos ordres la retenaient, sera-t-il dit, sire, que Bonnivet trouvera plus de crédit auprès de votre majesté qu'un serviteur éprouvé par de longs services ?

— Cette affaire va être l'objet d'une enquête, reprit le prince, en qui le souvenir des assurances qu'il avait données le matin même à sa fille appela un peu d'embarras.

— C'est ce que je demande, sire, et cette enquête sera aisée : on verra qu'une intrigante a fait tomber mon fils dans ses filets, et que maintenant que sa dupe voit clair, elle veut exploiter violemment la parole de gentilhomme qu'elle lui a extorquée; mais, sire, on ne se joue pas ainsi de la volonté d'un roi et de l'autorité d'un père; François a agi sans votre aveu et sans le mien, par conséquent, tout ce qu'il a fait est nul; nous casserons la promesse, et le mariage, s'il y en a un, et nous renverrons la catin à son couvent; puis, sire, ma famille réclamera de votre intervention l'honneur que vous voulez bien lui faire.

— Oui, j'aurai en effet quelques difficultés à vaincre; on s'est adressé à la générosité, à la conscience de Diane, on a su l'intéresser en faveur de Jeanne de Pienne.

— De Jeanne de Pienne, qui se distrait avec

l'amant qu'elle a, en attendant l'époux qu'elle n'aura pas, s'il plaît à Dieu et à vous, sire.

— Que dites-vous là, connétable?

— La vérité, sire : envoyez à l'hôtellerie de la Fleur de Lis, dans la basse ville, et vous verrez si l'on ne trouve pas les deux tourtereaux au nid.

— Ainsi l'on trompait ma fille! s'écria le facile monarque.

— Comme on a trompé mon fils, et comme on veut nous tromper tous.

— Mais qu'est-ce que c'est donc que cette Jeanne?

— Je vous l'ai dit, sire, une intrigante, une catin.

— Vous vous trompez, connétable, dit la duchesse de Valentinois, en interrompant le silence neutre qu'elle avait gardé jusqu'alors, c'est une dame d'honneur de la reine.

— Voilà qui simplifie la chose, reprit le roi, sans relever l'impertinence de la duchesse.

— Elle est assez simple en effet, ajouta Montmorency, mais je crains fort que notre saint-père le pape ne la complique.

— Je lui ai fait demander les dispenses nécessaires, et ce que je vais faire pour lui me garantit toute sa bonne volonté.

— Sire, en dehors des négociations générales, il y a toujours de petites négociations particulières.

— Qu'entendez-vous par là, connétable?

— J'entends, sire, que messieurs de Guise sont jaloux de la glorieuse alliance dont vous avez résolu d'honorer mon fils, et qu'ils useront de tous les moyens pour la faire échouer; j'entends que le légat et le cardinal de Lorraine sont d'accord en cela, et que si vous ne vous y employez directement, ils circonviendront le pape de manière à retenir éternellement les dispenses à Rome.

En ce moment le front du roi se rembrunit de nouveau. — Mes serviteurs ne pourront-ils jamais s'entendre! dit-il avec impatience; et suffira-t-il donc toujours que j'aime deux hommes pour les rendre ennemis! Montmorency, vous et les vôtres m'êtes aussi chers que messieurs de Guise; toutes vos querelles me fatiguent, et si l'on m'y force, je trouverai un moyen de les faire cesser, je romprai avec vous tous.

— Voilà ce qui s'appelle, dit la favorite en riant, mettre les plaideurs hors de cour. Vous seriez bien embarrassé, Henri, si vous renvoyiez ainsi la fleur de vos sujets.

— Bah! pour dix que je perdrais, j'en retrouverais cent. Ainsi, connétable, vous voilà prévenu, je ne veux plus que vous médisiez les uns des autres; les Guise et vous, vous êtes également mes amis, et, croyez-en ma parole de gentilhomme et de roi, je ne ferai jamais pencher la balance d'un côté plutôt que de l'autre.

— Sire, reprit Diane sur le même ton, vous voilà précisément comme une belle entre deux galans, ou un fromage entre un chat et un chien.

— Par ma foi ! tu as raison, ma mie, répliqua le roi, dont cette plaisanterie désarma la mauvaise humeur, ils sont vraiment entre eux comme chien et chat ; le chat, c'est M. de Lorraine avec sa moustache pointue, et toi, mon compère, acheva Henri, en frappant gaîment sur l'épaule du connétable, tu es le chien, n'est-ce pas? un vrai dogue toujours aboyant ?

— Qu'ils me laissent mon os à ronger, sire, et je ne vous dirai plus un mot des Guise ; mort-Dieu! emplissez-leur la gueule de bouillie napolitaine, puisqu'ils en sont si friands, et qu'ils crèvent.

— Et ton os à ronger, mon compère, ce n'est pas autre chose que?...

— Madame de Castro, sire, je vous l'ai dit.

— C'est bien ; à François de Guise le commandement de mon armée d'Italie ; à ton fils, ma belle Diane.

— Même en dépit du pape?

— Le pape nous accordera les dispenses, sinon nous saurons nous en passer. Reste maintenant à prouver à ma fille qu'on a surpris sa religion, sa pitié ; je ne m'en charge pas, connétable, car j'ai une insurmontable antipathie pour toutes explications et récriminations ; ceci est l'affaire de votre fils : est-il fort amoureux ?

— Ma foi, sire, ceci n'est pas de ma compétence.

— C'est juste; oui, vieux loup de guerre, tes belles et tes galantes, à toi, ce sont arquebuses, couleuvrines et bombardes. Va, mon compère, tu as raison, les beaux yeux et les belles bouches font souvent plus de mal que les gueules d'airain.

— Par la messe! sire, mieux eût valu que feu votre père mourût d'un boulet de canon que d'un baiser de la belle Ferronnière. Toutefois, sire, je répèterai vos paroles à François, elles ne lui seront pas, j'imagine, d'un petit encouragement.

— Qu'il se dépêche, et que nous fassions la noce, c'est de quoi j'ai hâte, connétable. Au revoir, messieurs de Guise m'attendent là-bas; car nous avons beaucoup de choses à débattre pour l'expédition d'Italie, qui sera prochaine, comptez-y. Et vous, ma belle, à ce soir, acheva le roi, en baisant tendrement la main de la duchesse.

II.

Le Colonel Bonnivet.

Henri II avait à peine fait quelques pas dans la galerie qu'un gentilhomme, qui attendait depuis quelques instans près de la porte extérieure, s'avança au-devant de lui. C'était le colonel Bonnivet, qui, averti par un billet de la duchesse d'Angoulême, venait plein de confiance et d'espoir implorer la protection du roi en faveur de Jeanne de Pienne. Assurément, jamais heure n'avait été plus mal choisie; car Henri, importuné de cette affaire, à laquelle il semblait ne plus devoir échapper, sortait fatigué d'auprès du tenace connétable, et s'empressait de rejoindre le duc de Guise et le cardinal de Lorraine; aussi, en reconnaissant le colonel, fit-il un geste d'impatience et presque de colère.

— Sire, dit Bonnivet, en courbant un genou devant le prince, je viens vous demander justice.

— Justice vous sera faite, monsieur, répondit brusquement le roi, à vous et à votre sœur. En même temps, faisant signe au colonel de se retirer, il se prépara à passer outre.

Bonnivet resta un instant interdit, et regardant le roi avec un air de doute et d'anxiété; puis se levant et se replaçant en face du prince : — Que votre majesté me pardonne si j'insiste, dit-il avec fermeté, mais une grande iniquité se prépare, et je défends vos intérêts aussi bien que ceux de ma sœur et les miens en vous priant de l'empêcher.

Cet accent de conviction énergique étonna le roi; et comprimant l'irritation nerveuse qui le secouait, il se résigna à écouter le colonel.

— Je le vois, sire, reprit Bonnivet, on a déjà eu soin de vous armer de prévention contre nous, mais je n'en espère pas moins en la bonté de notre cause; car si vous devez votre faveur à vos amis, vous devez la justice à tous vos sujets, et les grands rois ne mettent rien au-dessus de la justice.

— Seigneur colonel, depuis qu'il y a des contestations et des tribunaux, il n'est point de plaideur qui n'ait eu la justice de son côté; ils ressemblent tous aux enfans-trouvés et aux bâtards de l'Espagne, qui ont le roi pour père.

— Sire, il ne serait pas moins glorieux pour le roi de France d'adopter tous les opprimés, qu'il ne l'est pour le roi d'Espagne de se déclarer le père de tous les orphelins. Que votre majesté accorde donc sa protection à Jeanne de Pienne, car elle est opprimée. Oui, pour que j'aie pris ainsi sa cause à mes risques et périls, il faut qu'elle soit bien juste; car Jeanne n'est ma sœur que parce que ma mère eut le courage de répudier le souvenir de mon père, et c'est un sang étranger qui coule dans ses veines; et, sire, pour la défendre, j'ai osé rompre mon ban, j'ai quitté mon poste, je me suis exposé à votre colère, je l'ai méritée en enlevant ma sœur du couvent où elle était enfermée par vos ordres; vous voyez bien, sire, que sa cause est juste.

— Vous avez été bien audacieux en effet, dit le ductile monarque d'une voix pourtant moins irritée et en se sentant de plus en plus ébranlé par l'accent vrai et puissant du colonel.

— Que toute votre indignation tombe sur moi, sire! s'écria Bonnivet en s'animant de l'hésitation du roi; punissez-moi par la prison, l'exil; prenez ma vie, s'il le faut, mais je vous en conjure au nom de l'honneur, de la vérité, épargnez ma sœur! Sire, nos ennemis sont puissans, ils ont votre oreille à toute heure, et c'est le mensonge qu'ils y font entrer; car ils ont intérêt au mensonge, et moi, je le dis encore, j'avais intérêt à me taire. C'est contre vous-même enfin que je vous demande justice; et quelle garantie plus solennelle de ma loyauté! Et pour que je vous convainque, ne faut-il pas que j'aie deux fois raison? Au contraire, sire, la position des Montmorency établit déjà une prévention contre eux : leur famille est, après la vôtre, la plus considérable de France; l'espoir d'accroître encore leur fortune en s'alliant à vous les a enivrés; mais sur leur chemin se rencontre une pauvre jeune femme, timide et faible; cet obstacle les arrête, les irrite, et voilà que pour passer outre, ils la foulent lâchement aux pieds. Ah! sire, on n'arrive point à l'honneur par la honte; vous ne mettrez pas la main de la duchesse d'Angoulême dans une main parjure, et vous relèverez la pauvre victime, vous, la source de toute justice, de toute puissance.

Cependant le nom des Montmorency, prononcé par le colonel, avait produit sur le roi l'effet d'une piqûre douloureuse; les prières de madame de Castro et l'obsession du connétable s'étaient représentées à son esprit; l'indécision que les paroles de Bonnivet réveillaient en lui ranimait en même temps sa colère, car, après s'être cru débarrassé de cette fatigante affaire, il se retrouvait au point de départ, et il entrevoyait une nouvelle lutte plus pénible encore que les premières, et à laquelle la duchesse de Valentinois viendrait sans doute se mêler comme auxiliaire des Montmorency ; alors, de peur de recommencer la longue route déjà parcourue, et se raidissant d'autant plus qu'il se sentait plus d'hésitation :

— Mais, colonel, dit-il avec dureté, vous parlez toujours d'opprimée, de victime, il s'agit de savoir quelle est ici la véritable victime ; d'abord je pense, moi, que c'est le connétable, le connétable qu'on a trompé, et dont l'autorité paternelle a été indignement méconnue. L'autre victime, ensuite, ne serait-ce pas un homme jeune, faible, sans expérience des femmes et entraîné par je ne sais quelles séductions ?...

— Oh ! oui, sire, il y a eu séduction, séduction lente et habile ; mais, c'est vous-même que j'en fais juge, a-t-elle pu être pratiquée par une jeune fille de dix-sept ans à peine, qui venait de sortir du couvent où son enfance avait été pieusement façonnée, et qui, admise dans l'intimité de la reine, n'avait d'exemple à suivre que celui des vertus de son auguste maîtresse ?

— Eh ! ne sait-on pas que la plus innocente en revendrait au plus habile ? D'ailleurs, seigneur colonel, puisque vous aimez à procéder par induction, je vous demanderai s'il n'est pas naturel d'induire que votre sœur, en cédant à l'amour de

François, a cédé plus encore à l'appât d'une alliance avec l'héritier des Montmorency?

— Sire, je vous jure sur l'honneur que Jeanne de Pienne est innocente de tout calcul, de toute séduction intéressée; il n'y a pas dans toute votre cour, après la reine, de femme plus sincère, plus pieuse, plus chaste.

— Mon Dieu! je sais que ma cour est pleine de vestales, qui ont soin de ne laisser jamais leur feu s'éteindre, et c'est sans doute pour conserver le sien toujours flambant que votre sœur a pris un cavalier servant, en attendant l'époux que, par le sang du Christ! je ne lui rendrai pas.

— Pardonnez-moi, sire, reprit le frère de Jeanne stupéfait; mais je n'ai point compris les paroles que vous venez de prononcer.

— Ah! il faut vous répéter les choses? eh bien! je vous dis que Jeanne de Pienne est une catin.

— Sire, repliqua Bonnivet en pâlissant et d'une voix altérée, il n'y a que vous qui ayez le droit d'insulter ma sœur devant moi.

— Vous me menacez, je crois, monsieur le colonel! savez-vous bien que c'est un jeu où il y va de la tête?

— Je sais, sire, que vous pouvez m'ôter la vie, mais non point l'honneur, non plus qu'à Jeanne de Pienne.

— Vous faites sonner bien haut votre honneur

et celui de la belle ; mais savez-vous, colonel, qu'il est difficile de qualifier le rôle que vous jouez ? car enfin vous ignorez ce qui se passe sous vos yeux et votre aveuglement est incompréhensible, ou vous le savez, et votre autorisation muette est bien coupable : n'est-il pas vrai enfin qu'un jeune homme, un sieur Florimond Robertet, vous a aidé à enlever votre sœur des Filles-Dieu ; que ce jeune homme est l'amant de Jeanne, qu'il ne la quitte jamais, et qu'à l'heure qu'il est, il la console encore de son prétendu veuvage ?

Bonnivet resta quelque temps abasourdi devant cette accusation : une indignation mêlée de stupeur le suffoquait ; puis l'idée que cet amour de Florimond et de sa sœur était possible traversa rapidement son cerveau et lui causa un instant d'horrible douleur ; mais aussitôt se retraçant le caractère si candide et si pur de Jeanne, et le respectueux dévoûment et toutes les nobles qualités du jeune homme :

— Non ! non ! s'écria-t-il en se répondant à lui-même aussi bien qu'au roi, cela n'est pas vrai, c'est un mensonge. Dites-moi, sire, le nom des lâches qui ont ainsi calomnié ma sœur, que j'aille leur cracher à la face et leur clouer dans la gorge leur langue de vipère !

— Osez-vous bien parler de duel devant moi après les édits que j'ai fait publier !

— Mais, sire, si la justice des hommes vient à

me manquer, il faudra bien que je me fasse justice moi-même, et, au défaut du jugement du roi je n'aurai plus qu'à invoquer le jugement de Dieu.

— Ne doutez point de notre justice, colonel, elle ne vous défaudra pas; une enquête sévère va être faite, mais, quoi qu'il arrive, n'espérez pas que j'autorise jamais le mépris qu'on a fait de l'autorité paternelle. Peut-être votre sœur sortira-t-elle justifiée de l'examen de cette ténébreuse affaire, mais puisque le connétable réprouve un mariage conclu sans sa participation, tout ce que vous pouvez espérer de mieux c'est un divorce.

— Ce n'est pas non plus l'héritier des Montmorency que ma sœur réclame, elle saura se passer de l'homme qui l'abandonne lâchement, et lui payer son parjure en mépris; ce qu'elle redemande c'est son honneur, son honneur qu'on lui dispute, et qu'on ne lui arrachera qu'avec ma vie. D'ailleurs, sire, il y a des gens qui déjà savent juger ma sœur et le fils du connétable; et la plus intéressée dans le procès, après Jeanne, madame de Castro, elle-même.....

— Silence, colonel; vous êtes bien hardi de vous autoriser ainsi du nom de ma fille; veuillez à l'avenir ne vous occuper ni de son existence ni de ses opinions, songez surtout à ne lui adresser jamais la parole. Maintenant, monsieur, retirez-vous et ne remettez les pieds ici que lorsque vous en aurez reçu l'ordre.

— Sire, au nom du ciel, avant que je m'éloigne, souffrez...

— Taisez-vous ! j'ai fait preuve, j'imagine, d'assez de patience en vous écoutant jusque là, rendez grâce au passé, car ce sont les services que vous avez rendus à l'état qui me font supporter vos témérités présentes ; mais ne me poussez point à bout, allez et attendez mes ordres.

Et Henri s'éloigna d'un air courroucé.

Le frère de Jeanne demeura quelques instans à la même place, l'œil fixé en terre et dans une attitude morne ; puis, relevant la tête avec énergie et portant brusquement la main à la poignée de son épée : Le roi me chasse, se dit-il, il nous refuse justice, mais Dieu nous reste, et notre bon droit ; à nous deux maintenant, lâche séducteur, à nous deux, traître !

Et, sortant du château, le colonel se dirigea à grand pas vers la demeure des Montmorency. Toutefois il avait fait pendant le trajet plus d'une réflexion, et, arrivé sur le seuil, il était redevenu tout-à-fait maître de lui.

III.

François de Montmorency.

Cependant le connétable, joyeux des bonnes dispositions du roi et impatient de les exploiter, était retourné chez lui en toute hâte, afin d'en instruire son fils et de lui indiquer les moyens de presser la conclusion d'un mariage que le vieux courtisan avait d'autant plus à cœur en ce moment que les Guise venaient d'obtenir un nouveau triomphe.

— François, dit-il au jeune duc, je viens de voir le roi, nos affaires vont bien; mais, il n'y a pas une demi-heure encore, elles allaient fort mal. La sottise que tu as faite est si lourde et a eu des suites si détestables que j'eusse mieux aimé dix batailles à gagner que d'avoir à la réparer une fois. Ne recommence plus au moins et charrie droit, car si tu venais à me gâter encore la besogne, par la mort! je t'en ferais voir de rudes. D'abord tu sauras que Jeanne la catin, et son frère le muguet sont ici...

— Elle est ici, mon père! s'écria François en pâlissant.

— Eh bien! qu'est-ce que cela te fait? elle ne te mangera pas, mort-Dieu! et si elle vient pour t'arracher les yeux, rassure-toi, poltron, je serai là.

Le jeune duc ne répliqua pas : la nouvelle que son père venait de lui apprendre l'avait agité d'une émotion indéfinissable ; à ce nom de Jeanne, qui lui était jeté ainsi à l'improviste, il avait cru voir passer devant ses yeux l'angélique image de la jeune femme ; le souvenir du premier, de l'unique bonheur qu'il lui avait dû s'était retracé frais et pur à son imagination ; et cette nature molle et comprimée, chez qui l'ingratitude n'était que de la faiblesse, oubliant tout d'un coup les calculs d'ambition dont on l'avait faite complice, s'était rejetée tendrement dans un amour d'où la violence et le malaise seuls l'avaient fait sortir.

— Oui, reprit le vieux Montmorency, en appuyant exprès sur le mépris qu'il faisait de Jeanne, pour achever sans doute de guérir son fils, elle est ici, qui vient pour nous forcer d'épouser, ou tout au moins nous soutirer des écus, mais la mignonne ne nous prendra pas sans vert, non, par la messe! et on lui apprendra qu'enlever les garçons est un mauvais métier pour les filles. Après tout, ajouta le connétable en croyant frapper le dernier coup, quand la mijaurée serait obligée, ce que j'espère, de s'en retourner comme elle est venue, elle ne s'en désolerait qu'un petit, car elle a, comme dit frère Jean des entommeures, un bon rouscailleur qui te remplace, mon mignon, et qui la consolera à gogo. Pendant ce temps-là, le beau Bonnivet, qui est un singulier oiseau, sinon un certain poisson fort connu rue du Tire-Boudin, tient la chandelle; et le bouge que la futée et ses deux gars ont choisi, c'est la Fleur de Lis, dans la basse ville, preuve que leurs finances sont au bout et qu'ils ont le diable dans leur bourse.

De toutes ces brutales paroles, où la calomnie se trahissait grossièrement, le jeune duc ne retint que la désignation de la retraite de Jeanne et la supposition d'une rivalité que la présence de Bonnivet lui garantissait du moins honorable; et le remède du maladroit médecin opérant dans un sens contraire, la jalousie ranima tout-à-fait dans le coeur de François une passion qui venait à l'instant de secouer ses cendres.

— Donc, continua le connétable, j'ai vu le roi, près de qui m'avait prévenu madame de Castro, enjolée elle-même par le susdit Bonnivet, si bien que j'ai eu fort à faire pour contre-miner les sapes et rétablir les choses en leur premier état. Maintenant, mon mignon, tu vas pousser une reconnaissance jusque chez madame de Castro, ressaisir la belle qui a failli nous glisser entre les doigts, la mettre au pied du mur et lui demander quel jour elle compte t'octroyer sa merci.

— Quoi! déjà? mon père! répondit le jeune homme avec une sorte d'effroi.

— Comment! maraud, c'est ainsi que tu me remercies, et voilà l'empressement que tu témoignes à réparer ta faute?

— Mais, mon père, le scandale de cette rupture est encore trop récent, et madame de Castro elle-même aurait de la répugnance...

— Madame de Castro n'aura pas de répugnance du tout à épouser l'héritier des Montmorency, à moins qu'il ne fasse le sot, ce que tu me parais disposé à être, et ce que je ne veux pas, moi.

— Mon père, je vous en conjure, accordez-moi un peu de répit, je ne suis pas entièrement préparé...

— Comment, mort-Dieu! voilà un an que cette affaire-là traîne, et le godenot veut encore du temps? sus, sus, chez madame de Castro, maraud!

— Encore une fois, mon père, cela est impossible ; je ne saurais que lui dire... je suis tout bouleversé... C'est que, voyez-vous, nous l'avons indignement traitée, cette pauvre Jeanne, qui est ma femme après tout, devant Dieu, sinon devant les hommes.....

— Ta femme, coquin ! si tu répètes ce mot, je t'arrache la langue !

— Au nom du ciel, calmez-vous, mon père, et écoutez-moi avec patience.

— Je n'écoute rien, misérable, et je veux que tu épouses madame de Castro. Tu n'as donc pas compris que les Guise l'emportaient sur nous, tête de bois ! et tu ne comprends pas maintenant que si tu n'épouses pas la fille du roi, celle qu'il aime le mieux et qui lui fait faire tout ce qu'elle veut, notre fortune s'en va à vau-l'eau, et que le plus piètre des gentilshommes se croira dès lors ton égal, buse que tu es ! Corps du Christ ! cela me soulève et me donne des envies de te jeter par cette fenêtre ! Comment, je m'échine à suivre le train de la cour et à fournir le râtelier de la grande jument du roi ; je sue d'ahan sous le harnais, et je m'expose vingt fois en un jour à avoir les os rompus à la chasse et dans les carrousels, que le diable emporte ; sans compter les batailles qu'il faut que je fasse comme un capitaine de vingt ans, moi qui en ai plus de soixante ; je me tiens cramponné du matin au soir au manteau du roi, pour empêcher cette racaille des Guise de tirer tout à eux; j'ai en outre à me défendre contre le pape et les Caraffa, et les criailleries du populaire; et lorsque je vais enfin toucher à mon but, un morveux dira non, et renversera tout mon échafaudage! Et pour qui? pour une villotière qui t'a pris, non pour tes beaux yeux, vois-tu, mais comme on happe une valise, et qui t'a fait cent fois cocu, archi-cocu! Mort-Dieu! ne peut-on jouer au jeu de dame-abattue, sans se faire faire aussi bêtement capot? on ne s'accolle à une femme, sot oison, que lorsqu'elle fait comme la poule de la fable, et qu'elle pond des œufs d'or.

— Je ne prétends pas nuire à vos projets, mon père, je veux au contraire les seconder de tout mon pouvoir; mais n'est-il pas d'autre moyen que ce mariage? Ah! que n'avez-vous quelque expédition périlleuse à me commander, vous savez si je suis ménager de mon sang...

— Eh! qu'ai-je besoin de ton sang, le dernier soldat de l'armée versera le sien aussi bien que toi... Mais, par la messe! d'où te sont tout d'un coup tombés ces scrupules? n'as-tu pas écrit toi-même à cette femme pour lui demander une renonciation explicite? n'as-tu pas signé avec moi la demande de dispenses adressée au pape? Et crois-tu sérieusement que je tiendrai compte de ce nouveau caprice?

— Je sais bien, mon père, que puisque telle est

votre volonté et celle du roi, le mariage secret que mademoiselle de Pienne et moi nous avons contracté ne sera point maintenu; peut-être même un jour... bientôt, me résignerai-je à ce que vous exigez de moi, à donner mon nom à madame de Castro; mais, je vous en conjure, laissez-moi me remettre, donnez-moi le temps de me faire à cette idée... Oui, j'en conviens, j'ai tout signé, j'ai fait ce que vous avez voulu; je m'étais assoupi, je ne sais comment, sur ce que ma trahison a d'odieux; car c'est une trahison, voyez-vous, la promesse, la bénédiction du prêtre, l'anneau nuptial, tout a été donné et reçu de bonne foi, et Jeanne est innocente de tous les honteux calculs qu'on lui impute, innocente comme les anges du ciel, comme la vierge Marie... Enfin, mon père, je me suis associé à une lâcheté, et peut-être, je vous l'avoue encore, faudra-t-il que je l'accomplisse jusqu'au bout; mais grâce pour aujourd'hui, laissez-moi respirer..... Je dormais, son nom que vous avez prononcé m'a réveillé... en apprenant qu'elle était ici, qu'elle me donnait un rival, j'ai senti je ne sais quoi dans mon cœur; l'action à laquelle je m'étais presque habitué m'a paru infâme... Oh non! je ne puis aller chez madame de Castro, j'aurais trop à rougir devant elle, et puis il me semble en ce moment que je la hais; elle devinerait cela, elle; et en seriez-vous plus avancé, mon père? Vous voyez donc bien qu'il faut attendre...

— C'est bon, reprit le connétable d'un accent de colère froide et de mépris, vous n'irez pas aujourd'hui chez elle ; il vaut mieux attendre, comme vous dites, attendre que vous ayez repris la raison ; mais demain, entendez-vous ? demain, vous obéirez. Votre sotte figure me lasse, allons, ôtez-vous de mes yeux.

Le jeune homme sortit tout ployé sous le regard haineux et menaçant son père ; mais à peine fut-il seul, que, rendu subitement à sa première émotion, il ne songea plus qu'à satisfaire l'impérieux désir de revoir Jeanne de Pienne dont tout son cœur avait d'abord été saisi.

IV.

Il y avait peu de temps que François avait quitté son père, quand on vint annoncer à ce dernier que le colonel Bonnivet demandait le jeune duc.

— Faites entrer, répondit vivement le connétable; ah! ah! je suis bien aise de dire son fait à ce beau chevalier des chercheuses de maris.

Le colonel fut introduit, sa figure était pâle,

un calme étrange respirait dans son attitude, et il y avait dans sa physionomie et dans tout son être quelque chose de solennel et de terrible dont le vieux homme de guerre, qui d'habitude ne respectait rien, fut involontairement frappé.

C'est que la véritable dignité, celle qui procède d'un caractère noble et pur, et d'une situation vraiment grande et sainte, impose toujours aux natures même les plus grossières et les plus farouches; c'est qu'au fond, et en dépit des outrages qu'il prodiguait au frère et à la sœur, Montmorency sentait que le bon droit était de leur côté; sa violence ne s'exagérait même à cet égard que parce que la justice de leur cause l'épouvantait et que leur triomphe devait renverser tous ses projets ambitieux.

— Aussi l'impression qu'avaient produite en lui l'aspect sévère et la démarche même du colonel n'ébranla-t-elle que passagèrement cet homme de fer; et, d'un accent ironique et brutal: à quoi, dit-il, devons-nous attribuer l'honneur de la visite de monsieur de Bonnivet?

— Ce n'est point vous que je viens voir, monsieur de Montmorency, répondit froidement le colonel, c'est le duc François.

— Le duc François n'a que faire de votre visite, monsieur le colonel, et c'est à moi, s'il vous plaît, que vous aurez affaire.

— A vous, soit; d'autant qu'il paraît que c'est

vous surtout qui prenez la responsabilité des faits dont j'étais venu entretenir votre fils.

— Comme vous dites, la chose me regarde, et tout particulièrement.

— C'est d'hier soir seulement que je suis arrivé à Villers-Cotterets, je ne pouvais donc me présenter plus tôt chez vous, monsieur le connétable ; et si j'ai tardé jusque là, faites-moi l'honneur de croire que c'est parce que ma sœur a jugé à propos de ne me confier qu'au dernier moment une affaire dont elle espérait toujours que la conclusion serait honorable pour tous.

— Votre sœur avait raison : il est bon de cacher les choses dont on a à rougir.

— Nous examinerons tantôt, monsieur le connétable, qui de vous ou de nous doit rougir ; jusque là souffrez que je me justifie d'un retard bien involontaire, je vous jure.

— A vous dire vrai, vous auriez mieux fait, monsieur le colonel, vous que chacun tient pour un homme d'honneur, de ne point vous mêler d'une affaire où vous n'avez rien de bon à gagner, voyez-vous, et de laisser une péronnelle, qui après tout ne vous touche pas de bien près, boire toute seule la faute qu'elle a faite sans vous demander conseil.

— Puisque vous me faites la justice de m'avouer pour un homme d'honneur, vous comprendrez, monsieur le connétable, que je n'aurais pu abandonner sans honte une accusée, ne fût-elle ma sœur qu'indirectement, et que vous seul peut-être avez déjà condamnée.

— Encore une fois, prenez garde, colonel, on se salit à toucher de la boue.

— Sans doute, reprit Bonnivet en se comprimant péniblement, il serait commode aux accusateurs de Jeanne de Pienne de n'avoir à risquer leur force et leur nombre que contre la faiblesse et l'isolement d'une pauvre femme; mais quoi qu'il arrive, et je vous rends grâce de la sollicitude que vous me témoignez personnellement, je veux courir les chances de la fortune de ma sœur, et me perdre si elle succombe.

— C'est fort chevaleresque et fort galant, colonel; à votre aise, beau champion des dames.

— Oui, champion de Jeanne de Pienne contre votre fils et contre vous; mais pendant qu'il en est temps encore, je veux n'employer que des armes courtoises. Quelles sont, relativement à ma sœur, vos intentions définitives?

— Elles restent toujours les mêmes et sont assez claires, pardieu! François a promis et tenu à votre sœur ce qu'il a voulu, moi qui n'ai rien promis et qui n'ai rien à tenir, je dis que le mariage sera cassé, et que votre sœur redeviendra fille, sinon pucelle.

— Alors, monsieur le connétable, je vous déclare que je suis décidé à pousser les choses aux dernières extrémités.

— Poussez-les où vous voudrez, colonel; seulement il pourrait arriver qu'on vous laissât pousser tout seul.

— Vous verrez, connétable, que je saurai forcer mes adversaires à me suivre.

— Ne deviez-vous point vous adresser à sa majesté? interrompit le vieux duc d'un ton goguenard.

— Oui, monsieur, j'ai vu le roi; et grâce à vous, il me refuse justice..

— Ah! ah! fit le connétable en se frottant les mains avec une joie insolente; et à qui comptez-vous en appeler?

— Au saint-siège et à toute la chrétienté, monsieur! Ah! parce que vous êtes le favori du roi, vous croyez que tout vous est permis? On peut surprendre la conscience du prince, appeler la sanction royale sur des actes de déloyauté, sur des parjures; on peut, pour se hausser plus près encore du trône, vouloir se faire un marche-pied d'une innocente victime; mais, au défaut des lois humaines, l'opprimé peut demander secours aux lois divines, et au-dessus des erreurs des rois il y a l'infaillibilité des papes! Vous n'en êtes pas où vous pensez, monsieur le connétable; ma sœur a droit à la protection de l'Église, et l'Eglise ne lui manquera pas. Votre fils a juré à Dieu et devant un prêtre de prendre Jeanne pour épouse, le mariage, quoi que vous en disiez, est valide; et, pour le casser, l'autorisation de sa majesté ne suffit pas; c'est le pape seul qui délie en ce monde, et le pape n'autorisera pas un sacrilège pour satisfaire à vos passions ambitieuses.

— Le pape? s'écria Montmorency, en laissant échapper un mouvement de colère, car Bonnivet venait de le frapper au défaut de la cuirasse; ah! vous espérez que le pape couvrira de sa consécration une intrigue ourdie sans pudeur et au mépris des droits d'un père?

— Le pape verra où est l'intrigue; et il décidera entre ceux qui veulent répudier la fille d'un gentilhomme pour s'allier à la fille d'un roi, et celle qui réclame, non pas les vains avantages auxquels elle a droit par son union avec votre fils, mais son honneur et son titre d'épouse légitime; car, aussitôt sa cause gagnée, elle demandera à sa sainteté l'autorisation de se jeter dans un couvent et de ne revoir jamais son mari.

— Eh! mort Dieu! que ne commence-t-elle par là? Parlez clairement, voyons, veut-elle un douaire?

— Elle veut son honneur, vous dis-je! reprit le colonel avec indignation; elle veut que son mari, elle vivante, n'épouse jamais une autre femme.

— Elle veut cela! s'écria le connétable en fureur. Ah! corps du Christ! je l'étranglerais de mes mains!... Mais, soyez tranquille, nous la laisserons vivre; et, par la mort! si le pape nous refuse les dispenses, nous nous en passerons.

— Vous vous en passerez? répliqua Bonnivet avec terreur, car il n'avait pas prévu que ce cas fût possible.

— Cela vous inquiète? reprit Montmorency en ricanant. Ah! ah! j'en suis fort aise; oui, mon cher monsieur, si le pape nous tracasse, nous nous passerons de lui; le roi m'en a donné sa parole.

— Vous commettriez ce sacrilège à la face de la chrétienté? vous n'oserez pas! et le roi, avant d'y consentir, y regardera à deux fois; car on ne viole pas ainsi les lois divines et humaines; ce serait se mettre au ban des nations, et le roi très chrétien ne donnera pas au monde cet exemple de parjure et de révolte.

— Il le donnera, monsieur; il donnera au monde un exemple de haute justice, et tous les évêques du royaume y mettront leur sceau.

— Avant que cette iniquité se commît, votre fils, monsieur le connétable, aurait à m'en répondre.

— Ah! ah! il ferait beau voir que mon fils, après avoir échappé aux filets d'une catin, d'une villotière, y fût rejeté par un spadassin.

— Connétable! s'écria le colonel, en se croisant violemment les bras sur la poitrine, comme pour comprimer l'élan de sa colère, tout à l'heure j'ai dit à sa majesté qu'elle seule avait le droit d'insulter ma sœur devant moi, et je vous dis à vous : rendez grâce à vos cheveux blancs !

— Oh ! oh ! monsieur de Bonnivet, ceci devient sérieux. Le roi et moi, voyez-vous, nous avons le malheur de nommer chaque chose par son nom. Quant à un duel, je conçois qu'il est dans vos vues de nous y entraîner, moi ou mon fils ; ce serait en effet un excellent moyen de gagner votre procès, en nous faisant tomber tout d'abord dans la disgrâce du roi. Mais nous, qui, après sa majesté, Dieu merci, sommes les chefs du royaume, nous savons, mon beau champion, donner l'exemple de soumission aux édits, et nous vous enverrons faire blanc de votre épée à tous les diables, entendez-vous ?

— Votre fils se battra, vous dis-je, ou je le souffletterai du fourreau de mon épée à la face des troupes !

— On ne vous en donnera pas le temps, beau sire, et on fera de vous ce qu'on fait des fous furieux et des chiens enragés.

— Heureusement, connétable, que vous n'êtes pas, après le roi, le seul chef du royaume, et que si les mots de tyrannie et de violence sont la devise de votre épée de connétable, le duc de Guise a adopté pour la sienne ceux de loyauté, d'honneur, de justice.

— Le duc de Guise ? s'écria Montmorency en grinçant des dents, s'il osait vous prendre sous sa protection !..... mais, tout altier, tout impérieux qu'il est, c'est un bon courtisan, et quand il verra que le roi est avec nous, il vous dira comme à un lépreux : Arrière !

— Les prisonniers de Metz avaient la peste, ou peu s'en faut, et il leur a tendu la main, car il est noble et généreux ; mais vous, sous votre poitrine d'acier, vous avez un cœur d'airain, et Dieu qui nous juge, et peut-être un jour les hommes, seront-ils aussi d'airain pour vous ! La faveur des rois est changeante, connétable, et la justice est éternelle ! Et puis, voyez-vous, toutes vos machinations peuvent échouer contre la volonté qui vous est le plus nécessaire ; votre cœur, tout d'airain qu'il est, peut s'user contre une autre âme généreuse et loyale ; madame de Castro enfin rejettera peut-être avec dégoût et mépris une union si odieusement préparée.

— Prenez garde, colonel, ne vous accrochez point au manteau d'une fille de France ; vous pourriez, s'il se détachait, aller tomber dans une prison d'état ou sur un échafaud.

— Que signifient ces paroles, connétable ?

— Vous devez me comprendre, monsieur. Mais encore une fois, prenez garde ; vous ne saliriez pas impunément l'écusson royal, et l'on vous ferait payer cher la scandaleuse résistance que vous exciteriez.

— Connétable, reprit le généreux Bonnivet en

déguisant son trouble pour mieux défendre l'honneur de Diane de France, je vous répète que vos paroles sont inintelligibles pour moi; et s'il y a quelque part du scandale, ce sont vos insinuations ambiguës qui le soulèvent.

— Je ne demande pas mieux que de l'assoupir, et vous, faites comme moi. Maintenant, colonel, ajouta le vieux duc en indiquant la porte par un geste grossier, des affaires sérieuses me réclament, et je crois que votre visite a duré assez long-temps.

— J'ignore si les affaires qui vous réclament sont sérieuses, mais je sais que celle-ci l'est beaucoup; toutefois je vous quitte; et maintenant que je sais vos intentions, je vais savoir celles de votre fils.

— Il est inutile que vous le voyiez, les intentions de mon fils sont les miennes.

— J'ai besoin de les entendre de sa bouche, car il faut ici que chacun réponde personnellement de ses actes, et le duc François est d'âge, j'imagine, à se passer de lisières.

— Encore une fois vous ne le verrez pas; allons, sortez, monsieur.

— Je ne sortirais pas, vous dis-je, avant de l'avoir vu. Et s'il peut m'entendre, ajouta le colonel en élevant la voix, je le somme de garder à Jeanne de Pienne la foi qu'il lui a jurée, et en cas de refus, je le tiens pour traître et déloyal, et lui jette ce gant, pour gage du combat à outrance où je le provoque.

Ici il y eut un silence, pendant lequel Bonnivet et le connétable, les yeux fixés sur la porte des appartemens intérieurs, attendaient, l'un avec inquiétude, l'autre avec impatience, que le jeune duc parût.

Personne ne vint; alors le colonel reprit d'une voix tonnante :

— François de Montmorency, si tu entends mon défi et ne viens pas y répondre, je te déclare un lâche!

A ce mot le connétable porta rudement la main à son épée et fit un pas vers Bonnivet; puis, s'arrêtant tout à coup : — Sors d'ici, misérable! s'écria-t-il en écumant de rage, ou je te fais donner les étrivières par mes valets d'écurie!

— Insolent vieillard, si je ne respectais pas plus ton âge que tu ne respectes la justice et l'honneur, il y a long-temps que j'aurais châtié tes outrages.

— Sors, te dis-je, ou je te fais chasser! c'est la réponse qu'un Montmorency faire à un faquin de ton espèce.

— Va, les de Pienne et les Bonnivet qui ne souffrent aucune souillure à leur nom valent les Montmorency qui, comme toi et ton fils, avilissez le vôtre.

— Holà, vous autres! hurla le vieux duc en allant frapper du poing contre la porte.

Quelques valets et hommes d'armes accoururent :

— Jetez-moi ce fils de p..... à la porte ! reprit le connétable, et bâtonnez-le jusqu'à ce qu'il crève !

— Que pas un ne me touche ! s'écria Bonnivet en tirant son épée et en s'acculant contre la muraille.

Il y avait dans son geste et sur sa belle et imposante figure une détermination si terrible que nul n'osa faire un pas en avant.

Alors le colonel gagnant la porte à reculons : — Au revoir, Anne de Montmorency, reprit-il, je t'attends à Rome devant sa sainteté ! Et vous, hommes d'armes, ramassez ce gant et portez-le au duc François ; et s'il le refuse, dites-lui de ma part, moi, colonel Bonnivet, qu'il est un lâche !..

Et le frère de Jeanne de Pienne, remettant son épée au fourreau, sortit lentement, et sans que les valets et les soldats, que le connétable frappait à coups de houssine, en fissent un mouvement de plus contre l'intrépide colonel.

V.

Lueur.

Au moment où cette discussion amère et violente s'entamait entre Bonnivet et Montmorency, le duc François descendait précipitamment vers la basse ville, et demandait mademoiselle de Pienne à l'hôte de la Fleur de Lis.

— Est-ce la jeune dame qui nous est arrivée hier soir avec deux cavaliers? répondit vivement dame Yolande, tout ébahie à l'aspect du riche costume du jeune duc.

— Justement. Vite, bonne femme, menez-moi vers elle.

— Je ne demanderais pas mieux, monseigneur, mais, voyez-vous, son mari a défendu de laisser monter personne tant qu'il serait dehors.

— Est-ce que le colonel Bonnivet serait sorti? demanda le duc avec un mouvement de joie.

— Ah! c'est ainsi que son mari se nomme?

— Son mari ou son frère, que vous importe? allons, bonne femme, reprit François en mettant un écu d'or dans la main de l'hôtesse, conduisez-moi, ce n'est point moi que la défense regarde.

— Alors, monseigneur, c'est différent, je vas vous montrer le chemin. Mais, reprit Yolande d'un air mystérieux, c'est que la dame n'est pas seule; il y a avec elle un beau jeune homme...

Le duc pâlit et parut hésiter un instant, puis, faisant un geste brusque comme s'il repoussait un soupçon, il ajouta: Conduisez-moi, vous dis-je.

— Empêchez qu'il ne monte, dit tout bas le faux valet à maître Eustache.

Celui-ci ressauta, et se rapprochant en hâte de sa femme, qu'il tira par la jupe: Yolande, dit-il, ce seigneur ne peut pas monter; Yolande?

L'hôtesse se retourna avec impatience: mais qu'as-tu donc? tu vas déchirer ma cotte. Puis, voyant l'air inquiet de son mari et les regards effrayés qu'il détournait sur le prétendu Cosme, elle fut elle-même un peu troublée, et s'arrêtant au bas de l'escalier dont le jeune duc avait déjà franchi quelques marches : — C'est que, monseigneur, dit-elle, le cavalier sera mécontent, et voilà mon mari qui dit que vous ne pouvez pas monter.

— Votre mari est un sot.

— Je ne vous dis pas non, monseigneur, mais puisqu'il ne veut pas que je vous conduise...

— Finissons-en, reprit le duc en jetant un autre écu à maître Eustache, allons, dame hôtesse, venez.

Maître Eustache regarda le valet en lui montrant l'écu d'un air piteux.

Cosme fit un signe négatif.

Maître Eustache renvoya ce signe à sa femme, qui reprit : Monseigneur, avec la meilleure volonté du monde, c'est impossible.

— Alors j'irai sans vous. Et François acheva de monter et frappa fortement à la première porte venue.

Ce que voyant, Cosme franchit l'escalier en deux bonds, repoussa le duc au grand étonnement de l'hôte et de sa femme, et s'adossant contre la porte : Monseigneur, dit-il d'une voix ferme, vous n'entrerez pas.

— Insolent marouffle ! s'écria le duc en tirant son épée.

Mais au même moment la porte s'ouvrit.

Pensant que c'était le colonel qui rentrait, le jeune écuyer s'était hâté d'accourir.

En voyant un inconnu, l'épée à la main, Florimond tira la sienne.

Mais celle de François était déjà rentrée au fourreau.

— Ecuyer, dit-il en examinant attentivement Florimond, veuillez me conduire vers la comtesse Jeanne de Pienne.

Interpellé aussi directement, le jeune gardien de Jeanne n'eut point la pensée de nier la présence de sa maîtresse ; mais il n'en demeura pas moins résolu de suivre à la lettre la recommandation de Bonnivet.

— Messire, répondit-il au duc, j'ai ordre de n'admettre qui que ce soit auprès de la comtesse.

— Annoncez, vous dis-je, le duc François de Montmorency.

— Monseigneur, répliqua Florimond, en regardant François avec une expression singulière, aucune exception n'a été faite.

Cependant Jeanne, troublée au son d'une voix qu'elle avait cru reconnaître, s'était rapprochée en tremblant du corridor où ces pourparlers avaient lieu. La lumière des fenêtres intérieures donnant en plein sur elle, tandis que le duc restait dans l'ombre, celui-ci la reconnut avant qu'elle même eût pu rien distinguer dans le corridor ; et, se précipitant impétueusement dans la chambre : Jeanne, ma femme ! s'écria-t-il, les bras tendus vers la comtesse, qui, cédant instinctivement à ce cri du cœur, se jeta à son tour sur le sein de François.

Leur étreinte fut longue et pleine de transports : échappé encore une fois de dessous la main pesante de son père, qui avait tout comprimé en lui, volonté, reconnaissance, amour, le jeune duc retrouvait tout d'un coup, avec la première femme, la seule qu'il eût aimée, sensibilité, mémoire, imagination, liberté, jeunesse ; quant à Jeanne, oubliant en un instant les convictions pénibles qu'elle s'était faites dans les longues heures de l'isolement, et que, le matin même, elle avait exprimées avec un peu d'amertume à son jeune confident, elle se rendait toute, sans restriction comme sans calcul, à l'homme qui paraissait revenir sincèrement à elle, et prodiguait, épouse vraiment chrétienne, à son faible et coupable époux, toute sa joie et les trésors de sa tendresse les plus exquis, comme le bon pasteur de l'Evangile, au retour de la brebis égarée.

C'était en effet une pieuse et excellente nature que celle de la jeune femme ; une de ces âmes dévouées, auxquelles, pour s'exalter, il suffit d'un procédé qui part du cœur et même de l'apparence d'un bon sentiment ; qui se fondent généreusement devant un repentir, et qui vous remercient par une ardente reconnaissance de ce que vous n'avez pas achevé une faute ou de ce que vous la réparez.

Devant ce mouvement passionné des deux époux, Florimond Robertet était devenu pâle, mais aussitôt, repoussant de son cœur tout sentiment personnel, et se réjouissant généreusement pour sa maîtresse de ce retour inespéré de François : Ah ! se dit-il, nous nous étions trop hâtés de condamner ce brave seigneur... monsieur le colonel va être bien content...

Il regarda de nouveau le duc et la jeune femme qui se tenaient toujours embrassés : Qu'il est heureux ! ajouta-t-il en laissant tomber involontairement sa tête sur sa poitrine.

Puis, de confident redevenant écuyer, il fit signe à Cosme, ainsi qu'à l'hôte et à sa femme, de s'éloigner, ferma la porte de la chambre où les deux époux venaient d'entrer, s'assit sur un escabeau dans le corridor et se mit à rêver, le front triste et penché sur sa main.

Le faux valet, voyant toute intervention de sa part désormais inutile, descendit rapidement, sortit de l'hôtellerie et monta vers la haute ville; puis se jetant dans une rue transversale fort solitaire, il s'assit sur une borne, tira de sa poche une écritoire et du papier, écrivit quelques mots, ferma son billet, courut à la maison occupée par le connétable, et laissant son message aux mains du premier domestique, regagna la Fleur de Lis à la hâte. « Maintenant que cette besogne est terminée, se dit-il, à d'autres affaires. »

Le vieux duc se consultait avec son chapelain quand on lui remit le billet; d'abord il le regarda en tous sens, hésitant entre l'impossibilité d'en prendre connaissance par lui-même, car *en sa qualité de gentilhomme* il ne savait pas lire, et la nécessité de le communiquer au religieux; puis, se résignant à ce dernier parti : Voyons, dom Babilas, dit-il à son chapelain, déchiffrez-moi ceci.

Dom Babilas s'approcha d'une fenêtre et lut : « Le roi et Montmorency... »

— Ah! ah! interrompit le connétable, c'est encore mon espion... le satané furet! aurait-il deviné que je voulais m'assurer de lui? mais, mort-Dieu! il ne m'échappera pas toujours... continuez, dom Babilas.

« Le duc François de Montmorency est en ce moment à l'hôtellerie de la Fleur de Lis, où il se réconcilie avec Jeannne de Piènne. »

— Grêle et tonnerre! voilà comme on se joue de nous! mais, par la mort! cette catin-là et moi, nous allons voir qui de nous deux sautera! Ah! la belle, ce n'est pas assez du connétable, vous bravez encore le roi? attendez, ma mie, nous allons donner pour femmes de chambre à votre galant rendez-vous une douzaine de hallebardiers suisses;

et vous, messire Bonnivet, vous aurez aussi votre affaire.

Tout en murmurant ces menaces àdemi-voix, le vieux duc prenait le chemin du château.

— Eh bien! Eustache, dit l'hôtesse à son mari après qu'elle eut vu Cosme sortir de l'hôtellerie sans rien dire, voilà comme ton nouveau valet fait sa besogne? depuis ce matin qu'il est ici, à quoi a-t-il employé son temps?

— Oui! je sais bien, Yolande; depuis que messire Cosme est chez nous, il n'y est jamais; mais que veux-tu, j'aime mieux ça, ça me fait prendre de l'exercice; et vrai, ça me fera du bien, car je deviens trop gras..

— Je ne dis pas non, mais si c'est en restant toujours dehors que ce vaurien prétend gagner ses gages...

— Veux-tu bien te taire, appeler messire Cosme un vaurien, lui qui a un poignet..... Enfin, ça m'arrange qu'il sorte toujours; ce n'est pas pour le faire travailler que je l'ai pris, mordienne! c'est pour avoir une compagnie, un ami, un coureur enfin, le roi a bien le sien.

— Sais-tu, Eustache, que c'est un grand honneur pour notre maison, que des ducs, des colonels, des comtesses la fréquentent?

— Comme toi, ma femme, j'honore les grands personnages, mais j'aime à les honorer de loin; en général, il ne faut pas se moucher plus haut que le nez, et en particulier, j'aime mieux les gens tout simples, tout ronds... tels que mon ami Cosme, par exemple, acheva le peureux aubergiste, en retournant lentement la tête pour voir si son ami Cosme n'était pas derrière lui; c'est que, vois-tu, reprit-il en s'approchant de l'oreille de sa femme, tout en chérissant infiniment la compagnie de messire Cosme, je n'aimerais pas à l'avoir toujours sur mes talons.

— Tu ne sais pas, Eustache? répliqua dame Yolande sur le même ton, devinant que le moment des confidences était arrivé, et impatiente de faire la sienne à son mari, car elle lui brûlait la langue, eh bien! j'ai dit à notre pauvre vieux Médard d'aller faire un petit tour et de revenir.

— Tu as fait cela, ma femme! s'écria l'hôtelier d'un air effaré qui laissa d'abord dame Yolande en suspens; ah! que je t'embrasse!... mon bon vieux Médard, je le reverrai; où est-il?... Tiens, Yolande, depuis ce matin j'ai un poids sur l'estomac; j'aurais étouffé si tu ne m'avais pas dit ça.

— Je savais bien que tu n'aurais jamais eu le cœur de renvoyer pour tout de bon notre vieux père nourricier. Dieu! qu'il sera content, le bon vieux! tiens, j'en pleure de joie!

— Et moi... aussi, balbutia maître Eustache, en sanglotant; c'est ce vaurien, ce pendard, ce scélérat de Cosme qui m'a fait faire ça, vois-tu;

qu'il vienne maintenant, ce coquin, je le mettrai bien et beau à la porte de chez nous... Yolande, va me chercher mon gourdin.

— Le voilà; et moi, reprit l'hôtelière, en démanchant un balai, je lui frotterai les épaules avec ça.

— Qu'il vienne! répéta Eustache, en brandissant son bâton d'un air belliqueux; charbonnier est maître chez lui, par Dieu! Figure-toi, Yolande, que ce tireur de laine m'a emmené hier soir hors de la ville, tu sais, quand tu ne savais pas où j'étais; il m'a dit qu'il était un des gens du roi, qu'il viendrait le lendemain chez nous remplacer Médard; que je ne te dise rien... Oh! que j'ai eu peur, lorsqu'en allant fermer les contrevens j'ai senti une grosse main tomber sur mon épaule... Ah! fit l'hôtelier avec épouvante, en sentant tout à coup la même main y retomber lourdement; il se retourna tout pâle; et rencontrant le visage du prétendu valet à deux pouces du sien : Je vous jure, messire Cosme, s'écria-t-il en joignant les mains, que je ne disais rien à ma femme!

— Ah! ah! reprit dame Yolande, à qui l'exclamation de son mari avait fait relever la tête de dessus les fèves qu'elle écossait, et qui courut saisir son manche à balai : Voilà ce vaurien qui revient tourmenter mon pauvre homme; attends, attends, je vas te caresser les côtes; hors d'ici, fils du diable! sus, sus, je ne veux dans ma maison ni de fainéans, ni de gens qui viennent je ne sais d'où.

— Ohé! la commère! répondit Cosme, en s'armant du rotin de maître Eustache, et en allant faire le moulinet jusque sous le nez, heureusement un peu carlin, de dame Yolande, si c'est avec ça que vous payez vos gens, je vas vous rendre de la monnaie. Allons, la paix, si vous voulez bien; car je viens prendre mon paquet et vous tirer ma révérence.

— Quoi! mon cher monsieur Cosme, vous nous quittez!... déjà? demanda l'hôtelier, la face épanouie. Oh! c'est bien mal à vous; moi qui avais eu tant de plaisir à faire votre connaissance... tenez, voilà votre paquet... Viendrez-vous nous revoir, messire Cosme?

— Oui, nigaud, si toi ou ta femme vous avez le malheur de jaser. Voyons, qu'est-ce que je vous dois? faisons notre compte.

— Ce que vous nous devez, messire Cosme? mais c'est nous qui vous devons; nous donnions six livres par an à Médard, qu'est-ce que ça fait pour un jour? Yolande, compte donc ça, toi?

— Je n'ai pas besoin de votre argent, vous dis-je, et, tenez, voici pour ce que j'ai bu et mangé ici dans la journée, ajouta l'espion en jetant sur la table quelques pièces de menue monnaie; seulement je garde le gourdin: au revoir, bonnes gens, et bouche close! et il sortit en appliquant sur la table un tel coup de bâton qu'il fit sauter maître Eustache en l'air, et avec lui la menue monnaie, et deux ou trois gobelets d'étain qui allèrent rouler sous les pieds de l'hôtesse exaspérée.

Pendant que se passaient toutes ces choses, François de Montmorency et Jeanne de Pienne achevaient une réconciliation d'autant plus délicieuse qu'elle n'était nullement prévue de part et d'autre.

— Ma Jeanne chérie, mon épouse bien aimée! disait le duc agenouillé près de la jeune femme, dont les deux bras l'attiraient contre sa poitrine, que nous avons été séparés long-temps! Et que j'ai eu de torts envers toi! oh! tu me pardonnes, n'est-ce pas?... ce n'est pas moi, vois-tu, c'est mon père qui a fait tout; c'est lui qui m'a dicté la lettre, et qui t'a envoyé des émissaires aux Filles-Dieu.

— Va, mon bien-aimé François, j'ai tout oublié, je suis si heureuse maintenant.

En ce moment quelque bruit s'entendit derrière un rideau de serge tiré sur une des fenêtres; le duc se leva vivement.

— Rassurez-vous, mon ami, lui dit Jeanne, c'est la servante de l'hôtellerie qui est là sur le balcon, et à qui j'ai donné quelque ouvrage... Au fait, elle pourrait bien nous entendre; Bertille, ajouta la jeune femme en soulevant le rideau, je n'ai plus besoin de vous, descendez, ma mie.

Alors le soupçon, un instant éclos dans l'esprit de François, acheva de s'évanouir devant cette précaution qu'avait prise Jeanne d'admettre un tiers entre elle et le jeune écuyer.

— Jusqu'aujourd'hui, ma belle Jeanne, j'ai été bien faible, continua le duc en reprenant sa place aux genoux de la soeur de Bonnivet, j'ai fait tout ce qu'on a voulu; mais désormais je serai fort, j'aurai une volonté à moi... Mais, Jeanne, pourquoi ces vêtemens de deuil?

— Ne le devinez-vous pas, ami? je me préparais par avance à mon veuvage, à celui du cœur, le pire de tous. Car, voyez-vous, depuis longtemps je suis bien triste, et ce deuil que je porte, je l'avais au plus profond du cœur. Plus d'une fois même, François, le chagrin m'a rendue injuste, ce n'était pas seulement votre père, c'était vous que j'accusais; je vous reprochais d'être venu à moi dans vos heures d'ennui, et de m'avoir quittée en apprenant à vous plaire ailleurs; je regrettais de m'être trouvée sur votre passage, et surtout d'avoir consenti à cette fatale union, qui devait être pour tous deux la source d'amères douleurs, et que vous ne deviez pas avoir la force de maintenir.

— Vous aviez raison de m'accuser, répondit le jeune duc en courbant la tête avec humilité, j'ai été ingrat, insensé, pusillanime; et tout à l'heure encore je n'avais pas le courage de déclarer à mon père que vous resteriez ma femme, je lui promettais même de me décider un jour, bientôt peut-être, à en épouser une autre; car mon père... si vous saviez... son regard me glace, le son de sa voix me fait trembler, devant lui je suis un esclave, un lâche!

—Vous le voyez bien, François, reprit Jeanne, dont le front se voila de douleur, nos maux sont loin d'être à leur terme... Ah! mon ami, que ne m'est-il permis de vous dire : détachez votre destinée de la mienne, abandonnez-moi, concluez la riche alliance qu'ambitionne votre père, s'il est vrai qu'il vous a choisi quelque princesse du sang royal... Mais hélas! le colonel Bonnivet, mon frère, dit que ce serait une tache à notre nom, et notre religion appelle le divorce un sacrilège..... Hélas! que n'êtes-vous comme moi dans un rang inférieur, car Dieu m'est témoin que la vanité n'est pour rien dans la faiblesse que j'ai faite d'accepter de vous le titre d'épouse...

— Jeanne! s'écria le duc en relevant la tête avec énergie, puisque je ne me sens pas le cœur de braver mon père en face, eh bien, je veux le fuir! Jeanne, ma bien-aimée, nous partirons ensemble, nous irons nous jeter aux pieds du pape, et si nous n'y sommes pas en sûreté, nous irons demander un asile en Angleterre!

—Mon Dieu! répondit Jeanne en croisant les mains avec désespoir, combien de fautes entraîne une première erreur! Hélas! François, si nous fuyons, que d'accusations vont se joindre contre moi aux premières! ambition, intrigue, séduction, révolte contre l'autorité de votre père et celle du roi, mépris de toute pudeur et de toute dignité : Ah! mon ami, où m'avez-vous conduite ?

— Ne pleure pas, ma pauvre Jeanne, reprit François vivement ému, j'ai assez de mes tourmens sans avoir encore à m'accuser des tiens..... tu me montres l'abîme où je t'ai fait tomber avec moi, et pourtant je ne puis que m'applaudir de ce que j'ai fait; car quelle femme est comparable à toi dans cette cour dissolue, et quelle est la princesse du sang dont l'âme vaille la tienne? Jeanne, mon parti est pris, nous partirons.

— C'est impossible, François! moi aussi, voyez-vous, je suis faible, le mépris des hommes me fait peur, et la haine de votre père m'épouvante!

— Aimes-tu mieux que j'aille me replacer sous le joug de fer de cet inflexible vieillard, qu'une seconde fois il écrase du pied toutes mes résolutions, qu'il rompe notre alliance, qu'il me jette violemment dans une autre, et te livre à la honte d'un mariage cassé et à de nouvelles geôlières, plus dures encore que celles des Filles-Dieu?

— Mon Dieu! François, vous me placez entre deux extrémités bien pénibles... attendez le retour de mon frère; je ne puis prendre aucune décision sans lui.....

Comme la jeune femme achevait ces mots, un bruit de pas et de paroles pressées s'entendit dans le corridor; les deux époux écoutèrent avec inquiétude; au même instant la porte s'ouvrit brusquement, et le colonel Bonnivet, l'épée nue à la main, l'œil enflammé, se précipita dans la chambre, suivi du jeune écuyer qui s'efforçait inutilement de le calmer.

— Ah misérable! s'écria le colonel, que les indignes procédés du vieux Montmorency avaient poussé à bout, et qui en appprenant de Florimond Robertet que le duc François était avec Jeanne, n'avait vu qu'un nouvel outrage dans cette visite mystérieuse faite en son absence, tu profites de ce que j'ai quitté ma sœur un instant pour recommencer tes viles menées auprès d'elle; et pendant que ton père me fait le plus sanglant des affronts, tu viens achever de tromper cette femme crédule! hors d'ici, parjure et menteur! et si tu n'es pas aussi lâche en face des hommes que tu l'es en vers les femmes, viens payer de ton sang toutes tes infamies, viens me donner ta vie ou prendre la mienne!

— Que faites-vous, mon frère? reprit Jeanne avec effroi et en jetant ses bras autour du corps du jeune duc, François est mon époux, il ne mérite aucune des accusations que vous portez contre lui

— Colonel, ajouta le duc en souriant, vous vous trompez seulement d'un jour; hier toutes les qualifications dont vous venez de me gratifier si généreusement m'étaient applicables; car j'étais encore sous la férule de mon père, j'étais un écolier timide, un enfant peureux; mais aujourd'hui je suis un homme, et je viens vous redemander ma femme, en vous promettant de faire mieux respecter à l'avenir son titre de duchesse de Montmorency. Vous plaît-il, mon frère, d'accepter ma main en signe de réconciliation, ou pour mieux dire d'accord.

— De grand cœur, monsieur le duc! répondit Bonnivet, dont la colère s'éteignit tout d'un coup pour faire place à un étonnement joyeux.

— Colonel, reprit François, au moment où vous êtes entré, ma bien-aimée Jeanne n'attendait que votre consentement pour m'accompagner jusqu'à Rome, où je prétends aller chercher un refuge contre l'ambition et la violence de mon père, votre avis n'est-il pas que nous nous mettions en route plus tôt que plus tard? Pour ma part, je dois vous avouer, mon cher frère, que je ne serai tout-à-fait sûr de moi que lorsque j'aurai mis quelques centaines de lieues entre la tendresse paternelle du connétable et mon déplorable amour filial.

— Vous avez raison, monsieur le duc, car ici la partie n'est pas égale, et nous serons en meilleure position pour parlementer avec votre intraitable père quand les négociations passeront de part et d'autre sous le couvert de sa sainteté.

— Eh bien! que ce brave jeune homme, répliqua vivement François en désignant Florimond, aille faire disposer vos chevaux; qu'il m'en procure un à l'instant, et dans une heure, comme le soir commence à tomber...

— Au nom du roi! dit alors à la porte une voix rude, accompagnée du bruit sourd des hallebardes qu'on reposait à terre.

Un silence morne se fit dans la chambre; la porte s'ouvrit, et un des officiers de la garde du roi, suivi d'une douzaine de hallebardiers, s'avança l'épée à la main.

— Messeigneurs, dit-il, veuillez remettre en mes mains Jeanne de Pienne, demoiselle de Halluin.

Bonnivet regarda François d'un œil singulièrement fixe, pour chercher à s'assurer s'il n'était pas complice de cet odieux guet-à-pens; mais voyant son morne abattement et sa pâleur douloureuse, l'élan impétueux auquel il allait se laisser emporter s'affaissa.

Jeanne de Pienne pencha la tête, abaissa son voile sur ses yeux, et prenant la main de son mari: François, lui dit-elle, j'aime mieux que cela se fasse ainsi; il vaut mieux être malheureux que coupable; adieu! pensez à votre femme!...

— On ne nous séparera pas! s'écria le jeune duc avec désespoir; nul, et le roi lui-même n'a ce droit! Monsieur, reprit-il en s'adressant à l'officier, il n'y a point ici de Jeanne de Pienne, madame est duchesse de Montmorency.

— Monsieur le duc, répliqua l'impassible officier, j'ai également ordre de vous reconduire chez monsieur le connétable, d'où le roi vous défend désormais de sortir; je compte que vous ne m'obligerez pas à employer la force.

— Obéissez, François, reprit Jeanne, avec résignation; des jours meilleurs luiront pour nous: espérez; Dieu prête toujours secours aux justes; prions-le dans la pureté de nos cœurs et la confiance de notre bon droit. Et vous, mon frère, merci de l'appui que vous m'avez prêté jusqu'à ce jour; ne compromettez pas davantage votre fortune, laissez à notre saint-père et à Dieu le soin d'achever l'œuvre que vous avez si généréreusement commencée. A vous aussi, Robertet, merci de l'attachement sincère que vous m'avez voué. Monsieur l'officier, je suis prête à vous suivre.

— Monsieur, dit en même temps Bonnivet à ce dernier, d'un ton froidement résolu, où avez-vous ordre de conduire madame?

— Si c'est pour la suivre que vous me demandez cela, monsieur le colonel, c'est impossible. D'ailleurs, j'ai aussi quelque chose qui vous concerne: le roi vous ordonne de regagner le Piémont dans le plus bref délai.

— Dites au roi, répondit fièrement Bonnivet, que je ne suis plus à son service, et que mon désir est de rester en France, s'il le veut bien. Et courbant un genou devant Jeanne, il lui baisa la main avec vénération. — Au revoir, ma sœur, lui dit-il, à bientôt! Et vous, monsieur le duc...

— C'est mon frère qu'il faut dire, Bonnivet!

— Eh bien! mon frère, souvenez-vous de votre promesse!

— Si je venais à l'oublier, je me souviendrais de vos paroles de tantôt; oui, vous auriez raison, je serais un lâche! Au revoir, madame la duchesse! adieu, Jeanne!

VI.

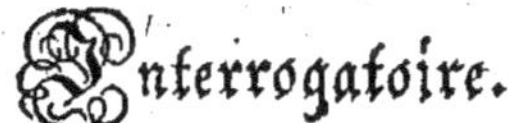

Interrogatoire.

A mesure que François de Montmorency s'approchait de la demeure de son père, il sentait sa résolution lui échapper ; et quand il fut conduit en présence du redoutable vieillard, on eût dit un criminel qui va entendre sa sentence, tant il était pâle et défait.

Cette sorte de pusillanimité étonne de la part d'un homme que l'histoire nous montre doué pourtant de courage, et qui s'était déjà noblement montré à l'attaque de Hesdin, mais cette contradiction apparente est parfaitement explicable ; il suffit de songer à cette indomptable violence du caractère du connétable, exercée sur François dès la plus tendre enfance, et de se rappeler combien les constitutions nerveuses et les natures tendres et concentrées comme celles du jeune duc sont faciles aux impressions. Ce système de terreur, exercé sur l'enfant et continué sur le jeune homme, conserve presque toute son influence sur l'homme mûr ; car nos organes, souples dans le premier âge et en quelque sorte fluides comme la cire en fusion, reçoivent profondément toutes les empreintes ; puis quand la cire est refroidie, et que le temps a durci nos organes, l'empreinte demeure ineffaçable. Et la raison de l'homme mûr a beau se révolter contre les faiblesses de l'enfant et du jeune homme, — le vase est imbibé, l'étoffe a pris son pli. —Comment aussi résister à l'empire, à la tyrannie, aux brutalités d'un père, quand, au seul retentissement de sa voix, à la fascination de son regard, le courage physique s'évanouit, et que le courage moral tombe devant le respect dû à la paternité.

La colère du vieillard fut terrible ; à ses reproches, à ses menaces, à ses imprécations, François ne répondit pas un mot : il était anéanti.

Ce drame était à son apogée quand on annonça madame de Castro, duchesse d'Angoulême.

A ce nom, le visage du vieillard, contracté par la colère, essaya de grimacer un sourire.

— Ma démarche, dit froidement Diane, a probablement lieu de vous étonner, monsieur le connétable; mais si elle est irrégulière, les circonstances la commandent; d'ailleurs, si elle choque l'étiquette, peut-être un sentiment de dignité vraie l'a-t-il inspirée, et il est présumable que sur les questions de dignité une fille de France n'est pas tout-à-fait incompétente. Connétable, je viens demander des explications à monsieur le duc, votre fils.

— Sur son escapade, je parie?

— Sur sa liaison ou plutôt son mariage avec mademoiselle de Pienne, reprit la duchesse, en continuant sa phrase sans avoir l'air de remarquer l'interruption du connétable.

— Son escapade, vous dis-je. Eh bien! madame la duchesse, parlez; me voilà prêt à vous donner tous les renseignemens que vous jugerez nécessaires.

— C'est de monsieur le duc que je désire les apprendre, répliqua la fille du roi, d'un visage sévère.

François se contenta de saluer; mais la gêne cruelle exprimée par sa physionomie était pour la princesse une justification suffisante de son silence.

— Voyons, ajouta le connétable, en s'adressant à son fils, délie-toi la langue, madame de

Castro t'écoute. En achevant ces mots, le rude vieillard fixait sur le jeune homme un regard impérieusement significatif, et qui semblait lui dire : mesure tes paroles.

— Bien que vous soyez intéressé à la question, monsieur le connétable, l'entretien que je réclame de monsieur le duc a besoin de toute la liberté possible.

— Cela veut dire que je suis de trop?

— Précisément.

— Ceci est plus clair. Mais je crois, au contraire, madame la duchesse, que ma présence est indispensable : je suis entré plus que François dans toute l'intrigue des de Pienne et des Bonnivet; et si vous avez à demander, j'ai beaucoup à dire.

— S'il m'est impossible d'obtenir un entretien particulier avec monsieur le duc, je vais me retirer, connétable.

— Fort bien, madame, je m'en vais. Mais, auparavant, permettez-moi de détruire les préventions tout-à-fait fausses que le colonel vous a données à propos de sa sœur et de nous.

— Je n'accepte de préventions de qui que ce soit, connétable; faites-moi l'honneur de me croire assez d'intelligence pour distinguer de moi-même le mensonge de la vérité.

— Par Dieu! madame, je suis certain que vous ne voyez pas la question sous son véritable jour; la preuve, c'est que vous avez dit à sa majesté.....

— Je dis à sa majesté ce que bon me semble, connétable; et si j'avais des préventions ce ne serait pas à vous que je donnerais le droit de les combattre.

— Je conçois qu'un vieux grison comme moi est moins propre à persuader qu'un galant cavalier et un beau parleur comme le colonel; il n'en est pas moins vrai...

— Assez, connétable! et songez que vous parlez à Diane de France!

— Je songe, répliqua le grossier courtisan, je songe que je parle à ma bru future, à une bru que j'aime, et à qui par conséquent je dois des avis de père. Ne vous fiez pas au beau Bonnivet, madame, c'est un avantageux des impertinences de qui il faut se défier.

— Tout en m'engageant à me mettre en garde contre les impertinences, n'en commettez pas, connétable.

— Mort-Dieu! madame, reprit le vieillard, emporté par un mouvement de dépit, vous traitez un peu bien lestement votre beau-père!

— Vous ne l'êtes point encore, monsieur, n'en prenez donc point les privilèges.

— Le roi m'a donné sa parole, madame; vous même avez consenti à ce projet d'alliance, et je m'imagine que le beau langage et la belle jambe d'un godelureau ne viendront pas...

— C'en est trop, monsieur, je me plaindrai au roi de votre insolence !

— Mais, madame, reprit le connétable un peu effrayé, ne voyez-vous pas que tout ce que je vous dis est un témoignage du prix que j'attache à votre union avec mon fils? c'est un honneur que je ne veux voir compromis par personne; et pardonnez-moi si la vivacité de mon zèle...

— Je vous le répète, monsieur le connétable, cette alliance n'est point encore contractée; il s'agit de savoir si ce qui est un honneur ou un profit pour vous en est un également pour moi; et c'est de quoi je suis venue m'assurer. Puis se retournant vers François : Vous plairait-il, monsieur le duc, ajouta-t-elle, me désigner un lieu où nous puissions nous entretenir librement?

Le jeune homme s'avançait en présentant la main à la duchesse :

— C'est inutile, reprit le connétable d'une voix brève, je vous cède la place, et il sortit en jetant sur François un dernier regard, plein d'une recommandation menaçante.

— Il paraît, monsieur le duc, dit la princesse à l'époux de Jeanne de Pienne, quand elle se vit seule avec lui, il paraît que monsieur le connétable ne consulte pas tout-à-fait votre volonté pour cette alliance qui lui tient si fort à cœur.

— La vérité, madame la duchesse, répondit

le jeune duc à demi-voix, est que dans tout ceci mon choix n'est pas libre.

— Fort bien; ainsi, monsieur, vous m'épouseriez par contrainte.

— Quelque désobligeant que soit cet aveu, madame, je dois vous le faire.

— Je ne serai pas en reste avec vous. Si donc je consens à vous donner ma main, monsieur, ce sera par nécessité. Dans une telle occurrence, et puisque nous sommes d'accord à ne point vouloir l'un de l'autre, il semblerait tout naturel de nous entendre pour rompre; mais malheureusement la chose n'est point aussi facile qu'elle le paraît, car nous avons des pères qui, comme nous, monsieur, sont d'accord, mais dont la volonté s'oppose, hélas! diamétralement à la nôtre. Toutefois, monsieur, ne nous désespérons pas; et puisque tous les amans, quelque perdue qu'ils aient la tête, finissent toujours par obtenir ce qu'ils veulent avec fermeté, je ne vois pas pourquoi nous qui avons la tête saine, nous n'obtiendrions pas ce que nous voulons avec une volonté égale. Cela posé, je désire, monsieur, que vous me mettiez au courant de toutes vos relations avec mademoiselle de Pienne, afin que je puisse conjurer plus efficacement l'orage qui nous menace. D'abord sur quel pied êtes-vous avec Jeanne? Y a-t-il seulement promesse de mariage, ou mariage véritable?

— Jeanne de Pienne est ma femme.

— Le mariage a eu son exécution pleine et entière.

— Un prêtre, madame, nous a bénis en secret, et, six mois entiers, le même asile nous a reçus.

— Ainsi le fait est pour vous, sinon le droit; c'est quelque chose; et sa sainteté en tiendra compte. Résumons bien nos moyens : Vous avez en votre faveur la bénédiction d'un prêtre et la cohabitation conjugale, et contre vous, les droits d'un père lézés et les défauts de formalités qu'entraîne tout mariage secret. D'autre part, nous pouvons mettre à notre compte l'indifférence parfaite que j'ai pour vous; et à celui de nos deux pères, la nécessité politique d'une alliance qui pondère exactement les intérêts de votre famille et ceux des Guise; nécessité que je comprends tellement importante que je pourrais finir par me résigner à vous épouser.

Cependant l'âme du jeune duc était livrée à de singulières fluctuations : quoique seul avec Diane, il sentait tourner autour de lui le regard du connétable; et, glacé, ployé, perverti par cette terrible fascination, il perdait progressivement cette force factice et cette volonté d'épiderme qu'il avait revêtues un instant loin de son père. Puis, ses promesses récentes, le pardon si tendre que Jeanne lui avait accordé, et l'énergie du colonel, le tiraillaient dans le sens contraire; puis, à ses remords s'opposaient le dégoût, la crainte d'une nouvelle lutte. Puis encore, il cherchait à se figurer cette dernière catastrophe et la réclusion, cette fois sans doute plus impitoyable, de Jeanne, comme une impossibilité de plus à la reconnaissance de leur mariage; il se demandait si la résignation qu'elle lui avait montrée en le quittant ne la conduirait pas à l'idée de leur séparation; puis enfin il se répétait toutes les injures que lui avait d'abord adressées Bonnivet, et s'efforçait de s'en indigner pour y trouver un autre motif de rupture. Et, faut-il le dire, il n'y avait pas jusqu'à la dignité si élégante et au dédain si spirituel de la belle Diane de France, qui ne l'émût d'un sentiment nouveau, inexplicable, et ne lui fit considérer à certains intervalles comme assez douce la nécessité de la prendre pour femme.

Il y a dans le cœur humain tant de choses misérables et de si étranges caprices.

— Maintenant, monsieur le duc, reprit la princesse, il faut prendre nos mesures pour agir avec ensemble. Je sais que tout à l'heure sa majesté a reçu fort durement le colonel Bonnivet, et qu'elle est mal disposée pour lui; il faudra donc le prévenir de suspendre toute nouvelle démarche jusqu'à ce que nous ayons rétabli les choses dans leur premier équilibre.

En cet endroit le jeune duc éprouva contre

Bonnivet un sentiment de dépit assez prononcé et un désir secret de combattre à son tour dans l'esprit de la princesse des préventions que le connétable avait si maladroitement irritées.

— En effet, répondit-il avec un peu d'aigreur, le colonel Bonnivet a du zèle, trop peut-être; car il a le talent de blesser quelquefois ceux-là mêmes qui veulent la même chose que lui.

— Ne lui faites point, monsieur le duc, un reproche de l'excès d'une noble qualité.

— Je désirerais moins de perfection et plus de prudence.

— Sans doute; l'excès de cette autre qualité est moins dangereux.

— Vous voyez bien, madame, tout excès est un tort.

— Oui, mais il vaudrait mieux avoir tort comme le colonel, que raison par trop de prudence.

— Que le colonel ait tort ou raison, moi, du moins, madame, n'aurai-je pas celui d'être d'un autre avis que vous sur qui que ce soit, et surtout sur le colonel, qui d'ailleurs est mon allié.

— Nous aussi, monsieur le duc, nous sommes alliés, vous le savez? reprit Diane en souriant; et puisque nous voulons arriver au même but... pour nous y mettre dos à dos, ne commençons point par des hostilités.

— J'aimerais mieux, madame, commencer par là et finir par un traité d'alliance.

— Prenez garde, ajouta la princesse avec coquetterie, ceci n'est pas dans nos conventions; n'oubliez pas que notre accord n'est que de l'opposition, et que nous ne nous donnons la main que pour ne pas nous la donner.

— Alors, répliqua le duc en prenant celle de Diane, ceci est dans nos conventions. Comme vous voyez, madame, la guerre a des privilèges; et puisqu'en réalité nous sommes adversaires, vous me permettrez de prolonger la lutte tant que je pourrai afin d'avoir le plus long-temps possible mon ennemie en présence.

— Ce ne serait pas loyal, monsieur le duc; car je vous le répète, nous ne faisons la guerre que pour obtenir la paix, et nous ne prenons les armes que pour avoir à les déposer. En un mot, voici notre situation: je ne vous aime pas et vous en aimez une autre; vous avez un mariage à assurer, et j'en ai un à empêcher.

— Voilà des positions fort nettement indiquées; mais si, pendant le combat, elles venaient à changer?

— Rassurez-vous, monsieur le duc, je ne ferai pas d'excursions sur votre terrain.

— Et si j'allais en faire sur le vôtre?

— Ce serait une trahison... sans but, car je vous renverrais dans vos retranchemens.

— Tenez, madame, cessons ce badinage; je prévois que, malgré tout ce que nous pourrons faire, mon mariage sera cassé, et que tôt ou tard il nous faudra obéir, vous à sa majesté, moi à mon père; pourquoi ne nous déciderions-nous pas dès à présent? Oh! cette violence que l'on me fait, maintenant elle me sera douce, car je ne vous connaissais vraiment pas, madame, et je sens aujourd'hui...

— Monsieur le duc, interrompit sévèrement Diane, dont l'esprit original s'était amusé jusque là du côté réellement plaisant de sa situation avec François, mais dont le noble cœur s'indigna tout à coup de la lâcheté dont ce dernier voulait la faire complice, c'est à mon tour à vous dire: cessons ce badinage. J'étais venue vous demander la vérité sur votre liaison avec mademoiselle de Pienne; maintenant que je la connais, je me retire, et vais m'occuper dès ce soir des moyens de vous rendre à votre femme, monsieur le duc, car elle a par ses vertus et ses souffrances doublement droit à votre amour.

Et la généreuse fille de France s'éloigna en laissant le faible jeune homme au remords d'une faute inutile et au mépris de lui-même, plus cruel encore que le mépris des autres

VII.

A Rome.

Resté seul avec Florimond, — ami, lui dit le colonel Bonnivet, maintenant que j'ai quitté le service du roi, il te faut quitter le mien, et prendre celui de monseigneur François de Guise, le plus loyal gentilhomme et le meilleur capitaine du temps.

— Ainsi, monseigneur, reprit le jeune homme, qui, déjà atterré du nouveau malheur de Jeanne, fit un soubresaut de douleur aux paroles du colonel, vous me chassez d'auprès de vous?

— Te chasser ? moi ! peux-tu le penser, mon cher Florimond ? Je te dis seulement que, puisque je ne peux plus te conduire à rien, tu ne dois pas me suivre.

— Monseigneur, en m'attachant à votre fortune, ce n'était pas uniquement à la bonne que je devais rester fidèle ; et, à moins que vous ne me disiez : Va-t-en, je n'ai plus besoin de toi, je resterai avec vous.

— Ah ! reste, mon ami ! s'écria Bonnivet en tendant la main à Florimond, tu m'es plus utile que jamais ! Et le colonel détournait la tête pour cacher une larme. — Reste ! répéta-t-il, en serrant Florimond sur sa poitrine, car j'ai besoin de te sentir près de moi pour ne pas perdre courage, pour croire encore aux hommes ! Si tu l'avais entendu, ce Montmorency, cet odieux et cynique vieillard ! Et le roi, comme il nous a traités, ma sœur et moi ; nous dont les aïeux ont tant fait pour les siens ! Pauvre Jeanne ! elle, si pure au milieu de la honte dont on veut la couvrir ; si résignée, si grande dans l'infortune ! Oh ! les infâmes ! Oui, Florimond, reste avec moi ; ensemble, vois-tu, nous serons forts ; nous triompherons de ces lâches !

— Oh ! toujours, toujours avec vous ! oui, nous vaincrons ou nous mourrons à la peine. Mais que dis-je ? n'avez-vous pas, mon bon maître, la promesse du duc François ?

— Puisse-t-il la tenir ! Ah ! Florimond, depuis que j'ai vu le connétable, je comprends la faiblesse de son fils.

— Comment, vous douteriez de lui, après le serment qu'il vous a fait, et à madame la duchesse; car c'est ainsi qu'il faut nommer maintenant madame votre sœur ?

— Florimond, je doute de tout... Mais, reprit le colonel avec énergie, si François faiblissait encore, je lui viendrais en aide ! Quand on ne peut pas résister à un mauvais père, vois-tu, on se fait tuer par lui ; mieux vaut cela pour François que de se déshonorer, et ma sœur avec lui, en épousant Diane.

— Et puis, monseigneur, avant d'en venir aux extrémités, vous avez l'appel au pape.

— Tu as raison; oui, c'est à Rome qu'il faut aller, et sans retard... Mais Jeanne, puis-je la laisser ici sans protecteur ? car, Florimond, tu ne sais pas jusqu'où ce misérable vieillard peut se porter contre elle.

— Eh bien ! monseigneur, restez ici pour la défendre, pour imposer au connétable ; c'est moi qui irai me jeter aux pieds du pape. Allez, je sais ce qu'il faut lui dire pour le convaincre. Y consentez-vous, colonel ?

— Oui, Florimond, pars ! Ah ! pourquoi ma sœur est-elle mariée ? avec quel bonheur je te l'aurais confiée ! que j'aurais aimé à te dire : frère !

— Je réussirai! s'écria le jeune homme avec exaltation.

Le départ de Florimond étant arrêté pour le lendemain matin, toute la nuit fut employée à débattre les moyens à faire valoir auprès du saint-siège, ceux de correspondre sûrement; enfin toutes les dispositions nécessaires furent prises, et, au point du jour, les deux protecteurs de Jeanne se séparèrent après s'être étroitement embrassés!

D'autre part, maître Martin, étant sorti de l'hôtellerie de la Fleur de Lis, se rendit dans les écuries et les hangars du château, où la passe du cardinal lui donna libre accès. De là, s'étant aperçu que le roi se promenait dans les jardins avec messieurs de Guise, il se revêtit d'une souquenille de jardinier, se munit d'un arrosoir, et alla travailler dans les carrés que longeaient en s'entretenant vivement les illustres promeneurs; courbé vers les arbustes et les plantes, et s'accroupissant quelquefois entre les touffes des parterres, où l'ombre toujours croissante du soir le déguisait encore mieux, il avait l'œil et l'oreille tendus vers le prince et les deux ducs, tel à peu près qu'on représente cet espion aiguisant une serpette, et dont le beau modèle en bronze décore, parallèlement avec la vénus accroupie, la façade intérieure des Tuileries.

Lorsque le roi et les Guise, qui venaient d'arrêter définitivement les mesures de la guerre qu'ils allaient recommencer à la fois dans l'Italie et dans les Pays-Bas, furent rentrés au château, maître Martin y retourna lui-même, et, quelques instans après, il se retrouvait en face du cardinal de Lorraine, dans ce même cabinet où nous l'avons déjà montré une fois.

Monseigneur, lui dit-il, je viens prendre vos ordres.

— Et comment diable sais-tu que j'ai besoin de toi? répondit Charles de Lorraine étonné de la précision et de l'opportunité des visites de l'espion, et un peu inquiet de tant d'adresse. Tu viens toujours au moment où je songe à t'appeler.

— Mon métier, répondit maître Martin avec un sourire intérieur, est de deviner et d'être exact; si je venais mal à propos, vous y regarderiez à deux fois avant de me donner audience.

— C'est pourquoi, mon cher maître, je t'accorde toutes celles que tu me demandes, reprit le ministre en faisant patte de velours. Mais avant que je te communique de nouvelles instructions, voyons, songe bien, n'aurais-tu pas quelque faveur à réclamer de moi?... Tu sais que je te veux du bien, mais tout ce que je t'offre tu le refuses; sais-tu que, moi, cardinal, je suis moins fier avec sa majesté?

— Oh! vous, monseigneur, c'est bien différent; le métier d'un ministre est de toujours demander, de toujours prendre; plus il prend plus on lui fait d'honneurs et plus il a d'amis; mais moi, il faut que je relève mon métier par quelque endroit, car il est bien bas, voyez-vous.

— Mais tu t'abuses, ami, et tu es trop supérieur au populaire pour accepter le préjugé qu'il attache aux services que tu nous rends.

— Vous avez raison, monseigneur, il faut mépriser le populaire et ses préjugés; n'entends-je pas dire tous les jours qu'entre vous et un tireur de laine il n'y a que la différence du plus au moins?

— Tu vois bien, répliqua le ministre, dont les lèvres minces grimacèrent plutôt qu'elles ne sourirent. Va, mon maître, il n'y a dans ce monde que des sots et des habiles...

— Ou autrement des dupes et des fripons; et tout le monde admire l'habileté de votre éminence.

— La tienne aussi, maître Martin, est rare; ajouta le cardinal avec un nouveau sourire où le dépit et la méchanceté percèrent visiblement, tu noues et tu dénoues une affaire avec prestesse et subtilité, mais il faut prendre garde que toutes tes finesses n'aillent aboutir à un nœud coulant.

— Ma foi, monseigneur, la danse sans plancher est fort connue de mes pareils, et s'il le faut je ferai le rigodon comme un autre; mais les prédécesseurs de votre éminence ont quelquefois aussi dansé la gigue à Montfaucon ; car notre métier, monseigneur, le vôtre et le mien, est une corde tendue sur laquelle il faut nous escrimer sans balancier ; au premier faux pas, zig, la corde nous glisse autour du cou, et nous gigotons dans le vide au grand ébahissement du populaire.

— Alors, acheva le ministre en continuant à rire de fort mauvaise grâce, et puisque toi et moi, nous avons des pendus dans notre famille, il n'est pas bon de parler de corde. Mais assez de joyeux propos...

— Je savais bien que votre éminence aimait à rire et qu'au besoin elle saurait me servir de maître à danser...

— Vous passez les bornes, maître Martin, et par ma barrette !...

— Par ma marotte ! monseigneur, allons-nous jouer à pince sans rire maintenant ?

— Vous ne portez ni marotte ni bonnet à grelots, maître Martin, et pourtant vous prenez les licences des fous, répliqua le cardinal, en acceptant volontiers une plaisanterie qui sauvait sa dignité déjà fort compromise.

— Je m'exerce en attendant, monseigneur, car la récompense que je vous demanderai un jour, ce sera la charge de fou du roi.

— Pour avoir le droit d'être sage impunément, sans doute ?

— Votre éminence reconnaît donc que je l'ai été tout à l'heure?

— Fort bien; tu rempliras ton office à merveille, mais jusque là tu n'es que mon...

— Votre espion, parlez cru; quand on sait faire la chose, il ne faut point avoir peur du mot, d'ailleurs, comme on dit, ce n'est pas l'état qui déshonore l'homme, c'est l'homme qui honore l'état.

— Tu as raison, et malgré ton métier, je t'estime encore plus que bien des gens qui font celui de duc et pair...

— Et de connétable, n'est-ce pas?

— Puisque tu l'as dit, je ne te démentirai point; mais, encore une fois, nous perdons notre temps, et le tien et le mien sont également précieux. Tu vas partir pour l'Italie.

— Cette nuit?

— Cette nuit; ta destination est Rome. Voici des papiers pour sa sainteté et les Caraffa, ces papiers, comme tu te l'imagines, sont à peu près insignifians, quoique pleins de promesses; à ce titre ils te donneront accès auprès des cardinaux romains et du saint-siège. Tu sera censé attendre la réponse à mes lettres, lesquelles ne sont pas très pressantes, et, en réalité, tu resteras pour me mettre au courant de tout ce qui se fera relativement au mariage de François de Montmorency, et à d'autres affaires, si tu parviens à les surprendre. Pour diriger tes recherches dans le vrai sens, je t'avouerai que je tiens essentiellement à ce que le mariage de François avec madame de Castro se fasse; là-dessus, vois-tu, j'ai mes raisons.

—Veuillez répéter, monseigneur, fit l'espion en dirigeant son œil de basilic sur le ministre, vous dites que vous tenez essentiellement...

—A ce que le mariage de François de Montmorency avec madame de Castro se fasse, et plus tôt que plus tard; tu entends bien?

—Oui monseigneur. —Et, ajouta maître Martin en se parlant à lui-même, je ferai tout mon possible pour que ce mariage réussisse; ah! monsieur le cardinal, vous persistez à me dire le contraire de votre pensée; eh bien, par ma foi! je ferai comme vous dites.

—Le voyage est long et il faudra le faire en peu de jours, reprit le cardinal, partant tu auras beaucoup à dépenser, et aussi à Rome, où l'argent est la meilleure des passes; ouvre donc ce coffre, et prends ce qu'il te faut.

— L'espion réfléchit un instant, calcule sur ses doigts, et prit, cette fois, une centaine d'écus d'or.

—Maintenant, ami, bon voyage et bonne chance.

— Ne me donnez-vous point votre bénédiction, monseigneur?

— Non! mécréant, je ne surchargerai point ton bagage, car je veux que tu ailles vite.

— Donnez toujours, monseigneur, je n'en irai ni plus ni moins vite.

— Allons, *te absolvo*...

— Ce n'est point une absolution que je demande à votre éminence, quoique dans le métier que vous me faites faire on en ait toujours besoin.

— Comment, fils de satan, tu sais aussi le latin?

— Quelque peu, monseigneur.

— Eh bien! agenouille-toi : *in nomine diaboli, patris tui*...

— *Et vestri*...

— Que ton père te bénisse et t'emporte!

— Qu'il vous fasse la même faveur; *amen*.

Maître Martin sortit, alla prendre dans les écuries du château un cheval, qui lui fut donné sur l'autorisation du cardinal, assujettit son léger bagage en croupe, piqua des deux, et disparut dans la direction de l'Italie.

Le lendemain matin, à la première étape, comme il sellait son cheval après lui avoir donné quelques heures de repos, il vit entrer un jeune cavalier qu'il reconnut pour l'écuyer du colonel Bonnivet.

Ah! ah! se dit-il, voici un compagnon de route qui m'arrive.

— Messire, demanda-t-il à Florimond, en le saluant, vous allez à Rome?

— Que vous importe? répliqua l'écuyer, surpris de se voir si subitement deviné.

— Il m'importe beaucoup, mon jeune seigneur, car j'y vais aussi, moi, à Rome; et deux bons compagnons valent mieux qu'un pour se défendre contre les routiers.

— Que chacun se suffise; j'ai mon épée, répliqua Florimond, impatienté des regards et des questions de maître Martin, et vous, vous avez votre dague. D'ailleurs je suis pressé, et, ajouta le jeune homme en désignant d'un geste dédaigneux le gros cheval normand de l'espion, votre monture ne m'a pas l'air taillée pour la course.

— Votre andalou a des jambes de lièvre, c'est vrai et mon normand a un ventre de tortue, mais la tortue sait aussi bien que le lièvre ce que c'est que d'arriver à un but.

— Vous me portez un défi, brave homme?

— Non, j'accepte le vôtre.

En ce moment la cour de l'auberge se remplit de chevaux et de valets aux couleurs et armoiries du second fils du connétable.

Messire, reprit maître Martin en indiquant à Florimond le jeune Montmorency, voici encore un voyageur pour Rome; celui-là du moins a un bel habit et un fin coursier de Naples, et vous ne dédaignerez pas, j'imagine, d'aller en sa compagnie comme en la mienne?

— Je ne dédaigne personne, seulement j'évite les impertinens.

— Vous voyagez pourtant en compagnie de vous-même.

Florimond leva sa houssine sur l'espion ; mais celui-ci s'était déjà élancé sur son cheval, et le mettant au trot : bon voyage, messire, cria-t-il au jeune écuyer, mais ne vous pressez pas, je vais vous préparer des logemens... et de la besogne. Puis, revenant de quelques pas : le jeune seigneur que voici, reprit-il, a l'air de vous inquiéter, mon maître ? Rassurez-vous, c'est tout bonnement un Montmorency qui va chercher des dispenses à Rome pour le mariage du duc François, son frère, avec madame Diane de France. Et l'espion s'éloigna en soulevant des flots de poussière, suivant l'habitude des chevaux normands, dont le trot bas et lourd effleure constamment le sol.

Comme les Parthes, qui lançaient des traits en fuyant, il avait laissé un cuisant souci au cœur de Florimond, autant par le singulier adieu qu'il lui avait jeté, que par l'explication si probable qu'il venait de lui donner sur le départ du second fils du connétable.

Vers le milieu du jour, comme maître Martin allait quitter la seconde étape, il remarqua dans l'écurie, à côté de son normand, un cheval qu'il lui sembla avoir vu la veille au château parmi ceux entre lesquels le cardinal l'avait autorisé à choisir; cela éveilla ses soupçons : Voilà un cheval qui appartient à messieurs de Guise, se dit-il, son éminence se défierait-elle encore de moi, et songerait-elle à me donner un nouveau surveillant ? voyons. Il attendit, et bientôt en effet, il remarqua dans l'auberge un individu d'assez mauvaise mine qui l'épiait à la dérobée; c'est mon homme, se dit-il, par ma foi! j'ai bien fait de prendre tout d'abord la route de l'Italie... Si je donnais aussi son affaire à celui-ci?... Non, c'est un mauvais moyen: il vaut mieux que ce pauvre diable, qui après tout m'a l'air d'une grosse buse, m'aide à tromper le trompeur.

—Messire, alla-t-il demander au contre-espion, n'y a-t-il point pour aller en Italie d'autre chemin que celui-ci?

Le contre-espion lui en indiqua en effet un ou deux autres.

—J'en suis bien aise, reprit maître Martin, cela me prouve que le proverbe n'a point tout-à-fait menti, qui dit que tout chemin mène à Rome.

— Je vais aussi à Rome, moi, répliqua l'autre, vous serait-il agréable, messire, que nous fissions la route ensemble?

— Très agréable; mais vous, camarade, vous vous lasseriez bientôt de moi, car, tel que vous me voyez, je suis un amateur d'histoire naturelle, je fais la chasse aux papillons et j'attrape les mouches... Votre métier à vous, n'est-il pas de les gober?

— Vous êtes un facétieux compère, à ce que je vois; tant mieux, cela abrègera notre chemin; car vous venez avec moi? je vous mènerai par le plus court, soyez tranquille.

— L'important n'est pas d'aller vite, mais d'arriver à point.

— J'irai comme vous voudrez.

— Compère, vous prenez un détour?

— Par ma foi! nous ne quitterons pas la grande route.

— Quand je vous dis que j'aime les petits circuits, les jolis sentiers, les fleurs écloses sur l'herbette.

— C'est donc un voyage d'agrément que vous faites?

— Tout-à-fait d'agrément. Et vous?

— Moi, je vais à Rome pour gagner des indulgences.

— Serait-il possible? vous avez pourtant l'air bien innocent.

— Il ne faut pas juger les gens sur la mine.

— Présomptueux! qui voudrait se faire passer pour un petit scélérat!

— Toujours le mot pour rire. C'est convenu n'est-ce pas, nous faisons route ensemble?

— Je ne demande pas mieux, mais je vous préviens que je suis sujet aux absences.

— Soyez tranquille, je ne vous perdrai pas de vue.

— Hein? fit tout à coup maître Martin, en regardant son homme à deux fois pour s'assurer si, malgré les apparences, il n'avait pas affaire à aussi fin que lui. Le rire satisfait du contre-espion lui prouvant le contraire, il reprit : donc si un beau jour je venais à disparaître, à m'évanouir dans les airs, vous ne vous en inquiéteriez pas ; vous iriez voir à Rome si j'y suis?

— Oh ! oh ! je n'ai pas peur de cela, vous n'êtes point un revenant ; on vous voit, on vous palpe, vous êtes un corps.

— Si vous êtes un esprit, vous, je l'irai dire là bas ; allons, en route.

Les deux espions achevèrent la journée côte à côte, puis ils s'arrêtèrent dans une auberge pour y passer la nuit. Le soir, après leur souper, ils firent des libations copieuses. Le lendemain, le contre-espion, s'éveillant au grand jour et s'apercevant qu'il était près de midi, se douta qu'il était dupe de quelque malin tour; la pesanteur de sa tête lui fit soupçonner que son compagnon avait mêlé quelque drogue soporifique à la piquette, et il n'en douta plus quand il apprit que celui-ci avait quitté l'auberge aux premières lueurs de l'aube. Honteux et confus, il n'eut garde d'instruire le cardinal de ce mécompte; mais, pensant rejoindre le fugitif aux étapes prochaines, il partit à francs étriers, ne s'arrêta que le moins qu'il put, tua son cheval et entra à Rome en comprenant que, s'il n'avait pas rencontré le facétieux compère, il avait du moins trouvé... son maître.

Il l'eût rencontré difficilement en effet, car maître Martin avait fait une pointe dans une direction passablement opposée, et s'était rendu à Bruxelles, où se trouvait alors Philippe II. Après une courte conférence avec le monarque espagnol, l'espion reprit la route de l'Italie, et arrivé à Rome, s'occupa chaudement de regagner l'avance que ses concurrens avaient sur lui.

VIII.

Un chapitre d'Histoire.

Représentés par le frère de François de Montmorency, les Caraffa, Florimond, Robertet, maître Martin et d'autres agens plus ou moins directs, tous les partis étaient en présence; et comme les opinions se partageaient autant que les intérêts, la cour de Rome fut violemment agitée. Entraîné par ses neveux, Paul IV avait juré de ne point autoriser le divorce qu'on réclamait de lui, et il le prouva bien à la manière tyrannique dont il dirigea les conférences.

Mais ici laissons parler l'histoire, car elle est plus curieuse que le roman.

Les documens qu'on va lire sont empruntés aux *additions à Castelnau par Le Laboureur.*

Il s'agit de la première congrégation qui fut tenue pour la dispense du mariage en litige; le pape y présida; on y appela aussi plusieurs théologiens et canonistes. Le pape commença, et, après avoir proposé le fait, il dit :

— Nous demandons si le mariage contracté par paroles de présent, qui est vrai mariage, vrai sacrement suivant l'avis des plus saints théologiens, peut être délié et rompu par nous, j'entends où la jonction charnelle n'est point intervenue.

Puis il ajouta ceci :

— Et ne vous amusez, je vous prie, aux faits et exemples de nos prédécesseurs, que je proteste ne vouloir ensuivre, si non d'autant que l'autorité de l'Ecriture et la raison des théologiens vous autorisera à ce faire.

Il dit encore ce qui s'en suit :

— Je ne fais doute que mes prédécesseurs et moi n'ayons pu faillir quelquefois, non-seulement en ce fait, mais en plusieurs autres; et toutefois nous ne sommes du tout à condamner; car Dieu conduit tellement son église qu'il lui cache pour un temps plusieurs choses, lesquelles puis après il révèle : ce que Christ lui-même nous a assez insinué, comme quand il disait à saint Pierre :

Ce que je fais maintenant tu ne l'entends pas ; mais tu l'entendras puis après. Et en un autre lieu il disait : J'ai beaucoup de choses à vous dire, lesquelles vous ne pouvez comprendre pour cette heure, mais l'esprit qu'enverra mon père en mon nom vous enseignera tout. Qui sait donc maintenant si ce que Dieu a laissé inconnu par le passé aux autres, touchant l'indissolubilité du saint mariage, il le veut maintenant déclarer par nous ? Par quoi tâchez, mes frères et enfans, à ce que vous m'aidiez en cette affaire ; et sans vous arrêter à ce qu'a fait un tel et tel de mes prédécesseurs, comme j'ai déjà dit, voyez s'il n'est point vrai qu'ils n'aient assez entendu ce que nous voulons maintenant rechercher touchant cette indissolubilité de mariage.

Ceci achevé, il adressa la parole à l'archevêque Cousance, autrefois nonce en la cour de l'empereur, et lui commanda de délibérer.

Lequel fit tout son effort pour montrer que tel mariage ne se pouvait aucunement défaire ; auquel le pape fit plusieurs démontrances d'avoir très agréable son opinion.

Qui poussa le dit archevêque à dire encore beaucoup plus qu'il n'avait pas délibéré, comme il appert assez, tant par ses écritures que par les conférences qu'il en avait tenues, par tant de souris, de clignemens d'yeux et par certains frappemens de mains ; ajouta encore de dire ceci tout haut : que ledit archevêque avait fait bien entendre cette affaire.

Après lui parla l'archevêque Antoniellus, homme fort ancien et vénérable, lequel fut d'avis tout contraire à l'autre, et en peu de paroles donna et prouva cette conclusion : que le pape pouvait ce dont il était question.

Auquel le pape fit cette réponse, qu'il le remercierait jà de tant de puissance qu'il lui voulait donner en cette part.

Et pour ce que ledit archevêque s'était aidé de quelques lieux de saint Thomas, le pape ajouta de dire ceci : que saint Thomas avait pu dire plusieurs choses étant jeune, lesquelles il avait puis après rétractées, étant venu à meilleure connaissance; ajoutant cette autorité de saint Paul : « Quand j'étais petit, je parlais comme un petit, mais quand je suis devenu homme, j'ai délaissé ce qui était d'enfant. »

Il ajouta puis après de dire ceci :

— Ce n'est pas sans cause que je vous donne cet avertissement, mais afin que nul de ceux qui auront à délibérer ne fasse fondement de telles autorités dudit saint Thomas, lesquelles il aurait dites en jeunesse.

Après celui-ci, délibéra M. le sacriste; lequel fut de même avis que l'archevêque Antoniellus, à savoir que le pape pouvait et devait rompre tels mariages quand la cause était raisonnable. Et pour ce qu'en ces preuves, qui furent assez longues et non moins doctes, il lui avint de dire quelque chose du docteur Durant, touchant l'affaire du mariage, que nous ne recevons pas, et qu'il récitait seulement comme de l'autre, et non qu'il voulût défendre son opinion, le pape, comme déjà offensé de sa délibération, se courrouça fort contre lui, comme s'il eût été auteur ou défenseur de l'erreur de Durant. Et où ledit sacriste se voulut excuser envers sa sainteté, il lui ferma la bouche avec injures et grandes menaces, disant par plusieurs fois qu'il méritait être châtié, et qu'en particulier il lui dirait davantage. Ce qui intimida tellement les autres, que plusieurs d'eux pensèrent de changer du tout leurs délibérations.

Les congrégations se prolongèrent, et rien n'avança.

Mais d'autre part les évènemens marchaient à grands pas.

Nous avons dit plus haut comment Paul IV, après avoir refusé de reconnaître l'abdication de Charles-Quint et l'élévation de son frère Ferdinand à l'empire, avait cité l'ex-empereur et Philippe II à son tribunal, avant même de savoir si Henri II le seconderait. Maintenant empruntons quelques fragmens à l'excellente *histoire de France* de notre compatriote et ami, Henri Martin, ils acheveront de bien faire connaître la situation.

— Le duc d'Albe, qui avait passé du gouvernement de Milan à celui de Naples, répondit à la citation du saint-père, en envahissant la *campagne de Rome*, à la tête de quinze ou seize mille combattans, et en s'emparant d'une foule de places mal défendues par les milices papales : Ostie même tomba au pouvoir des Espagnols, quelques détachemens français, aux ordres du maréchal Strozzi et de Blaise de Montluc, étaient arrivés à l'aide du pape : quoique ce secours fût peu considérable, le duc d'Albe ne put, comme il s'en était flatté, réduire le pape à demander la paix avant la venue de l'armée française. Une trève fut donc conclue au mois de novembre, le pape désirant attendre le duc de Guise, et le duc d'Albe se préparant à défendre le royaume de Naples, qui allait être sérieusement menacé.

François de Guise passa les Alpes au cœur de l'hiver, (1557) avec dix mille fantassins français et suisses, cinq cent lances, six cents chevaux légers, et quantité de jeunes nobles accourus comme volontaires pour *voir choses nouvelles* à sa suite. Ce corps d'armée, grossi d'une parti des troupes de Brissac, emporta d'assaut Valenza sur le Pô, franchit ce fleuve, traversa le Plaisantin et le Parmesan, et joignit auprès de Reggio le duc de Ferrare, qui avait levé environ sept mille hommes, bien armés et équipés. Toute l'Italie tressaillait d'espérance : la Lombardie et la Toscane étaient presque dégarnies de troupes ennemis; les Français pouvaient choisir entre la recouvrance de Milan et l'affranchissement de Sienne; les opinions des capitaines se divisaient entre les deux partis, également utiles et glorieux.

Mais les Guise ne mettaient guère en balance avec leur ambition les intérêts de la France, cette patrie adoptive qui leur montrait tant d'amour. Le duc François sacrifia tout aux désirs du pape et des Caraffa, et à ses propres vues sur Naples, auxquelles il comptait sans doute amener le faible Henri II; il refusa de différer l'expédition de Naples, entra sans délai dans le Bolognèse et la Romagne, joignit quelques troupes papales dans la Marche d'Ancône, et pénétra dans les Abruzzes vers la mi-avril, abandonné du duc de Ferrare, qui ne voulut point, en s'éloignant de ses états, les exposer à être envahis en son absence.

Le duc de Guise eut bientôt à se repentir de n'avoir point écouté ses lieutenans ni son beau-père : les Caraffa s'étaient vantés de soulever une faction puissante dans le royaume de Naples; ils s'étaient engagés à fournir des soldats, de l'argent, des approvisionnemens. Ces brillantes promesses s'évanouirent quand on en réclama l'exécution; Guise se plaignit amèrement : la discorde éclata entre le général français et ses alliés, tandis que l'armée se fatiguait inutilement devant Civitella, que sa garnison et ses habitans, exaspérés du sac d'une ville voisine, défendirent avec une énergie extraordinaire. Guise, voyant que ses *gens commençaient à devenir malades par la grande chaleur et intempérie de l'air*, fut obligé, le 15 mai, de lever le siège de Civitella, à l'approche du duc d'Albe, qui avait reçu des renforts nombreux et se trouvait plus fort que les Français. Les deux armées manœuvrèrent assez long-temps sur les confins de l'Abruzze et de la Marche d'Ancône; puis le duc de Guise fut rappelé par le pape au secours de la campagne de Rome, où les Colonna battaient les troupes et prenaient les villes du saint-siège; le duc d'Albe arriva sur les pas des Français aux environs de Rome; mais, avant qu'aucune action sérieuse eût eu lieu, le duc de Guise reçut des dépêches de Henri II, datées du 15 août, qui lui enjoignaient de ramener à grandes journées les troupes françaises en deçà des monts. Le pape, que le roi par ces mêmes lettres laissait libre de traiter comme bon lui semblerait avec l'ennemi, s'efforça inutilement de retenir le duc François; l'ordre était trop précis et avait été dicté par une nécessité trop urgente.

— Partez donc, dit Paul IV, irrité; aussi bien avez-vous fait peu de chose pour le service de votre roi, moins encore pour l'Eglise, et rien du tout pour votre honneur!

Le reproche était peut-être mérité, mais fort peu convenable assurément dans la bouche du saint-père, qui avait conçu seul le plan de campagne adopté par le général français.

Paul IV engagea sur-le-champ des pourparlers avec le duc d'Albe, qu'il trouva fort accommodant. Philippe II, le roi catholique par excellence, ne guerroyait contre le pape qu'à contre-cœur; cette lutte contrariait tous les projets politiques et religieux du roi d'Espagne, qui devait employer sa vie entière à combattre la liberté humaine, pour associer indissolublement son despotisme royal au despotisme spirituel de la cour de Rome. Paul IV obtint des conditions très avantageuses : on lui rendit toutes les places de l'état de l'Église, et le duc d'Albe se soumit à venir à Rome demander pardon au pape et en recevoir l'absolution au nom de Philippe II, *roi des Deux-Siciles*.

Pendant ce temps-là, la guerre éclatait dans le Nord avec une bien autre furie.

L'amiral de Coligny, gouverneur de Picardie, donna le signal des hostilités en s'efforçant de surprendre Douay le *jour des rois* — 6 janvier — puis en prenant et brûlant la ville de Sens en Artois. Coligny n'avait pas de grandes forces à sa disposition, et, durant plus de six mois, on ne tenta rien de sérieux d'un côté ni de l'autre, mais le temps fut employé bien différemment par les deux partis : *la gendarmerie et la noblesse de France*, lassées des dernières campagnes, et fâchées d'être sitôt enlevées au repos qu'elles se promettaient, ne s'assemblèrent qu'assez tard à Attigny-sur-Aisne, rendez-vous général des gens de guerre. *Les meilleurs et plus expérimentés soldats* étaient tous en Italie. Quant aux légions provinciales, cette excellente institution avait presque entièrement avorté, sauf dans le midi; les roturiers, privés d'encouragement et de grades, ne montraient ni zèle ni goût pour le service militaire; le roi enfin n'aurait pu réunir une armée nombreuse qu'en attirant à sa solde des masses de *lansquenets* de *reitres*, (cavaliers allemands), et de Suisses; cette ressource fut presque négligée, et *d'étrangers le roi en fit peu venir de par de çà.* On se contenta de munir la frontière de Champagne, qu'on regardait comme la plus menacée; celle de Picardie était dans le plus triste état de défense; bref, jamais guerre ne fut entamée avec une imprévoyance plus insensée.

Telle n'était pas la conduite de Philippe II, qui *pourvoyait à dresser ses forces belles et grosses pour exécuter haute entreprise* : il ne se contenta pas de lever des troupes dans ses états, et dans cette belliqueuse Allemagne toujours prête à fournir des bras mercenaires à toutes les causes; il passa la mer au mois de juin, pour obliger sa femme, la reine Marie Tudor, à rompre la paix qui existait entre la France et l'Angleterre; Philippe menaça, dit-on, Marie de ne jamais la revoir si elle lui refusait des secours contre le roi de France, Marie, qui aimait passionnément son époux sans être payée de retour, céda, malgré les voeux de ses sujets et les stipulations de son traité de mariage. Elle envoya un héraut déclarer la guerre à Henri II, le 7 juin, et fit passer dix ou onze mille soldats aux Pays-Bas pour renforcer les Espagnols.

L'armée de Philippe II s'était assemblée à Givet, sous les ordres du duc de Savoie : elle s'ébranla enfin au mois de juillet, et se dirigea le 25 juillet, contre Rocroy, nouvelle forteresse que les Français achevaient de construire sur la frontière de Champagne. L'intention de Philbert-Emmanuel n'était pourtant point d'assiéger Rocroy; après une vive escarmouche contre la garnison de cette place, les ennemis tournèrent longuement au sud-ouest, traversèrent les environs de Chimay, entrèrent en Thiérache, saccagèrent et brûlèrent Vervins, et vinrent camper devant Guise, où tous leurs corps se joignirent au nombre d'environ trente-cinq mille fantassins et douze mille cavaliers, allemands, espagnols, belges et hollandais : les Anglais n'étaient point encore arrivés.

L'armée de France, qui ne comptait pas plus de hix-huit mille hommes de pied et de cinq mille chevaux, tant français qu'allemands, avait été conduite par le duc de Nevers, d'Attigny à Pierre-

Pont, sur les confins de la Thiérache et du Laonnais : le connétable, l'amiral, le prince de Condé, le duc d'Enghien, le maréchal de Saint-André, le duc de Montpensier y accoururent le 28 juillet. De vifs débats eurent lieu dans le conseil de guerre ; mais les opinions des généraux furent promptement fixées à la nouvelle que l'ennemi était sous les murs de Guise et menaçait Saint-Quentin.

FIN DU PREMIER VOLUME.

www.ingramcontent.com/pod-product-compliance
Lightning Source LLC
LaVergne TN
LVHW020608110826
845149LV00002B/409

* 9 7 8 2 0 1 1 2 6 8 5 9 4 *